《红楼梦》探原

刘同顺 著

华夏出版社
HUAXIA PUBLISHING HOUSE

图书在版编目（CIP）数据

《红楼梦》探原/刘同顺著. --北京：华夏出版社，2018.7
ISBN 978-7-5080-9494-6

Ⅰ.①红… Ⅱ.①刘… Ⅲ.①《红楼梦》研究 Ⅳ.①I207.411

中国版本图书馆CIP数据核字(2018)第112285号

《红楼梦》探原

著　　者	刘同顺
责任编辑	韩　平
责任印制	顾瑞清
出版发行	华夏出版社
经　　销	新华书店
印　　刷	三河市少明印务有限公司
装　　订	三河市少明印务有限公司
版　　次	2018年7月北京第1版 2018年7月北京第1次印刷
开　　本	880×1230　1/32
印　　张	8.75
字　　数	310千字
定　　价	38.00元

华夏出版社　地址：北京市东直门外香河园北里4号　邮编：100028
　　　　　　　网址：www.hxph.com.cn　　电话：(010)64663331(转)

若发现本版图书有印装质量问题，请与我社营销中心联系调换。

前　言

　　《红楼梦》(《石头记》)不仅是一部小说，更是一座丰富的知识宝库，它的内容和写作形式体现了作者厚重的人生阅历和精妙高超的构思能力。《红楼梦》的作者究竟是谁？至今尚无定论，只有一种主流的说法而已。《红楼梦》只有大半部，它的结局是什么？尽管前面有"推背图"一般的暗示线索，但它终究是一个谜。精美绝伦的《红楼梦》以及围绕它的各种未解之谜，造就了无数的红迷。《红楼梦》在历史上曾引发过一次又一次的红学高潮。时至今日，有关《红楼梦》的各种评论和研究文章以及衍生作品难以计数。《红楼梦》是一部奇书！

　　许多初次接触《红楼梦》的人会有这样一个认识：为什么那么多人喜欢《红楼梦》，而我自己却读不下去？其实读《红楼梦》都有一个过程，一个从认识到喜欢的过程。《红楼梦》不同于其他悬疑传奇小说，悬疑传奇小说一下子就能吸引你的眼球，但悬疑传奇小说适合粗读快读，读完了也就是图一个乐子而已，而《红楼梦》则不同，它是越读越有味道。现代社会，随着生活节奏的加快和生活压力的增加，年轻人很难沉下心来认真地去阅读《红楼梦》，但反过来说，越是节奏快、压力大越需要静下来调节自己的身心，《红楼梦》就很值得年轻人仔细地阅读。《红楼梦》的精美，不仅美在宏观的故事构思上，更体现在细致的描写中。真正走进《红楼梦》，你就会喜欢《红楼梦》，以至于爱不释手。

　　记得自己第一次读《红楼梦》也没有一次性读完，读到那些琐碎的生活描写就一目十行地跳过去了，最后索性放下不读了。以后随着知识的积累和对《红楼梦》的逐渐了解，才渐渐地认识到《红楼梦》的美妙。《红楼梦》中大量的诗、词、联、谜都很有趣味，涉及每个具体人物的描写都各有特色，比如某个人物作的诗、说的话、居住的环境等，非常适合这个人物的身份，放在其他人物身上则不适合，这很值得深思揣摩。书里有关生活习俗、穿着打扮、建筑形式、园林艺术、书画、医术、膳食等都写得非常具体详实。还有书中的故事情节，如可卿春困、试才题额、元妃归省、宝钗扑蝶、黛玉葬花、湘云卧石、脂粉唉膻等都描写得非常具体生动，阅读后会在你的脑海里呈现出一幅幅美轮美奂的场景，就像优美的电影片段一样。

　　《红楼梦》既高雅又通俗，能读书的人都能看懂，很多地方甚至非常接近生活。比如：刘姥姥跟贾母等在大观园喝酒行令，鸳鸯道："中间'三四'绿配红。"刘姥姥道："大火烧了毛毛虫。"鸳鸯道："右边'幺四'真好看。"刘姥姥道："一个萝卜一头蒜。"鸳鸯道："凑成便是'一枝花'。"刘姥姥道："花儿落了结个大倭瓜。"还有薛蟠跟宝玉在冯紫英家喝酒行令，他说的是："女儿悲，嫁个男人是乌龟，女儿愁，绣房蹿出个大马猴……"

　　读《红楼梦》能够让人静心养性。我曾写过一首词，来表达自己研读《红楼梦》的感受。《清平乐·红趣》：日月飞转，生岁悠过半，工作忙来一身倦，纵有千般愁怨。日日行色匆匆，做事障碍重重，最喜班余闲暇，把卷细细研红。人生需要好的心态，书是人们的精神食粮，《红楼梦》更是如此。愿越来越多的人认识《红楼梦》、喜欢《红楼梦》、理解《红楼梦》。

说到研究《红楼梦》，我始终存有一个疑惑：《红楼梦》是在现实基础上的一部艺术作品，小说本身也讲得很清楚，是"真事隐"、"假语存"，这是我们理解和研究《红楼梦》的基础，可为什么有的人却把红楼贾府的故事硬说成是作者曹家的故事，并挖掘出一大堆北京曹家的所谓新证去类比红楼贾府的生活呢？这不是明显的以假为真吗？还有，为什么有的人对《红楼梦》与曹家的事实联系视而不见，非要否定曹说，并演绎出一大堆隐秘事件来？我同样疑惑为何这两种极端思维会充斥整个红学界，难道我们就不能端正对《红楼梦》的认识，根据作者的史料，结合《红楼梦》的基本阐述而去伪存真吗？拂去那些虚幻的、假的、艺术的东西，《红楼梦》与现实曹家会有什么具体的联系呢？正是这种种疑惑和想法促使着我这个红学门外汉来研究《红楼梦》。

需要说明的是，本书由不同时期作者的一些专题论文整理而成，对专题而言，作者力求全面地说明问题，这样对整部书来说难免有重复之嫌，作者尽量剔繁就简，但有些是无法去除的，因为作者希望读者能全面地读懂每一个小专题，望读者理解。

本书以阐述自己的红学观点为根本，在分析他人的观点时，如理解有误或引用不当，敬请谅解。另外，本书中有些引用来自网络，无法署名，亦敬请谅解。

目 录

第一章 缤纷红楼

初识红楼 /3
《红楼梦》的流传与红学的兴起 /12
了解一下曹家 /20
《红楼梦》的考证和索隐应分别立足于真假两个侧面 /26
《红楼梦》的避实就虚 /31
谁知其中味? /36

第二章 虚幻的贾府

神州何处大观园——贾府是真是假? /43
红楼的影子 /47
贾府人物形象的象征意义 /53
《红楼梦》的文学艺术成分及人物塑造的历史借鉴 /62
贾府的腐败没落 /74
高鹗续书意如何? /78
红楼贾府的隐藏结局 /85

《红楼梦》与推背图 /90
北邙山的象征意义 /93
半部红楼的改写痕迹 /95
《红楼梦》改写的移步换形 /102

第三章 《红楼梦》考证的问题和修正

有关曹雪芹的史料 /109
胡适的以偏概全 /118
周汝昌的以假为真 /122
主流红学的重芹轻红 /125
《红楼梦》的原始背景分析 /127
一个绕不过去的考证问题 /136
《红楼梦》的原始背景人物 /139
贾政原始形象的进一步探讨——究竟是曹寅还是曹頫？ /150
一个天大的疑惑 /158
《红楼梦》隐藏的秘密——贾宝玉的原始形象和
　　曹颙的假死问题 /163
作者自述分明是曹颙的忏悔 /172
书中脂批确定的时间概念 /174
曹雪芹是否就是曹颙？ /177
"四十年华"的重新解读 /183
曹雪芹的年龄问题 /187

第四章 红楼梦的背景故事及后半部贾府故事的发展

曹颙的人生轨迹与《红楼梦》　　　　　　　　　/195
还原曹颙假死出家和创作《红楼梦》的过程　　　/205
《红楼梦》后面故事的线索分析　　　　　　　　/211
《红楼梦》后半部故事梗概　　　　　　　　　　/233

第一章　缤纷红楼

《红楼梦》描写了一个封建上层家族的生活故事，故事中人物众多，情节生动，展现了多彩多姿的贵族生活。《红楼梦》自问世后，传抄甚广，版本很多，接续的作品多如牛毛。《红楼梦》到底说了些什么？人们对它的认识更是五花八门、莫衷一是，后来渐渐形成了一门学问，就是红学。鲁迅曾说："一部《红楼梦》，道学家看到了淫，经学家看到了易，才子佳人看到了缠绵，革命家看到了排满，流言家看到了宫闱秘事。"缤纷红楼带来的是红学研究的纷争。

初识红楼

如果你想深入全面地认识《红楼梦》,你不仅需要多读小说,还应多看一些有关《红楼梦》点评以及研究的文章。第一遍读《红楼梦》,不论你是细读,还是一目十行,或者是捡着喜欢的章节去读,你都只是了解故事的大致情节,可能还看不出它的微妙。要了解其中的微妙,最好拿本《脂砚斋重评石头记》看一下,里面有很多提示性的东西。如《红楼梦》中提到甄士隐,书中说:姓甄名费,字士隐。书中脂批就提示:真、废,托言将真事隐去;提到贾雨村,书中说:姓贾名化,表字时飞,别号雨村,脂批提示道:假话、实非,村言粗语也。如果没有这一提示你可能根本注意不到这些。说到认识《红楼梦》,应首先了解《红楼梦》的大致故事情节。下面先谈一下个人对《红楼梦》的一些初步认识。

(一)故事线索

总体上说,《红楼梦》是讲述贾府这个封建大家族由鼎盛奢华开始走向没落的一段生活故事,演绎了众多人物的悲欢离合。《红楼梦》的整个故事有以下几个线索:

1. 石头记的线索

《红楼梦》又叫《石头记》，这个名字体现的是故事的原始出处。书的开头讲，女娲氏炼石补天之时，在大荒山无稽崖青埂峰下丢弃了一块未用的石头。这块石头因看到其他的石头都用来补天了，就日夜悲号惭愧。某天遇见一僧一道两位仙人，心想既然不能补天那就落地到人间享受一下，于是便哀求这两位仙人把它带到人间去经历一番荣华富贵。仙人劝它说，人间的富贵繁华是一场乐事，但凡事不可长久，瞬息间就会乐极生悲，人非物换，到头究竟是虚幻一梦，万境归空，到时候不要后悔。无奈石头一心只想下凡去经历富贵，两位仙人只得答应。于是，仙人大展幻术，将石头幻化成小块宝石，便携了它到那昌明隆盛之邦、诗礼簪缨之族、花柳繁华地、温柔富贵乡去安身乐业。《红楼梦》一开始就讲到贾宝玉出生时口衔一块宝石，就是这块石头，此后它一直挂在贾宝玉的身上，不离不弃，一旦离开，贾宝玉就变得疯疯癫癫，像丢了魂一般。这样，石头与贾宝玉一起共同经历了《红楼梦》中的故事。石头成了整个故事的见证者和记录者。

后来有个空空道人从青埂峰下经过，见石上字迹分明，编述历历，原来上面讲述的就是这块石头被携入红尘、历尽离合悲欢炎凉世态的故事，因而抄录下来编成书，书名就叫《石头记》。

由一块石头讲述故事固然荒唐，但它同这个故事的发生既无时间又无地点是一致的，都有将"真事隐去"的意思。石头的角色与主人公贾宝玉的角色有异曲同工之妙，两者合二为一。石头是"无材可去补苍天，枉入红尘若许年"，而主人公是一个不思上进的纨绔子弟，一事无成出家了。尽管两者有相似，但却是不同的角色形象，一个是亲历者，一个是见证者。读者千万不要把两者混淆了。

分开来说，贾宝玉出生时口中衔的石头，它既不是宝玉本身，也不是宝玉的前身。宝玉仅是石头的携带者，宝玉的前身是赤瑕宫的神瑛侍者。石头与贾宝玉在角色上的区别，在书的第十八回元妃省亲时体现得很清楚。书中说石头因见到宏大气派的场面，不禁以自己的口吻发出感慨："回想当初在大荒山中，青埂峰下，那等凄凉寂寞；若不亏癞僧、跛道二人携来到此，又安能得见这般世面。"这是《红楼梦》中石头下凡后唯一一处表现自己的地方。如果没有这一表现，人们很容易将石头与贾宝玉混为一谈。

2. 宝黛爱情故事的线索

贾宝玉和林黛玉是《红楼梦》的两个主要人物，整个故事实际是围绕宝黛的爱情主线展开的。

关于贾宝玉和林黛玉的爱情还有一段前世因缘。书中讲：西方灵河岸三生石畔，有一株绛珠草，赤瑕宫的一位神瑛侍者天天用甘露去浇灌它。天长日久，绛珠草就脱去草胎木质变成了人形，修成一个女体。一日，这神瑛侍者思凡心切，想到人间去经历一段。绛珠仙子听说后也要随他下凡。绛珠仙子对警幻仙子说："他是甘露之惠，我并无此水可还。他既下世为人，我也去下世为人，但把我一生所有的眼泪还他，也偿还得过他了。"贾宝玉与林黛玉凄美的爱情故事就是以这段前世因缘展开的。

林黛玉寄人篱下，又体弱多病，养成了多愁善感的性格。她绝顶聪明、悟性极高，加之自尊心强，所以很易伤感。在贾府，贾宝玉是林黛玉的重要依靠，两人在一起有真情、有欢乐，但更多的是猜忌、感伤。林黛玉终日以泪拭面，最后泪尽而亡。黛玉死后，宝玉跟宝钗结婚，这是爱情的一个变故。对于这个变故，《红楼梦》在前面的太虚幻境描写中就表明："都道是金玉良姻，俺只念木石前盟。空对着,山中高士晶莹雪;终不忘,世外仙姝寂寞林。"这表明了宝黛爱情的悲剧色彩。

3. 太虚幻境的线索

前面提到,《红楼梦》描写的是一个时间不清、地点不明的侯门家族由盛变衰的故事。书中说:"朝代年纪,地域邦国,却反失落无考。"至于内容细节,又说:"至若离合悲欢,兴衰际遇,则又追踪蹑迹,不敢稍加穿凿。"书中的一幅幅场景描写得相当细致而又生动,像出丧、省亲、祭祖、排家宴、制灯谜、兴诗会等都像作者亲身经历过一样。《红楼梦》中的繁华景象让人看得眼花缭乱,而具体的情节描写又让人感到真实,所以《红楼梦》给人一种似真似幻的感觉。

《红楼梦》在描写整个家族繁华生活的同时,又展现出这个家族的生存危机,后继无人、阴盛阳衰,男人们只知吃喝玩乐,甚至腐朽堕落,家中仅靠王熙凤这样的女人支撑。尽管作者只完成了《红楼梦》的前半部,但已经预示了这个家族的悲惨结局。石头在下凡时,僧人和道人都说:"美中不足,好事多磨,瞬息间则又乐极悲生,人非物换,究竟是到头一梦,万境归空。"说明《红楼梦》中描写的这个家族最后是败落了,一切富贵繁华化为乌有,就像是一场梦境。关于贾府的败落,在书中通过贾宝玉梦游太虚幻境一回进行了含蓄的表述,在这回中,警幻仙子为贾宝玉预演了红楼梦,就是预演贾府今后的消亡过程。

书中讲到因贾宝玉春困午休,到秦可卿的房中睡觉,谁知这一睡竟梦游了太虚幻境。在太虚幻境中宝玉看到了象征自己家族人物命运的册子:薄命司里的金陵十二钗正册、副册、又副册。其后,他又在警幻仙子的导引下听了《红楼梦》十二支曲。红楼梦曲和十二钗册子分别将贾府后面发生的家族悲剧和每个人物的最终命运进行了暗示性地表演和说明。对家族后来的结局，太虚幻境中仙子唱到，"家富人宁，终有个家亡人散各奔腾"，"好一似食尽鸟投林，落了片白茫茫大地真干净！"十二钗册的形式是每个人都有一首诗、一幅画。如象征贾宝玉的大丫头花袭人的是：后面画着一簇鲜花、一床破席。词写道：枉自温柔和顺，空云似桂如兰；堪叹优伶有福，谁知公子无缘。这表明了花袭人的形象和其命运结局。书中的她正像这四句说的那样，最终没有留在贾宝玉身边，而是嫁给了优伶蒋玉菡。这种一诗一画的形式有点像古代推测历史发展的《推背图》。实际上，在《红楼梦》中，每个人的言谈举止，包括写的诗、住的场所、喜欢的花木、喜欢的历史人物都暗合着这个人的命运遭际。

太虚幻境中警幻仙子的名字也很有深意，从字面上理解，警幻就是以幻象来警示的意思。太虚幻境中警幻仙子唱红楼梦曲，意在以幻象警示贾宝玉，那这部《红楼梦》难道不是作者在警示教育世人吗？！

4. 风月宝鉴的线索

风月宝鉴是书中一个跛足道人所用的法器。私塾先生贾代儒的儿子贾瑞因垂涎王熙凤的美色不能自拔，思念成病。一日，一个跛足道人送给贾瑞一面镜子，让他天天看镜子的反面，这样就能治好他的病，并告诫他千万不要看镜子的正面。贾瑞看到镜子的反面是一堆堆吓人的白骨，震惊害怕，索性去看镜子的正面，而镜子的正面是王熙凤在里面向他招手，勾引他，于是他更不能自拔，荡悠悠飘进去遂了自己心意。他忘掉了道人的告诫，天天看镜子的正面，不仅没有治好病反而葬送了性命！道人曾讲这面风月宝鉴是太虚幻境警幻仙子所制，说明风月宝鉴的故事与太虚幻境的故事都是让人警醒、迷途知返的意思。

《红楼梦》又名《风月宝鉴》，并不是将这一段故事作为书的核心，而是将书比作风月宝鉴。《红楼梦》中讲述了许多风月故事，描写了贾府许多偷鸡摸狗的事情，正因为如此，该书曾一度被列为淫书、禁书。《红楼梦》又名《风月宝鉴》的用意就在这里，就是提醒读者不要只着意于表面的风花雪月，要看清故事其实讲的是一个家族消亡的过程，这与作者的那句"谁知其中味"是相呼应的。

风月宝鉴的含义表明了《红楼梦》绝非表面上的故事那么简单，它真正要表达的东西需要人们深入探讨。

5. 四大家族线索

《红楼梦》中有四大家族，分别是贾家、史家、王家和薛家。说到这四大家族的富有，护官符中说："贾不假，白玉为堂金作马；阿房宫，三百里，住不下金陵一个史；东海缺少白玉床，龙王来请金陵王；丰年好大雪，珍珠如土金如铁。"这四家是联络有亲的关系，贾家的贾母史太君和她的侄孙女史湘云来自史家；贾家的王夫人和她的侄女王熙凤来自于王家；薛姨妈同薛蟠、薛宝钗代表的是薛家人，还有薛姨妈与王夫人是姊妹关系，都来自于王家。

《红楼梦》中史家、王家、薛家的人仅在贾家出现，他们的家族情况在书中没有正面展示。书的开头作者就说："此书只是着意于闺中，故叙闺中之事切，略涉于外事者则简。"虽然如此，《红楼梦》却通过四大家族的联系将着笔于贾府闺中的描写一下辐射到整个上层社会，四大家族是整个封建社会的典型代表。

6. 甄家和贾家的线索

"甄家"和"贾家"的谐音就是"真家"和"假家"。《红楼梦》正面描写的是贾家，而相对于贾家的甄家是在南方。甄家是什么情况，书中没有具体去描写，仅是数次提及，只说两家是密切的老世交关系，并说贾府中存有甄家送的礼物，贾家用钱可以到甄家去拿。重要的是两家的人物故事具有相似性。

书中讲贾家有个贾宝玉，甄家还有一个甄宝玉。贾宝玉住在大观园，甄宝玉也住在一个园子里，并且两个人的性情和长相是完全一样的。甄家人曾说如果两人站在一起是分辨不出来的。《红楼梦》中这种甄家和贾家人物的对应关系一下把甄家的人物故事隐含性地过渡到贾府中去了，这样一来，甄家人物也就没有重复描写的必要了，看到贾家的人物故事自然联想到甄家的人物故事。

尽管甄贾两家具有相似性，但却不是等同或者重叠的关系，甄家和贾家是书中并存的两个家族！很明显是一真一假的关系！

在书的开头还借用了两个人物做引子，一个是甄士隐，一个是贾雨村。前面说过这两个名字的含义，一个寓意是隐去真事，一个寓意是存在假话。这两个寓意说明了《红楼梦》的真实故事应落脚于甄家，而甄家的故事其实就隐含在贾家的故事中。关于这点，许多人只看到贾府的生活故事，忘记了假语存，进而去论证贾家的人物原型，这显然走入了误区，后面我们将对此展开进一步的探讨。

（二）贾府的规模

上面介绍了《红楼梦》中的几个主要线索，我们再来了解一下《红楼梦》中贾府的规模。

这个贾府有宁国府和荣国府两处相连的府邸，还有一处可以住许多人的大观园。贾府的建筑规模非常宏大，与所谓的侯门不太相符。我们从一些章节的描写中去认识一下。

在第二回"冷子兴演说荣国府"中，借人物冷子兴之口将整个贾府描述了一番，勾勒出了大致轮廓。书中说：街东是宁国府，街西是荣国府，二宅相连，竟将大半条街占了。大门前虽冷落无人，隔着围墙一望，里面厅殿楼阁，也还都峥嵘轩峻，就是后一带花园子里面树木山石，也还都有蓊蔚洇润之气。

对荣国府最详细的描写是在"荣国府收养林黛玉"一回中，借林黛玉的眼睛将整个荣国府的宏伟外观、精致布局、华贵陈设演示了一遍。仅其中的"荣禧堂"就描述为"五间大正房，被仪门、耳房、穿堂、甬道簇拥，极其轩昂壮丽"。

对宁国府最详细的描写是在"宁国府除夕祭宗祠"一回中，是这样描写的：宁国府从大门、仪门、大厅、暖阁、内厅、内三门、内仪门并内塞门，直到正堂，一路正门大开，两边阶下一色朱红大高照，点的两条金龙一般。进入院中，白石甬路，两边皆是苍松翠柏。月台上设着青铜古铜鼎彝等器。宁国府九重大门的布局在民间绝对没有，恐怕只在《红楼梦》中才有。

对大观园最详细的描写是在"大观园试才题封额"一回中，通过贾政带着宝玉对大观园的建筑题写封额呈现出大观园的整个面貌。里面楼阁、水榭、亭台、曲廊应有尽有，还有贾府各位大小姐的住所以及尼庵等。在建造大观园时书中曾提到园子的规模大小："从东边一带，借着东府里花园起，转至北面，一共丈量准了，三里半大。"从描写的情况来看，又何止三里半大？其规模远远超出了任何一家私家花园的规模。

贾府不光是建筑的规模宏大，还有人员众多。统计一下，贾府中生活着的本族人、眷属、姻亲不下一百多人，《红楼梦》中写到的人物将近九百多人。仅两府就有丫环七十三人、仆妇一百二十五人、男仆六十七人、小厮二十七人，另外还有门客、优伶、僧道、尼姑等，贾府就是一个小社会。

因为《红楼梦》描述的这个大家族的故事非常具体生动、活灵活现,加之脂砚斋在批语中一再说"经过见过、非经历者不能写出",一些人就认为这是一段贵族生活的真实写照。问题是这么一个规模的家族到底是谁家呢?到底是谁家,恐怕是很难确认的!既然没有这样一个家族,那就很有必要探讨一下"经过见过"的问题。"经过见过"到底是经过见过类似的生活场面,并以此作为素材来进行创作,还是亲身经历了书中一模一样的生活?这家族到底是真实的,还是虚幻的?在哪里?是谁家的故事?作者究竟是谁?这是值得我们研究的问题。

下面我们首先来看一下历来人们对《红楼梦》的认识。

《红楼梦》的流传与红学的兴起

《红楼梦》问世不久，就迅速以手抄本的形式广泛流传。程伟元记述说："好事者每传抄一部，置庙市中，昂其值得数十金，可谓不胫而走矣。"清代乾隆、嘉庆年间，有一名经学家郝懿行在《晒书堂笔记》中记载："余以乾隆、嘉庆间入都，见人家案头，必有一本《红楼梦》。"据说，此书也曾惊动了高官和珅以及乾隆皇帝。宋翔凤说："高庙末年，和珅以呈上，然不知所指。高庙阅而然之，曰：此盖为明珠家事作也。"这当然是乾隆皇帝的一种猜测。当时红迷爱之成癖，对此恨之者也有，这更加从反面证明了《红楼梦》的广为流传。晚清毛庆臻在他的《一手考古杂记》中说"入阴界者，每传地狱治雪芹甚苦"，"莫若聚此淫书，移送海外以答其鸦片流毒"。可见读《红楼梦》之风在当时的盛行。后来也有人说：闲谈不言红楼梦，读尽诗书也枉然。尽管这样，人们对《红楼梦》的主旨认识还是比较模糊的。

随着《红楼梦》的流传，人们对《红楼梦》的各种认识也逐渐多起来。

比较早提到对《红楼梦》的看法的是袁枚和明义。袁枚是清代诗文家，字子才，晚年自称随园老人。乾隆十四年袁枚辞官隐居南京小仓山随园。他在《随园诗话》中提到《红楼梦》："康熙间，曹练（楝）亭为江宁织造……其子雪芹撰《红楼梦》一部，备记风月繁华之盛。中有所谓文（大）观园者，即余之随园也。明我斋读而羡之。当时红楼中有某校书尤艳。"

袁枚所说的曹练（楝）亭即曹寅，他是清朝的一位文学家，曾出任江宁织造多年。袁枚认为曹雪芹是曹寅之子，《红楼梦》记述的是曹寅家的故事，书中描写的大观园就是当年曹寅家的私家花园，这个花园后来被袁枚本人购买了，所以他自豪地说他这个花园就是《红楼梦》中的大观园。袁枚所提到的明我斋即明义，姓富察，字我斋，约生于乾隆五年（1740），满洲镶黄旗人，是都统傅清的儿子、明仁（明益庵）的弟弟。他在乾隆朝做上驷院的侍卫，给皇帝管马执鞭。明义在《绿烟琐窗集》中有一首"题红楼梦"的诗。在诗的前面说"曹子雪芹出所撰《红楼梦》一部，备记风月繁华之盛，盖其先人为江宁织府。其所谓大观园者即今随园故址。惜其书未传，世鲜知者，余见其钞本焉"。

可见，袁枚是借用了明义对《红楼梦》的认识。

袁枚和明义都是曹雪芹健在时就存在的人物。袁枚所说的"随园"应该叫做"隋园"，原是曹家的一处花园。曹家被抄家时，执行任务的是隋赫德，隋赫德继任织造之职后，占有了曹府，就将曹家花园改为"隋公园"即"隋园"。几年后隋家也被抄家，"隋园"被袁枚购买。明义说看到了尚未流传的《红楼梦》，从他诗中记述《红楼梦》的故事来看，应该比较可信。

明义的观点是比较早的对《红楼梦》的认识，随着《红楼梦》的流传，人们对《红楼梦》的认识逐步丰富起来。因为《红楼梦》写得真真假假，就像《红楼梦》中说的，"假作真时真亦假，无为有处有还无"，既有"真事隐（甄士隐）"，又有"假语存（贾雨村）"，让人很难看清它的真面目。它到底隐藏了什么故事？这躲躲闪闪、虚虚实实的描写是否隐藏着什么政治含义？人们不再把它当作简单的生活小说来对待。

后来清末的王梦阮、沈瓶庵著有《红楼梦索隐》，认为贾宝玉隐喻清世祖（顺治），林黛玉隐喻董小宛，《红楼梦》是写了顺治与董鄂妃的故事。此外还有"宫闱秘事"、"刺和珅"等说法。

以后人们对《红楼梦》的研究也越来越多。蔡元培先生也写了《石头记索隐》探索这个问题。他在《石头记索隐》中说："《石头记》者，清康熙朝政治小说也。作者持民族主义甚挚。书中本事，在吊明之亡，揭清之失，而尤于汉族名士仕清者，寓痛惜之意。""贾宝玉，言伪朝之帝系也。宝玉者，传国玺之义也，即指胤礽（废太子）。"自此索隐派兴起。

前些年，霍氏姐妹写了《红楼解梦》，重拾索隐派的观点，风靡一时。《红楼解梦》是用索隐的方法索隐出一个曹雪芹和竺香玉的爱情故事以及谋杀雍正的历史案件。宁国府隐喻清皇宫。其依据是"君门九重"的典制，因为任何王府都不可能有九重门，只有清皇宫才有资格独享九重门。大观园隐喻圆明园。对大观园的描写与圆明园四十景图有很多方面相似。秦可卿隐写竺香玉皇后。从秦可卿的居室摆设、日常用品和死后所用棺木来看，秦可卿不可能是王府家的儿媳妇，其真实身份应该是皇后竺香玉。《红楼解梦》说《红楼梦》隐写曹雪芹与竺香玉的爱情故事，竺香玉成为皇后，此后又与曹雪芹合谋毒死了雍正。

此外，人们还热衷于所谓的密码研究。比如有人认为：林黛玉是影射朱竹垞，因为林黛玉是绛珠仙子，所以是朱，居住在潇湘馆所以是竹垞。类似的研究观点还有许多。

现在主流红学信奉的比较有说服力的依然是胡适的《红楼梦考证》，它基本回归了明义对《红楼梦》的原始认识。1921年胡适发表他的《红楼梦考证》，就此开创了红学研究的新时代。胡适依据作品文本，并征引《随园诗话》、《小浮梅闲话》、《八旗人诗抄》、《曝书亭集》等近二十种资料，得出六条结论，确认了曹雪芹的作者地位，弄清了曹家家世的来龙去脉，认定《红楼梦》"是一部隐去真事的自叙"。《红楼梦考证》的发表确立了考证派在《红楼梦》研究中的主导地位。胡适在《红楼梦考证》中得出六条结论：

1.《红楼梦》的著者是曹雪芹。2. 曹雪芹是曹寅的孙子、曹頫的儿子，生于极富贵之家，身经极繁华绮丽的生活。3. 曹寅死于康熙五十一年。曹雪芹大概即生于此时，或稍后。4. 曹家极盛时，曾办过四次以上的接驾的阔差；但后来家渐衰败大概因亏空得罪，被抄没。5.《红楼梦》一书是曹雪芹破产倾家之后，在贫困之中作的。作书的年代大概是乾隆初年到乾隆三十年左右，书未完而曹雪芹死。6.《红楼梦》是一部隐去真事的自叙；里面的真假两宝玉，即曹雪芹自己的化身；真假两府即当日曹家的影子。

胡适的贡献在于找到了《红楼梦》与曹家的联系。他的"大胆假设，小心求证"的论证思路更是获得了人们对《红楼梦考证》的认同。鲁迅在《中国小说史略》中也给予一定的赞同，"然谓《红楼梦》乃作者自叙，与本书开篇挈合者"、"胡适做考证，乃皎然彰明，知曹雪芹实生于繁华，终于零落，半生经历，绝似石头，著书西郊，未就而没"。但人们很快就发现《考证》还存在许多问题。比如，对甄贾两府的描写都有曹家的影子，为何分别写甄贾两府，隐情何在？真假何在？曹雪芹既是曹寅的孙子，其父是谁？曹寅的孙子怎能赶上曹家在江南的繁华生活，他怎能生于繁华、终于零落呢？再说《红楼梦》中的描写与曹家现实情况也不对应，曹家哪有这般规模？《红楼梦》描写的场景到底是发生在南方还是在北方？如果小说真是作者的自传，那《红楼梦》中真真假假的东西又是什么？胡适的《红楼梦考证》好像解答不了这些问题。

俞平伯起先也是考证派的人物，他在1923年出版《红楼梦辨》，力持自传说。随着他对《红楼梦》认识的加深，两年后他发表《红楼梦辨的修正》，说："若说贾即是曹，宝玉即是雪芹，大类高山滚鼓之谈矣。"到1986年他重新整理的《索隐与自传说闲评》对自传说提出更多的质疑，认为"考证之功不掩自传之累"，"夫小说非他，虚构是也，虚构原不必排斥实在，如所谓'亲睹亲闻'者是"，"宝玉者，小说中主角，不必实有其人；大观园者，小说中花园，不必实有其地"。俞平伯的反戈一击，使胡适的自传说几乎站不住脚。不论是胡适的自传说还是俞平伯的从自传到虚构的认识转变，都没有涉及《红楼梦》中的反封建思想。1954年，两个小人物李希凡和蓝翎针对《光明日报》上俞平伯《红楼梦研究》的观点，写了一篇题为《关于〈红楼梦简论〉及其他》的文章，发表在《文史哲》杂志1954年第9期上。文章的基本观点是对俞平伯提出挑战："俞平伯先生未能从现实主义的原则去探讨《红楼梦》鲜明的反封建的倾向，而迷惑于作品的个别章节和作者对某些问题的态度，所以只能得出模棱两可的结论。""俞平伯先生不但否认《红楼梦》鲜明的政治倾向性，同时也否认它是一部现实主义作品。""俞平伯先生的唯心论的观点，在接触到《红楼梦》的传统性问题时表现得更为明显。"没想到两个小人物的文章引起了伟大领袖毛泽东的关注，他说："看样子，这个反对在古典文学领域毒害青年三十余年的胡适资产阶级唯心论的斗争，也许可以开展起来了。"一场普通学术论争，后来发展成为一场全国性的大规模思想运动，再到文化界、思想界掀起批俞、批胡的狂潮。通过这一偶然事件，客观上拓宽了《红楼梦》研究的视野，推动了红学在新历史阶段下的发展，使人们认识到《红楼梦》是一部有政治色彩的小说，但受当时意识形态的影响，人们认为《红楼梦》是塑造了贾宝玉这一反抗封建礼教精神的叛逆者形象的一部小说。

后来的周汝昌吸取了俞平伯的教训，走了与俞平伯相反的道路。周汝昌在认可贾宝玉是封建叛逆者的前提下，承认故事的现实存在，成了自传说最坚定的支持者。他为了解决自传说存在的问题，做了大量深入的研究，1954年他写了一部《〈红楼梦〉新证》。《新证》通过对曹家资料的深入挖掘，认定《红楼梦》讲的就是曹寅之孙的故事，这个故事不是发生在南京，而是像小说中描述的贾家京中生活一样，故事就发生在北京，是抄家以后曹寅的孙子又经历的家族二次中兴。这样一来，作为《红楼梦》作者的曹雪芹虽不能经历曹寅时期在江南的繁华生活，在北京却也有类似的经历。这与《红楼梦》描写的生活场景发生在北方相一致。他认为贾宝玉就是曹雪芹，进而说："小说中日期与作者生活实际相合，小说是精剪细裁的生活实录。"

从二十世纪八十年代一直到二十一世纪初周汝昌还写了大量的红学著作，像《石头记鉴真》、《恭王府与红楼梦》、《红楼梦的真故事》、《红楼夺目红》、《红楼别样红》、《谁知脂砚是湘云》等，竭力鼓吹自传实录说。可他写得越多，漏洞也就越逐步暴露出来。他的这套理论体系表面上看言之凿凿，弥补了胡适不能自圆其说的漏洞，但实际是沿着自传说的轨道越走越偏。他甚至认为史湘云就是曹雪芹的妻子脂砚斋，说"湘云才是一部《红楼梦》的真正女主人公，《红楼梦》可称为《云之梦》"，将《红楼梦》基本的爱情故事也给篡改了。

周汝昌将《红楼梦》中的故事全部认为是曹家的故事，北京现实中的曹家就是书中的贾家。用故事去推断曹家的现实状况，这是典型的以假为真。从他认为写实的观点理解，更是矛盾。曹家的曹頫在被抄家后调京治罪，被赦后的生活只是比其他被抄家的略好而已，哪来的二次中兴，况且曹頫也不可能有一个类似元春的成为皇妃的女儿。还有，曹家在北京的生活即使有点好转，也不可能达到《红楼梦》中的繁荣程度。再说，在天子脚下，能让一个家族建一处犹如皇家花园规模的大观园吗？周汝昌这种完全比对的认识，更让人们认识到曹家和贾家的不可比对。他的这些观点实际是自己否定了自己。

还有一个至关重要的问题，周汝昌也不好自圆其说。周老将曹雪芹认作曹寅的孙子，同时又说他乾隆二十八年去世，时年不到四十岁（这是他硬去凑合资料的说法，否则他的理论站不住脚）。我们看一下，曹雪芹仅改书就用了十年的时间，连写带改就是十多年，而《红楼梦》中从贾宝玉出生一直到十六七岁时结婚为止，又是十多年，这两者加起来就是三十多年的时间。照此，从乾隆二十八年向前推算，曹家在北京中兴的时间就推到雍正年间了，也就是刚抄家接着就中兴了，这可能吗？从前面讲，曹家在北京何时能赦罪？赦罪后达到书中的规模也不是几年就能完成的。这样前后算起来，曹家在北京的中兴可能吗？他繁华的生活经历岂不是子虚乌有？

随着网络时代的来临，一些原来只有红学专家才能接触到的资料开始被广大红学爱好者认识和共享，一些非主流红学研究者立足自身的理解得出各种各样的观点。朱光东认为《红楼梦》是一部全面反清的作品，书中的鄙视仕途经济就是不仕清，是政治立场，从书中的一个回目"啖腥割膻"来看，作者是对清朝有刻骨仇恨的反清志士。马兴华认为作者是明宗室成员朱由析，《红楼梦》描写的是南明的故事,他认为书中有对帝都京城的描述以及贾府的规模就像皇室。李鸣鸟认为《红楼梦》的原作者是明末清初的著名人物查继佐,查庭嗣以"不敬上"获罪从而导致整个家族的衰亡,天津水西庄与大观园轩馆的名称有千丝万缕的联系,此庄是《红楼梦》中大观园的原型。土默热认为《红楼梦》与《长生殿》极相似,《红楼梦》的初创者,不是乾隆朝的曹雪芹,而是康熙朝的洪昇。考证出《红楼梦》中"金陵十二钗"正册中的人物原型,就是清初活跃在杭州文坛上的"蕉园诗社"成员。大观园就是杭州的西溪。更有人认为大观园在河北任丘,因为任丘也有一个随园,是北随园,南随园也就是袁枚说的随园,袁枚曾说他的随园就是大观园,因而任丘的随园也被认为是大观园。这是极端荒谬的逻辑推理。

　　红学尽管有许许多多的流派,但还是以胡适为代表的考证派和以蔡元培为代表的索隐派这两大派别为主。

了解一下曹家

《红楼梦》作者曹雪芹的家族情况是什么样的呢？在前面我们讲过袁枚曾有一说法："曹练（楝）亭为江宁织造，其子雪芹撰《红楼梦》一部。"敦诚在《寄怀曹雪芹沾》诗中写道："少陵昔赠曹将军，曾曰魏武之子孙。君又无乃将军后，于今环堵蓬蒿屯。扬州旧梦久已觉（雪芹曾随其先祖寅织造之任），且着临邛犊鼻裈。"敦敏也有一诗写道："可知野鹤在鸡群，隔院惊呼意倍殷。雅识我惭褚太傅，高谈君是孟参军。秦淮旧梦人犹在，燕市悲歌酒易醺。"从"扬州旧梦久已觉（雪芹曾随其先祖寅织造之任）"和"秦淮旧梦人犹在"这两句来看，曹雪芹应是曹寅的后人。

曹寅是康熙时期的文学家。他祖上原居辽阳，高祖曹振彦和曹锡远父子原是明朝的军官，努尔哈赤攻占辽阳后他们就投降了，后来成为清兵的将领。因为在战斗中有功，他们成了镇守辽阳的护卫官，以后入了旗，成了旗人。清兵从关外打到关内，曹家也累积战功，并逐渐走进清统治者的核心圈。他们被安排到内务府任职，成为包衣之家，也就是朝廷的家奴。曹寅之母也就是曹玺之妻，曾做过康熙皇帝的奶妈，曹寅也曾做过康熙的伴读，还曾给康熙做过侍卫。从曹玺开始曹家就被派到南京做江宁织造。织造虽不是官员职位，但却是内务府的派出机构，自然拥有不一般的地位。因为曹家与皇帝的特殊关系，江宁织造府的曹家成为江南的一个重要家族是可以想象的。

曹玺病故以后，曹寅继任了江宁织造之职。实际上，曹玺在当江宁织造的时候，曹寅已经被派到苏州担任织造了。曹玺得病后，康熙让曹寅到江宁协理，康熙三十一年曹寅由苏州织造调任江宁织造，兼任两淮巡盐监察御使，在内务府的职务是通政使司通政使臣。

曹寅有很好的文学修养，不仅是一位文学家，还是一位当时有名的藏书家和刻书家。他藏书极富，会作诗词，又兼作戏曲，有《楝亭诗抄》、《楝亭词抄》、《楝亭文抄》等著作。他曾奉旨主持刊刻了《全唐诗》和《佩文韵府》。他跟当时一些著名的诗人和作家如施闰章、陈维崧、尤侗、朱彝尊、洪昇等都有过交往。他的学识修养自然影响到家庭的文化氛围。

历史上康熙有过六次南巡，除第一次到南京驻跸将军署外，余五次均把织造署当行宫。这五次之中，曹寅当了四次接驾的差。曹家的家业在曹寅这一代达到了鼎盛阶段。究其原因，还是曹寅与康熙皇帝的密切关系使然。

康熙三十八年的康熙第三次南巡也是曹寅的首次接驾。这次接驾在陈康祺《郎潜记闻三笔》中有记述：康熙乙卯夏四月，上南巡驻跸于江宁织造之署，曹世受国恩，与亲臣世臣之列。爰奉母孙氏朝谒。上见之，色喜，且劳之曰：此吾家老人也。赏赉甚渥，会庭中萱花开，遂御书"萱瑞堂"三字以赐。康熙称孙氏"此吾家老人也"，康熙没有忘记孙氏是自己的奶妈，也体现了他与曹寅兄弟般的情谊。

曹家的最后一次接驾是在康熙四十六年。在康熙四十六年五月十五日的"曹寅奏报雨水收成并请圣安摺"中说："窃臣包衣下贱，蒙皇上豢养多年，屡沐天高地厚之恩，捐糜莫报。今年銮舆巡幸，复蒙圣恩有加无已，举家妻孥老幼，尽沾雨露。臣自分何人，辄邀如此宠眷。虽粉身碎骨，不能仰报万一，惟有朝夕焚香顶祝而已。""举家妻孥老幼，尽沾雨露"这句话，说明康熙此次南巡接见了曹家所有的人。

曹寅不仅担任江宁织造，还替朝廷督造过皇家园林。根据康熙五十一年十一月十九日内务府奏文"查算曹寅在西花园修造房屋、挖河、堆泊岸等项工程，以及修建西花园、圣化寺各处工程的用银情况"。我们从中知道曹寅曾回北京替皇家督造西花园等皇家园林。

从曹家的档案中我们还看到曹寅有一个女儿嫁给了王子。康熙四十五年八月初四日江宁织造、通政使司通政使臣曹寅谨奏：

今年正月太监梁九功传旨，著臣妻于八月上船奉女北上，命臣由陆路九月间接敕印，再行启奏。钦此钦遵。窃思王子婚礼，已蒙恩命尚之杰备办，无误筵宴之典，臣已坚辞。惟是臣母冬期营葬，须臣料理，伏乞圣恩准假，容臣办完水陆二运及各院司差务，捧接印，由陆路暂归，少尽下贱乌哺之私。

康熙四十五年十二月初五日江宁织造、通政使司通政使臣曹寅谨奏：

恭请圣安。前月二十六日，王子已经迎娶福金过门。上赖皇恩，诸事平顺，并无缺误。随于本日重蒙赐宴，九族普沾，臣寅身荷天庥，感沦心髓，报称无地，恩维倘恍，不知所以。

从曹家档案也看出，曹寅的儿子曹颙在继任织造之前先到北京的内务府任职。康熙四十八年二月初八日江宁织造、通政使司通政使臣曹寅谨奏：

恭请圣安。臣家奴赍摺子回南,伏闻圣体全安,下慰亿万苍生之望,凡属臣民,无不欢忻舞蹈,庆祝无疆。臣愚以为皇上左右侍卫,朝夕出入,住家恐其稍远,拟于东华门外置房移居臣婿,并置庄田奴仆,为永远之计。臣有一子,今年即令上京当差,送女同往,则臣男女之事毕矣。兴言及此,皆蒙主恩浩荡所至,不胜感仰涕零。但臣系奉差,不敢脱身,泥首阙下,惟有翘望天云,抚心激切,叩谢皇恩而已。

康熙五十年四月初十日内务府奏文:

奉旨:著将取中之旗笔帖式、候缺之吏员、监生、俊秀、官学生等二十九人具奏,拣放膳茶、鹰犬各处之缺。又具奏:原任物林达曹荃之子桑额、郎中曹寅之子连生,曾奉旨。著具奏引见。钦此。现将桑额、连生之名,各缮绿头牌,由内务府总管赫奕、保住具奏,带领引见。奉旨:曹荃之子桑额,录取在宁寿宫茶房。钦此。

现实中,曹家的繁华生活在曹寅这一代达到鼎盛,可也是在这一代,因曹寅的四次接驾以及日常的挥霍无度使曹家出现巨大的亏空,曹家由此出现危机并开始走向败落。康熙皇帝曾一再批示,"两淮情弊多端,亏空甚多,必要设法补完,任内无事方好,不可疏忽。千万小心,小心,小心,小心!""亏空大多,甚有关系,十分留心,还未知后来如何,不要看轻了。"拳拳嘱托,体现了康熙对曹寅的爱护。曹家也正是在康熙皇帝的一再庇护下,才继续安于往日的繁华生活。到康熙五十一年曹寅辞世,曹家仍没能补上全部的亏空。

曹寅去世后,根据康熙皇帝特意的指示安排,他的儿子曹颙继任织造。曹颙继任织造后不到三年就神秘地去世了。康熙再次指示将曹寅的侄子曹𫖯过继为曹寅之子,再继任织造一职。康熙六十一年曹家的后台康熙皇帝驾崩,雍正继位。雍正皇帝对织造极为不满,态度大变,曾说"凡事有一点欺隐作用,是你自己寻罪,不与朕相干","主意要拿定,少乱一点,坏朕名声,朕就要重重处分","诸凡奢侈之风,皆从织造盐商而起"。雍正五年曹頫因骚扰驿站被抄家治罪。

曹家的家世情况:

曹锡远,正白旗包衣人。世居沈阳地方,来归年月无考。

曹振彦,原任浙江盐法道。此作为第一代人。

曹玺,原任工部尚书;曹尔正,原任佐领。第二代。

曹寅,原任通政使司通政使;曹宜,原任护军参领兼佐领;曹荃,原任司库。第三代。

曹颙,原任郎中;曹頫,原任员外郎;曹颀,原任二等侍卫,兼佐领;第四代。

曹天佑,原任州同。第五代。

在清朝内务府档案中,我们还看到有李煦家的情况和孙文成家的情况。他们与曹家的情况相同,分别担任苏州织造和杭州织造。江南三大织造就是曹家、李家和孙家这三家,他们三家之间是亲戚关系。此外,还能查到一个短暂任织造的马家,而曹颙的妻子正是马氏,此马氏与马家是否是一家人也留下猜测,这点在后面我们还需要进一步论证分析。这四家的关系如下:

曹寅之母也就是康熙的奶妈是孙文成的姑妈;

曹寅的妻子就是李煦的妹妹;

曹颙的妻子可能来源于马家。

了解了曹家的基本情况,我们确实感到曹家与《红楼梦》有许多的联系。首先,曹雪芹的资料显示了《红楼梦》与曹家的直接联系,毋庸置疑曹家在江南的繁华生活是的确存在的,再比如曹家的四次接驾,而书中提到甄家也接驾四次,还有《红楼梦》中元妃的形象有曹寅的女儿纳尔苏王妃的影子,四大家族的联系吻合现实中三大织造以及曹颙之妻马氏的马家的关系,除此之外曹家许多人在朝廷内务府任职,不仅自家的生活过得优渥,还能见识到皇家的奢华生活和排场,具备描写《红楼梦》中诸如元妃省亲一类大场面的素质和能力。

而到底是像胡适考证的那样,书中甄贾两家都是曹家的影子呢,还是仅仅作为塑造故事的背景素材呢?这点我们在后面做进一步的分析论述。

红楼梦的考证派和索隐派应
分别立足于真假两个侧面

　　许多年以来,考证和索隐两大派别相互攻击,谁也没有说服对方的绝对优势,究其原因,他们都存在不少自己都解决不了的问题。考证派虽说发现了《红楼梦》与曹家的联系,论据比较多,但如果说曹家就是《红楼梦》中的样子,恐怕连他们自己都无法相信!违心地说服别人那是自欺欺人!正如俞平伯老先生说的:"若说贾即是曹,宝玉即是雪芹,大类高山滚鼓之谈。"意思是这种说法就像在高山上滚鼓,声音就是"不通、不通",鼓滚破了,什么动静也没有了。俞平伯原来是考证派的人物,后来自己都不认可考证了。除此之外,书中还有一种强烈的反封建统治的政治意味,这是自传说不能解释的。

　　索隐派从《红楼梦》中嗅出其中的反清思想,从而猜测附会出各式各样的说法。在这些说法中,也有一些能让人接受的认识,比如,贾家与曹家是不能相比的,贾家依稀有朝廷的影子;贾府这个家族是作者深恶痛绝的;书中含有反封建统治的思想等等,但如果根据这些认识得出一些不相干的索隐故事，忽视了《红楼梦》与曹家的联系，也就脱离了现实的基础。

在《红楼梦》的研究中出现考证派和索隐派这两大派别是必然的。实际上这两种观点是出自《红楼梦》中真假两个侧面。甄贾两个家族一南一北，这是真假的两个方面。考证者看到了曹家与《红楼梦》的联系，但却张冠李戴地把它扣在贾家的头上，而索隐者看出了贾家与曹家的不同，但却忽视了书中甄家的存在。

为何出现以上认识上的错位，究其原因，是因为《红楼梦》中甄贾两个家族的故事是通过一个贾家故事讲出来的。对于甄家在书中并没有大篇幅的正面描写，仅讲到甄贾两家的宝玉长得一模一样，都和一帮姊妹在一起，都住在一个园子里，都有相同的性情，只愿亲近女性，这样，贾府中的人物故事已经隐含了甄家的人物故事。实际上甄贾两家在《红楼梦》中就是一种影子关系，基本的人物和生活故事是一样的。但又是不同的形象，甄家是现实的形象，贾家是虚幻的形象。这一点历史上的戚蓼生看得很清楚，他在《红楼梦》序中说道："吾闻绛树两歌，一声在喉，一声在鼻；黄华二牍，左腕能楷，右腕能草。神乎技也，吾未之见也。今则两歌而不分乎喉鼻，二牍而无区乎左右，一声也而两歌，一手也而二牍，此万万不能有之事，不可得之奇，而竟得之《石头记》一书。"这段文字表明戚蓼生是真正看懂了《红楼梦》！他从《红楼梦》中看到了一虚一实两个家族的存在。

《红楼梦》是作者以自己的生活经历深化塑造了一个贾家的故事。甄家在书中的存在不是多余的，实际上就是定位了作者的现实生活原型，同时也区别性地定位了贾家是作者的虚构。如果你认识不到这点，像胡适认为的那样，即甄贾两家都有作者生活的影子，那甄家的存在岂不是多余的！有的红学家就认为甄家是多余的，比如周汝昌就说《红楼梦》中对甄宝玉的描写就是一个败笔，这是他没有认清《红楼梦》中的甄家和贾家的区别。同样，如果你认识不到这点，自然还会否定曹家与《红楼梦》的联系，因为现实中的曹家与《红楼梦》中的贾家根本就不在一个档次上。如果你认识到了这些，就能更清楚地认识到《红楼梦》是一个在现实基础上再创造的艺术产物。比如，书中的元妃省亲，就是因为曹家出了一位王妃，而作者经历过曹家在江南接驾的场面才塑造出。元妃省亲不可能是曹王妃在京城的省亲，曹家也不可能在京城建造一处大观园。实际情况是曹家为接驾在江南建了一些设施，还有一个不太大的花园而已，这才是故事的原始基础。据此，我们认为《红楼梦》中贾家与现实中的曹家的不完全等同，不等于《红楼梦》与曹家没有联系。

下面再梳理一下曹家与《红楼梦》的各种联系：

1. 与曹雪芹交往的敦诚、敦敏说曹雪芹是曹寅的后代，并说曹雪芹写《红楼梦》是追忆秦淮旧梦。

2. 《红楼梦》中提到甄家的四次接驾和甄家的被抄家，与曹家的情况是一致的。

3. 曹家历任江宁织造，在南京的生活也是比较显贵的。作者有一段富贵的生活，其家庭氛围、人物关系与书中的描写是相似的。江宁织造实际上是康熙在江南的耳目。

4. 曹家与三大织造的关系符合书中四大家族联络有亲的关系。

5. 曹家人大部分在内务府任职，能够种了解到封建上层家族的一些生活情况，接触到一些大场面，比如宫廷的饮食起居、穿着打扮、接驾规模、修建皇家园林等，这些都是写作《红楼梦》的现实基础。曹家人有能力描写一个富贵之极的虚幻的贾家生活。

由此，我们认为《红楼梦》是曹家人立足自身的生活和见识创作出来的,它具有现实性和艺术性。考证派和索隐派的最大问题是没有分清《红楼梦》中的真和假,都没有找对自己的定位,都是把"真"或者"假"当作《红楼梦》的全部,因而在批评别人的同时自身也漏洞百出。

考证派应该着眼于提炼《红楼梦》中与曹家相似的基本人物故事,抛开那些虚幻的东西,因为书中的基本人物存在于贾家也同样存在于甄家。根据这些,结合历史资料分析其中的人物故事发生在曹家的哪段时期,书中的人物关系对应曹家的哪些人物?推断《红楼梦》的作者是谁,他有哪些经历?写书的意图是啥?等等。

如果拿书中描写的贾府来进行考证,就是以假(贾)为真(甄),得出的结论是曹家肯定不是原型,所以有人曲解为是南明的南京小朝廷或者是清朝北京某位王爷的生活等。对贾府的考证如果往曹家上扯,就把江南曹家的故事硬搬到北京去附会书中故事,不仅人物、时间都出现错位,而且曹家现实的繁华故事也子虚乌有了,以假为真的结果同样是无中生有。

索隐派应该分析一下《红楼梦》中的贾府与曹家有哪些本质的区别,刻画这个贾府的用意是什么?这些大处看明白了,就不会再去做那些索隐皇室秘史、历史密码等类的蠢事了。

正确的做法应该是用考证的方法揭示书中隐藏的现实秘密,用索隐的思维和眼光去体会《红楼梦》的思想实质。如果不是这样,像前面说的考证那些虚幻的东西和索隐一些现实的事件都是方向性的错误。

说到这里,为便于后面研究认识书中的人物形象,我们先区分一下书中甄、贾两家。前面说到书中的人物具有两面性,既可以代表贾家,又可以代表甄家。比如贾宝玉,他的身上也有着甄宝玉的影子,即作者本人。如果我们一会儿说贾宝玉是作者的影子,一会儿又说贾宝玉是一个虚幻的形象,肯定就糊涂了。在这里首先明确一下,《红楼梦》中的人物故事过渡到甄家,体现的是现实中曹家的原始人物形象,我们称之为"原始形象";人物故事在贾家直接体现出来的就是虚假的形象,我们称之为"虚假形象"。在后文的分析当中,不再逐个人物、逐个地方地解释这种过渡关系,只以"原始形象"和"虚假形象"来代表。比如我们提到贾政,说贾政的"原始形象"就是指人物过渡到甄家后体现出来的作者父亲的形象,说贾政的"虚假形象"就是指人物被塑造的在贾府中的影射形象。

《红楼梦》的避实就虚

《红楼梦》正面描写的是贾家。作者为何命名这个家族为"贾家",其实就是表示这是个"虚幻之家"。贾即是"虚假",虚的形象和含义是作者要突出表达的。作者表面写"假",同时又将自己的"真"隐含在其中,也就是假中存真,用作者的话说就是将真隐去,这是有意地避实就虚。

一、忽视虚实所造成的各种曲解认识

《红楼梦》真真假假的复杂性造成了人们认识的多样性。人们品读红楼,从不同的视角会得出不同的认识。这些认识大多都是过分注重了《红楼梦》真假虚实的某一个侧面。

首先,有相当多的人认可的自传说。诚然,这种认识有其合理的一面,因为书中的描写有甄(真)有贾(假),艺术来源于现实,自然脱离不了真实的一面,但我们一定要清楚"存在真实"不等于"全部真实"。这部分人执着地认为书中的事件都是曹家的,对曹家上下十八代这样逐个研究,生硬乱猜。正如前面我们所讲,这样考证出来的曹家故事肯定不真实,与曹家的实际情况自然相去甚远。这部分人得出的结论不仅漏洞百出，还出现了众多的无法解释的死结。他们看不到小说的艺术性，只着意于表面故事，当然也就认识不到《红楼梦》中所表现出的复杂思想性，解释不了《红楼梦》深层的内涵。

为什么人们认为甄家、贾家都以曹家为原型？除了前面讲到的这是受了凡例中自述的诱导，再就是人们以深入的考证，对曹家有进一步的认识，已将《红楼梦》深深地打上了曹家的烙印，进而反过来影响了人们对《红楼梦》这一艺术作品的认识。人们带着对曹家的前提认识去理解《红楼梦》，因而忽视了《红楼梦》的艺术本身。

往往有一种现象，就是艺术的反作用。人们知道了作者，就将作品的艺术形象习惯性地往作者身上套。比如，人们以前读柯南写的《福尔摩斯》，就逐渐将柯南比作福尔摩斯了。还有，人们读金庸的武侠小说多了，就把金庸看成大侠了。将《红楼梦》看成是作者的自传就是这种情况。刘心武的"揭秘"系列便是如此，他在故事情节的基础上进一步挖掘曹家人的现实故事，又节外生枝地编了一段秦可卿的故事，还说是揭示了曹家收留这位公主的秘密，其实这不过是他杜撰了一个新故事而已。他天生就是一个好作家，讲得有板有眼，迷惑了许多人，可他却不是一个红学家。

《红楼梦》中的描写有甄（真）有贾（假），这是我们首先就能认识到的东西。大观园是虚无缥缈的，贾宝玉衔玉而生是荒唐的，我们千万不可被作者含糊的表面叙述所干扰。

还有一些人脱离了当时的时代背景，拿书中的某一点去任意发挥。比如有人从贾家的繁华程度和末世情节的书写就认为这是南明小朝廷的故事。这部分人反对曹家说，他们认为贾家绝不是曹家，这其中有正确合理的一面，可我们仔细地想一下，如果是写前朝，无论怎样描写其腐朽，作为当朝政敌的前事，作为历史的反面教材，作者根本没有模糊回避的理由。时间无考，地点不明，既然不干涉朝政，何必躲躲闪闪，明讲岂不更有效果？这样说来，作者想要回避的是当朝，揭露和反应的是当朝的问题才对。在书中第五十三回就有一段比较明确的时间概念，书中说："原来绣这璎珞的也是个姑苏女子，名唤慧娘……凡这屏上所绣之花卉，皆仿的是唐、宋、元、明各名家的折枝花卉。"说到仿明朝的东西，可知故事是在其后的清朝。所以，脱离了《红楼梦》文本体现的时代背景，脱离了《红楼梦》与曹家的现实联系，对《红楼梦》的研究认识就不着边际了。

还有人从书中的一些谐音得到启发，发掘其中的"甄士隐"（真事隐），热衷于深度的索隐，比如，有的人索隐出林黛玉隐比朱彝尊，薛宝钗隐比高士奇，刘姥姥隐比汤潜庵等，这类索隐严重偏离了《红楼梦》的基本面。书中的确有这样的因素，一些不好明讲的东西只能借助于谐音来表达，书中的一些灯谜诗句等就衬托暗示了故事的后续情节，对这类问题的研究使人们对《红楼梦》的认识更加全面，但任何研究都有个度的问题，搞过了就失去了方向。《红楼梦》是写给大多数读者看的，如果像这些人这样索隐，《红楼梦》岂不成了一部难懂的天书！故意让人百思难解，绝非作者的本意！从"谁解其中味"这一诗句理解，作者是渴望读者看懂自己表达的东西，这些谐音的用意，本来是对读者的提示，却让一些人走向了极端。

有的人看到了《红楼梦》中对清朝封建上层的批判，就认为此书是反清排满的。他们完全否认曹家的存在，认为《红楼梦》是一部反清人士著的政治小说。从曹家的角度讲，被抄家后的曹家人难道就不反清吗？他们对封建上层的仇视也就是对康熙后人的仇视应该也是非常强烈的。民族仇恨是广泛的，而家庭的仇恨是具体的，其表现也就更为强烈。在清朝初期，民族矛盾是突出尖锐的，而在康乾盛世，民族矛盾不再突出。因此书中的这种反清思想应该还是作为包衣之家又被抄家的曹家人所具有的。

对《红楼梦》的理解可以是多方面的，但我们不能就此节外生枝，忽视了主体的东西。既然书中有一个甄家，我们就不应忽视曹家的存在。既然作者说将真事隐去，那表面讲的贾家就不是曹家，贾府就是"假"府。

二、甄家和贾家的虚实关系

根据我们前面的分析，甄贾两家是有区别的。从书中甄家接驾四次以及作者将甄家谐音暗示为"真家"，结合今天的各种研究成果来看，甄家应该就是以江南曹家为原型。知道了这点，也就不难看出相对于甄家的京中贾家是一个什么形象了。

从书中的讲述来看，这是各自独立的两家。甄（真）家是在江南，贾（假）家是在京中；甄家经常送贾家礼物，贾家在甄家存有银子，随时可取；甄家调京治罪，贾家死而不僵。如果说甄家有曹家的影子，都是被抄家后败落，那贾家只不过是一个虚构而已。

三、虚幻红楼的用意

《红楼梦》在前面有几处脂批：石头听了，感谢不尽。那僧便念咒书符，大展幻【甲戌侧批：明点"幻"字。好！】术，将一块大石登时变成一块鲜明莹洁的美玉，且又缩成扇坠大小的可佩可拿。【甲戌侧批：奇诡险怪之文，有如髯苏《石钟》《赤壁》用幻处。】接下来还有：正欲细看时，那僧便说已到幻境，【甲戌侧批：又点"幻"字，云书已入幻境矣】。在风月宝鉴一回有批：【庚辰双行夹批：言此书原系空虚幻设。】【庚辰眉批：与"红楼梦"呼应。】这里脂批借几处幻笔，点明《红楼梦》本身就是空虚幻设，这与作者将描写的家族取名为贾（假）家是相一致的。

对于读者应该怎样读《红楼梦》，书中的几处脂批也给出了提示。在梦游太虚幻境一回有一段：宝玉听了此曲，散漫无稽，不见得好处，【甲戌侧批：自批驳，妙极！】但其声韵凄惋，竟能销魂醉魄。因此也不察其原委，问其来历，就暂以此释闷而已。【甲戌眉批：妙！设言世人亦应如此法看此《红楼梦》一书，更不必追究其隐寓。】这一回中贾宝玉没有听懂红楼梦曲的真正含义，仍然执迷不悟。对读者而言，如果不追究隐喻原委，就只能像这里的贾宝玉一样仅仅是释闷而已，是看不懂《红楼梦》的。

在讲到风月宝鉴那回，脂批同样有一些提示：因又看下道：【此书表里皆有喻也。】镜把上面錾着"风月宝鉴"四字【庚辰双行夹批：明点。】递与贾瑞道："这物出自太虚幻境空灵殿上，警幻仙子所制，【庚辰双行夹批：言此书原系空虚幻设。】【庚辰眉批：与"红楼梦"呼应。】专治邪思妄动之症，【庚辰双行夹批：毕真。】有济世保生之功。【庚辰双行夹批：毕真。】所以带他到世上，单与那些聪明俊杰、风雅王孙等看照。【庚辰双行夹批：所谓无能纨绔是也。】千万不可照正面，【庚辰侧批：谁人识得此句！】【庚辰双行夹批：观者记之，不要看这书正面，方是会看。】只照他的背面，【庚辰双行夹批：记之】。说明书中表面描写的儿女情长、风月故事是假，用家族败落的结局警示世人是真。

所以作者借由《红楼梦》写自家故事是隐笔，反映一个虚幻家族的没落是实笔。

谁知其中味？

在《红楼梦》一书的最前面有一段凡例，表达了作者写书的本意。从表面上看，表述得很明白，作者就是"将已背父母教育之恩、负师兄规训之德，已至今日一事无成、半生潦倒之罪，编述一记，以告普天下人"，在后面又说"至若离合悲欢，兴衰际遇，则又追踪蹑迹，不敢稍加穿凿，徒为供人之目而反失其真传者"。从这段描述中人们很容易认为《红楼梦》是一部写实小说，好像《红楼梦》就是作者的自传。

在此基础上作者又一再申明："本意原为记述当日闺友闺情，并非怨世骂时之书矣。""此书不敢干涉朝廷，凡有不得不用朝政者只略用一笔带出，盖实不敢以写儿女之笔墨唐突朝廷之上也。又不得谓其不备。"读到这里仔细一想，作者这一再地声明、反复地重申，好像事情并不像表面上讲的那么简单，况且后面还有一句："虽一时有涉于世态，然亦不得不叙者，但非其本旨耳，阅者切记之。"说明书中的确存在一些怨世骂时的成分，这给人一种感觉，就像是讲了别人的坏话，又一再说明没有骂人的意思。正如脂批所言："若云雪芹披阅增删，然则开卷至此这一篇楔子又系谁撰？足见作者之狡猾之甚。后文如此者不少。这正是作者用画烟云模糊处,观者万不可被作者瞒蔽了去,方是巨眼。"说明作者的这些描述不过是表面文章,掩人耳目而已。

书的前面还有作者的一首诗:"满纸荒唐言,一把辛酸泪!都云作者痴,谁解其中味?"这首诗可谓意味深长,每逢读到这里,我们都能感受到在表面的故事下书中肯定隐藏了一些不能明言的东西。"谁解其中味?"是作者深恐读者理解不了自己的本意,在无奈之下发出的感叹,更是一句有力的提醒!

《红楼梦》一书的"朝代年纪,地舆邦国,失落无考",连书中人物的穿着打扮、官职称谓都尽量抹去时代的痕迹,地点一会儿说是金陵,一会儿又成了北方,只说是京城都中,这种模糊的表述让人产生联想。

细想一下,不好明言是因为不能明言。不说时间是因为有不能明说时间的原因,这个原因最大的可能就是规避当朝。前面分析过,如果故事发生在前面某个朝代,你把这个朝代写得再怎样混乱都是不妨碍的,可知其本意是影射当朝,如果编造一个具体的朝代,也就失去了影射当时社会的效果。

我们还看到,书中的地点忽南忽北,一说是金陵,又一说是中京,实则也是在规避北京。作者越是有意地规避,越是说明不便明言。不管作者怎样避来避去,读者都能感觉到就是北京。试想,如果明写一个在北京城里占了半条街的大家族如此腐朽没落,是行不通的,天子脚下岂能有这种情况!

即使如此,书中仍反复强调:"此书只是着意于闺中;此书不敢干涉朝廷,凡有不得不用朝政者只略用一笔带出,盖实不敢以写儿女之笔墨唐突朝廷之上也。"这反复的强调无外乎两个意思,一是真实意思的表达,二是故意掩饰之辞。结合作者故意掩饰故事的时间、地点来看，只能是后者。

《红楼梦》诞生在封建皇权牢固统治的时期，这时的文字狱是比较严重的。任何人写出的东西如果对朝廷稍有不恭，就会招来杀身之祸。中国的语言文字复杂，歧义很多，所以封建上层文人对遣辞造句都是非常注意的，稍有不慎，因用词不当就可能被人陷害。清朝曾有人因"清风不识字，何故乱翻书"而被砍头。年羹尧也因为将一句奏文"朝乾夕惕"写做"夕惕朝乾"而被雍正找到杀他的借口。实际上，"清风不识字，何故乱翻书"，本身就有表面和隐喻两层意思，关键看后面还有什么句子，如果连上"莫道荧光小，犹怀照夜心"，不过是一首普通的诗，可如果连上"夺朱非正色，异种也称王"，就明显不一样了。后者无论你怎么狡辩描写的是黑牡丹，也搪塞不过这两者相连的共同隐喻。"朝乾夕惕"和"夕惕朝乾"表面上看也没区别，可仔细一想，前者是早朝后反思，后者是晚上担忧明天的早朝，两者的意思差别就大了。《红楼梦》就避开了这类问题。写到朝廷社会都是"昌明隆盛之邦"、"昌明太平朝世"，"当今至孝纯仁，体天格物"，"及至君仁臣良父慈子孝，凡伦常所关之处，皆是称功颂德，眷眷无穷"之类的赞美之辞，整部故事中没有任何贬低社会的词语，可社会阴暗面却跃然纸上，人心刁钻、伤风败俗等不一而足，整个社会有一种大厦将倾的趋势。

作者虽说此书只着意于闺中，但其实际的用意却在闺外。正像风月宝鉴一样，不能只看好看的正面，更应该看它的反面。虽然只描写了贾家内部的闺中生活，可各种社会现象都在这里上演，这正是作者虚构贾家的根本用意。

作者这种真真假假的写作方式和错综复杂的掩饰手法是为了适应特定的历史环境匠心独运的结果，贾家看似甄家又不是甄家，云山雾罩，这恰恰成就了《红楼梦》之美。这种让人看不透的含蓄美，正是《红楼梦》文学艺术的高超之处。

　　戚蓼生在《红楼梦》序中说："如捉水月，只挹清辉；如雨天花，但闻香气，庶得此书弦外音乎？"模糊的东西最容易让人看走眼，所以人们对《红楼梦》的认识五花八门。如何正确地理解《红楼梦》的思想实质，把握其弦外之音正是《红楼梦》研究所要解决的问题。

　　红楼有味，味是什么？这首先要判断出《红楼梦》中的贾府形象到底意味着什么。

第二章　虚幻的贾府

前面我们提到，在《红楼梦》中存在一个甄家、一个贾家，开始许多人都有疑问，到底这两家是相同的，还是不同的？既然两家的人物相似，是否说明两家是相同的呢？前面我们说了，既然是一真一假，就是有区别的，如果甄、贾两家相同也就失去了其独立存在并相互区分的意义。从文学塑造的角度来说，这一真一假分属于现实性和艺术性两个层面。《红楼梦》的现实性很强，就像现实生活的记录一样，同时《红楼梦》的艺术性很高，故事情节和人物塑造都具有超强的艺术性。

甄家体现了现实中的曹家，贾家是在此现实基础上的进一步塑造，所以名之为"假"。作者为什么要呈现给读者这样一个贾家呢？贾家到底是什么样子呢？通过对贾家的描写作者想告诉我们什么呢？我们来做进一步的论述。

神州何处大观园？

现在许多人热衷于对《红楼梦》的贾府做考证，结论很多，像某某地也有一处像大观园的园林，那里就是大观园的原型，比如袁枚说的随园，还有一些人说的北京恭王府，等等。我们还是先看一下书中的大观园是一个什么样子。

大观园是贾家因为元妃省亲而建起来的。对大观园的详细描写，在书中有三处。

第一处是大观园刚建好时贾政率领众清客、相公以及宝玉游园并题写对联匾额。他带领大家从后面沿着山边一路下去，最后来到正门。一路走来，详细地描写了里面的住所和景点。其中，只一处水边小路旁边就呈现了许多景象，有清堂茅舍、长廊曲洞、方厦圆亭、山下幽尼佛寺、林中女道丹房，还有堆石为垣、编花为牖等。他们这一路经过，书中说才游了十之五六。最后他们来到正门，但见：“崇阁巍峨，层楼高起，面面琳宫合抱，迢迢复道萦纡，青松拂檐，玉兰绕砌，金辉兽面，彩焕螭头。"

第二处对大观园的详细描写是在元春省亲时。这次元妃从正门而入，通过元妃的视线描写了更加富丽繁华的场景。元妃选择其中几处喜欢的地方赐名，赐名的馆所包括稻香村、潇湘馆、怡红院、秋爽斋、蘅芜苑等，景点包括大观楼、缀锦阁、含芳阁、蓼风轩、藕香榭、紫菱洲、叶渚以及梨花春雨、桐剪秋风、荻芦夜雪等。从这些赐名的地方就能体会到大观园的规模，何况这还只是其中的一小部分。

第三处对大观园的细致描写是在刘姥姥进大观园时。贾母为让刘姥姥见识见识，领刘姥姥到大观园各个地方走了走，贾母陪刘姥姥在大观园里吃酒、看戏、逛园子，并一个住处一个住处地参观评论。这次重点描写了一些具体的内部情况。大观园内部的陈设是刘姥姥见所未见、闻所未闻的，看得她眼花缭乱。通过刘姥姥一个乡下人的眼睛，反衬了大观园的富丽奢华。

从以上的几处描写我们看到，书中大观园的样子是任何一家私家花园所不能比拟的。苏州和扬州的园林比较有名，但哪一家能与大观园相提并论呢？私家花园一般靠近私家住宅，里面不会再有大量的住所，更不会有尼姑庵、丹房之类的建筑，像大观园这等规模布局也只有皇家园林才能与之相比。这么看来，曹家的随园是不可能与之相比的。

曹家的随园是什么样子呢？今天南京的随园已经不存在了，它的遗迹位于金陵小仓山一带。实际上，随园的风光时期不是曹寅在世之时而是在袁枚买下它之后。袁枚买下后投入了巨额的资金进行整修。袁枚在遗嘱中曾说道："随园一片荒地，我平地开池沼，起楼台，一造三改，所费无算。奇峰怪石，重价购来，绿竹万竿，亲手栽植。"袁枚说随园即大观园，不过是为了经营他扩建的随园。袁枚死后，他的子孙继续经营着随园。后来，太平军进入南京，随园被毁，园子被开辟成稻田。

事实上，随园不是很大，试想一个花皇帝的钱为皇帝办事的织造之家即使有能力也没有胆量造出一个庞大的园子来，拿皇帝的钱花在皇帝身上还另当别论，比如为接驾讲讲排场，建点接驾的场所，造船修车、置办接驾什物等，修造自家的园林肯定是不行的。

现在有人认为紧靠随园遗址的乌龙潭也应该是随园的一部分，这样随园就大些，可从史料中根本就看不出这些。袁枚是一个小县官，以他的财力能买下并修整多大的园子？所以曹家的随园无论如何都不是《红楼梦》中的大观园，只可能是甄宝玉的那个园子。

我们再看一下对大观园的描述。大观园取名"大观"，就是"万象大观"之意，里面山林、农舍、水榭、戏台应有尽有。元春省亲时曾组织众姊妹们对大观园题诗。元春的题诗是："衔山抱水建来精，多少工夫筑始成，天上人间诸景备，芳园应锡大观名。"薛宝钗题诗有句："芳园筑向帝城西，华日祥云笼罩奇。"林黛玉题诗有句："名园筑何处，仙境别红尘。借得山川秀，添来景物新。"从这里可以看出，大观园是诸景皆备的理想园林，它集成了中国园林艺术的各种形式。薛宝钗的诗说到大观园的方位是在帝城西，现实中皇城的西面就是一片皇家园林。我们不能说大观园就是皇家园林，只能说这是一种影射关系。林黛玉的诗也说了园子的出处，"名园筑何处，仙境别红尘"，园子是在仙境中，是虚幻的，这说明大观园不过是作者杜撰的映射形象罢了。

书中还有一段对大观园的描写："只见正面现出一座玉石牌坊来，上面龙蟠螭护，玲珑凿就。宝玉见了这个所在，心中忽有所动，寻思起来，倒像在哪里曾见过的一般，却一时想不起哪年哪月的事了。"这里贾宝玉想到的是太虚幻境中的玉石牌坊。在第五回贾宝玉梦游太虚幻境时至一所在，有石牌横建，上书"太虚幻境"四个大字，两边一副对联，乃是：假作真时真亦假，无为有处有还无。贾宝玉的这种模糊印象将大观园与太虚幻境联系在了一起，说明故事里的大观园分明就是虚幻的太虚幻境。

在前面我们说过《红楼梦》中有甄家、贾家两条线索，书中一开始出现的两个人物甄士隐和贾雨村就代表了真假两个方面。甄士隐只出现在《红楼梦》的开头，他的家庭殷实，后来因家中失火而败落，最后他毅然离家出走，此后，书中就再没有出现甄士隐这个人物了，预示着真事隐去。隐去不是没有了，是隐含其中。再看一下贾雨村，自甄士隐离去之后，紧接着是贾雨村审理葫芦案，借此情节交代出四大家族，之后他带着林黛玉进了荣国府，后面便展开了贾家的故事。贾雨村的出场，预示着虚假的东西开始出现了。

如果说书中的甄家是以曹家为原型，那贾家就是虚幻的，大观园同样也是虚构的，它仅存在于书中！

红楼的影子

前面我们说了,贾家是虚幻的,那么,作者塑造这个贾家的用意何在呢?

《红楼梦》中说贾家是一个侯门,然而,别说是侯门就是王府也难以达到书中贾家这种规模。别的先不说,只看一下人员规模就能体会到这点。书中贾家的仆人编制多得实在惊人,每位小姐除乳母外,另有四个教引嬷嬷,贴身丫头有两个,还有五六个洒扫房屋来往使役的小丫鬟。仅贾宝玉一人就使唤着十多个服务人员,有仆人李贵,书童茗烟,三个小厮锄药、扫红、墨雨,丫头袭人、晴雯、麝月、秋纹、芳官、碧痕、小燕、四儿、紫绡以及小丫、老嬷嬷等。通算起来,偌大一个大观园生活着不下三百人,这种规模恐怕只在皇宫才有。

作者虽然将贾家定位为侯门,但却不是侯门的样子。这说明了什么呢?这首先说明贾家就是一个文学艺术形象!文学艺术形象尽管是虚构的,但它却能够进行类比和影射,贾家的规模和生活方式就是类比了皇宫的规模和生活方式。溥仪在《我的前半生》中就曾说"《红楼梦》中的排场犹如宫中排场的缩影"。

贾家的故事取名红楼一梦,就是将贾府冠以红楼之名。这里所说的红楼绝非是指一处红色的建筑,比如北大的红楼,而是将宁、荣两府称作"红楼"。对这种整个建筑群的红楼形象而言,我们想到的自然是故宫。试想哪一处建筑群比得上朱门红墙、金顶红柱的皇宫被称为"红楼"更贴切呢?对于贾府的描写,开始时是这样写的:"街东是宁国府,街西是荣国府,二宅相连,竟将大半条街占了。大门前虽冷落无人,隔着围墙一望,里面厅殿楼阁,也还都峥嵘轩峻,就是后一带花园子里面树木山石,也还都有翁蔚洇润之气。"在今天的长安街上,红墙相围,的确是两座大门东西相连,后面也有花园,其规模与书中的描写十分相似。

贾府在建筑格局上同样有皇宫的缩影。在第三回中是这样描写荣府的:"穿过一个东西的穿堂,向南大厅之后,仪门内大院落,上面五间大正房,两边厢房鹿顶耳房钻山,四通八达,轩昂壮丽……抬头迎面先看见一个赤金九龙青地大匾。"荣府内又是穿堂,又是夹道,又是角门,显示其规模庞大。我们再看宁国府,宁国府与荣国府相比更加显示出齐整和威严的样子。像在第五十三回"宁国府除夕祭宗祠"中写到"宁国府从大门、仪门、大厅、暖阁、内厅、内三门、内仪门并内塞门,直到正堂,一路正门大开,两边阶下一色朱红大高照,点的两条金龙一般",作者将宁国府的大门写成只能皇宫才有的"九重大门",是有明显的象征意义的。如果宁国府是影射故宫,那荣国府就是影射了中南海。

我们进一步看一下这两者之间的联系。首先,宁国府的"宁"字大有深意。我们知道清朝皇宫分为外朝和内廷。外朝是皇帝举行朝会的地方,有太和殿、中和殿、保和殿,保和殿在康熙年间就称为清宁宫。内廷是皇帝和后妃们居住,举行祭祀和宗教活动以及处理日常政务的地方,在其中轴线上有乾清宫、交泰宫、坤宁宫。在东侧有太上皇居住的宁寿宫，在西侧有皇太后居住的慈宁宫。宁国府的"宁"字很容易使人联想到皇宫中的这些"宁"字，可见作者起名为宁国府也是别具匠心的。宁国府的后面是会芳园，而皇宫的后面是御花园。

荣国府与中南海是比较相似的。中南海里面湖水浩淼，林秀宫幽，符合一个"荣"字。里面有丰泽园、怀仁堂、西花厅、勤政殿、紫光阁、瀛台等许多建筑群落。康熙时期，一些政务开始在这里处理，每年在这里也举行一些重大的活动，中南海也是清王朝的另一个政治中心。

而大观园实际上也有一些圆明园的影子。《红楼梦》中说它"芳园筑向帝城西"，实际在皇宫的西北就是有名的皇家园林区域，其中最具代表的就是圆明园。圆明园建于康熙年间，是雍正为皇子时的赐园。也就是说，这里曾居住过雍正、乾隆等皇子皇孙。这与《红楼梦》中大观园是宝玉和小姐们的居所颇有些相似。乾隆二年，乾隆命画院的郎世宁等画师绘制《圆明园全图》，乾隆就御题"大观"二字，这可能就是书中大观园名字的来源出处。

当然，我们不能说大观园就是圆明园，也不能说荣宁二府就是故宫和中南海。大观园、荣宁二府是书中的，不是现实的，它只是模仿了圆明园、故宫、中南海的样子和相对位置而已。

《红楼梦》中的人物也有些皇家人物的样子。在第四回中有一段描写："虽然贾政训子有方，治家有法，一则族大人多，照管不到这些，二则现任族长乃是贾珍……凡族中事，自有他掌管。"一方面说贾政治家有法，另一方面又说现任族长乃是贾珍。按理说在一般家族中长辈者才能为族长，在贾家贾赦、贾政都比贾珍的辈分高，他们不是族长，而贾珍为族长，实际上是类比皇家等级制度。皇帝是按嫡系传位而不是按辈分传位的。贾珍是族长，居宁国府，贾珍影射皇帝，贾政就有点影射摄政王。贾府中人物的姓氏名字也很有一些深意。像贾赦的"赦"、贾政的"政"，姓氏的"王"、"史"、"邢（刑）"、"薛（学）"，都带有浓厚的政治色彩，具备一定的象征意义。"赦"、"政"连起来就是"摄政"。贾珍、贾蓉是贾家的长子长孙，"珍"、"蓉"连起来就是"真龙"。贾珍的"珍"字谐音隐含着雍正皇帝胤禛的"禛"字，贾蓉的"蓉"字谐音隐含着乾隆的"隆"字。

《红楼梦》中有不少可以将贾家与皇家类比的地方。

1. 书中还描写了一些附属人物，有戏班的优伶、家塾的先生、寺庙的和尚尼姑、粮庄的主管、太医、管园子的、管库房的……应有尽有。在第五回宝玉与警幻仙子的对话中就说："如今单我家里，上上下下，就有几百女孩子呢。"这等人员规模也只有皇家能相提并论了。

2. 林黛玉在进荣国府时，看到宁国府的"正门却不开，只有东西两角门有人出入"，"门前列坐着十来个华冠丽服之人"。这里有一点皇宫的影子。皇宫不逢大典正门一般是不开的，而宁国府日常就有人守门把护，而且是十多个，皇家以下谁家有这么大的气派？

3. 第五回贾宝玉到秦可卿的房中，有这样一段描写："案上设着武则天当日镜室中设的宝镜，一边摆着飞燕立着舞过的金盘，盘中盛着安禄山掷过伤了太真乳的木瓜。"秦可卿的寝室里有皇后、贵妃用过的物品，分明将之类比皇宫内室。

4. 秦可卿的丧事场面更是不同凡响，书中这样描写，"只这四十九日，宁国府街上一条白漫漫人来人往，花簇簇官去官来"，"榜上大书：……四大部州至中之地，奉天承运太平之国……敬谨修斋，朝天叩佛"，"两班青衣按时奏乐，一对对执事摆的刀斩斧齐"。送殡的有镇国公、理国公、齐国公、治国公、修国公、缮国公之后,路祭的有东平王府、南安郡王、西宁郡王、北静郡王,好大的气派!一个宁府儿媳妇的葬礼竟然有这么大的排场。

5. 在第七十一回写贾母的八十大寿时说:"宁国府单请官客,荣国府单请堂客。二十八日请皇帝驸马王公诸公主郡主王妃国君太君夫人,二十九日便是阁下都府督镇及诰命等。"皇室成员和参政的阁下大臣都请来了,那贾母究竟是谁?贾母的形象有太后的影子,像孝庄太后、孝圣太后等"。

6. 书中还有几处拿朝廷与贾家相类比,比如在第六十三回,贾蓉调戏丫头时说道:"从古至今,连汉朝和唐朝,人还说脏汉臭唐,何况咱们这种人家。"拿汉、唐两朝皇室与自家相比。在第九回讲贾家的义学家塾时有一句,"原来这学中虽都是本族人丁与些亲戚的子弟,俗语说得好:一龙生九种,种种各别"。贾家的子弟用龙来做比喻,岂不就是龙子龙孙。在刘姥姥一进荣国府一回中,凤姐就说:"朝廷还有三门子穷亲戚,何况你我。"这句话同样是说贾家也有与朝廷相同之处,朝廷也不过是这样。

7. 在第二十九回中有一段描写:"张道士站在旁边陪笑说道:'论理我不比别人,应该里头侍候,只因天气炎热,众位千金都出来了,法官不敢擅入,请爷的示下。'贾珍知道这张道士虽然是当日荣国府国公的替身,曾经先皇御口亲呼为'大幻仙人',如今现掌'道录司'印,又是当今封为'终了真人',现今王公藩镇都称他为神仙,所以不敢轻慢。"这样一位人物在贾家如此恭敬,体现了贾家的至高地位。在第四十二回中还有一段:"王太医不敢走甬路,只走旁阶,跟着贾珍到了阶矶上……"在皇宫里甬路一般是不走的,而且不是一般人随便能走的,只有在大典时皇帝才能走。书中接下来还说:"王太医不敢抬头,忙上来请了安。贾母见他穿着六品服色，便知御医了……贾母道：'当日太医院正堂王君效，好脉息。'王太医忙躬身低头，含笑回道：'那是晚生家叔祖。'贾母听了笑道：'原来这样，也是世交了'……（王太医）忙欠身低头退出。"这段描写提到了贾家的甬道，就像是皇宫的甬道一样。在皇宫里甬路一般是不走的，而且不是一般人随便能走的，只有在大典时皇帝才能走。这段还描写了王太医在贾府人面前的奴才形象，这种场面也让我们联想到皇宫的等级制度。

8. 《红楼梦》中对贾敬这个人物的塑造好像也有所指。书中说，"贾敬一心想做神仙，出家去了"，贾敬后来因服丹过度而死。在清朝皇帝中就有顺治出家的传说，而雍正的暴死也可能因服丹所致。

9. 在太虚幻境一回，通过警幻仙子预演红楼梦，显示了贾家的结局是悲惨的。在太虚幻境中，贾宝玉喝的茶叫"千红一窟"，吃的酒叫"万艳同杯"，是寓意千红万艳于一处的意思。在"千红一窟"、"万艳同杯"处脂批是"千红一哭"、"万艳同悲"。这千红万艳应该是皇宫内的生活写照才对。"为官的，家业凋零；富贵的，金银散尽；有恩的，死里逃生；无情的，分明报应……落了片白茫茫大地真干净"，这唱词形容得再形象不过了，这哪里是指一个家族的结局，分明预示一个朝代结束的悲惨结局。

以上可以看出《红楼梦》中贾府的形象是一种皇宫的影子形象。

贾家人物形象的象征意义

我们先说一下《红楼梦》中的主人公贾宝玉。贾宝玉是一个众星捧月般的人物，不仅得到宠爱，众多的丫鬟、仆人对他也格外顺从。他居住的大观园奢华无比，他就像一个小王爷。

书中说宝玉出生时口衔一块宝玉，这一方面是为了回应之前那块无才补天的石头下到凡间，另一方面，也可能包含某种象征含义。从字面上说"口中含玉"是"国"字，这是否预示宝玉是一位国家级的人物，当然这只是一种推测，至于有没有这方面的意思，只有作者知道。可能有读者要问，"国"字在清朝时并不是这种写法，而实际上"国"字"口中从玉"的写法并非是汉字简化后的事，它作为一种俗写早在宋代就有了，只是在正式场合很少使用。宋代就曾有官印是"口中从玉"的写法，太平天国时期钱币上的"国"字是相近的"口中从王"的写法，作者在写《红楼梦》时，"口中从玉"已经是"国"字的一种写法。这么说来，贾宝玉衔玉而生并非完全没有象征"国"字含义的可能性。

在书中，贾宝玉是唯一有望成为继承贾家重任的人，这层意思从贾宝玉梦游太虚幻境一回中就能看得出。警幻仙子对仙女说起带宝玉来的原委："今日原欲往荣府去接绛珠，适从宁府所过，偶遇宁荣二公之灵，嘱吾云：'吾家自国朝定鼎以来，功名奕世，富贵传流，虽历百年，奈运终数尽，不可挽回者。故遗之子孙虽多，竟无可以继业。其中惟嫡孙宝玉一人，禀性乖张，生性怪谲，虽聪明灵慧，略可望成，无奈吾家运数合终，恐无人规引入正。幸仙姑偶来，万望先以情欲声色等事警其痴顽，或能使彼跳出迷人圈子，然后入于正路，亦吾兄弟之幸矣。'"贾宝玉在太虚幻境中受到暗示提醒，但在以后的生活中他依旧讨厌仕途经济，很难接受传统的礼教思想，最终看破红尘，"悬崖撒手"，出家了。贾宝玉的成长经历说明了"世人皆醉，唯我独醒"是不现实的。

我们再看一下贾赦和贾政。贾赦是长子，世袭荣国公之职，贾政为次子，在朝中任工部员外郎。可《红楼梦》中对这两个人在贾府中地位的描写却刚好相反。贾政住在正内室荣禧堂，而贾赦却住在正内室旁边的三间耳房内，这有违常理。在贾府真正当家的是贾政和王夫人，尽管王夫人让她的侄女王熙凤理家，可权力仍然在贾政夫妇的手里。

前面我们说过贾赦、贾政名字的谐音就是"摄政"。贾政在贾府就有点摄政的意思。在第四回中说，"虽然贾政训子有方，治家有法，一则族大人多，照管不到这些，二则现任族长乃是贾珍……凡族中事，自有他掌管"。这里说到贾珍是族长，又说贾政治家有法，表明贾珍不过是一个形式上的管理者，贾政才是掌权者。

书中有一段文字描写贾政的住所写得非常清楚：（黛玉）抬头迎面先看见一个赤金九龙青地大匾，匾上写着斗大的三个大字，是"荣禧堂"，后有一行小字"某年月日，书赐荣国公贾源"，又有"万几宸翰之宝"。大紫檀雕螭案上，设着三尺来高青绿古铜鼎，悬着待漏随朝墨龙大画，一边是金蜼彝，一边是玻璃盒。地下两溜十六张楠木交椅。又有一副对联,乃乌木联牌,镶着鏊银的字迹,道是:座上珠玑昭日月,堂前黼黻焕烟霞。

这贾政的住所非常气派。地下两溜十六张楠木交椅显示这是召见办事人员议事的地方。对联更彰显了主人的显赫地位。事实上,贾政也确实有不小权势。书中说到贾雨村因林如海的引荐去投奔贾政,贾政便竭力内中协助,轻轻谋了一个复职候缺。不上两个月,金陵应天府缺出,便谋补了此缺。这里两个"谋"字说明贾政暗中操作,轻松地就把这事办成了。应天府是什么官职?如果按《红楼梦》中的说法,金陵就是都中,是神京,那应天府就相当于今天的北京市市委书记。从这件事你可知贾政的权势如何。

在本回中还有一段描写也很有意思,不妨一同引过来:于是老嬷嬷引黛玉进东房门来。临窗大炕上铺着猩红洋罽,正面设着大红金钱蟒靠背,石青金钱蟒引枕,秋香色金钱蟒大条褥。两边设一对梅花式洋漆小几。左边几上文王鼎匙箸香盒,右边几上汝窑美人觚,觚内插着时鲜花卉,并茗碗痰盒等物。地下面西一溜四张椅上,都搭着银红撒花椅搭,底下四副脚踏。椅之两边,也有一对高几,几上茗碗瓶花俱备。其余陈设,自不必细说。因见挨炕一溜三张椅子上,也搭着半旧的。【甲戌侧批:三字有神。此处则一色旧的,可知前正室中亦非家常之用度也。可笑近之小说中,不论何处,则曰商彝周鼎、绣幕珠帘、孔雀屏、芙蓉褥等样字眼。】【甲戌眉批:近闻一俗笑语云:一庄农人进京回家,众人问曰:"你进京去可见些个世面否?"庄人曰:"连皇帝老爷都见了。"众哗然问曰:"皇帝如何景况?"庄人曰:"皇帝左手拿一金元宝,右手拿一银元宝,马上捎着一口袋人参,行动人参不离口。一时要屙屎了,连擦屁股都用的是鹅黄缎子,所以京中掏茅厕的人都富贵无比。"试思凡稗官写富贵字眼者,悉皆庄农进京之一流也。盖此时彼实未

身经目睹，所言皆在情理之外焉。】

贾政的住所非同一般，后面的脂批突然插一段"农人进京"的文字，起了画龙点睛的作用。这让没见过世面的人认识到这已经是高贵无比了，宫内的摆设也不过如此。

我们再看一下贾母。贾母是贾府中身份地位最高的一个人，是贾家这个大家族内部的最高领导者，她很有涵养，生活也很讲究，全家族的人都尊敬她、热爱她。贾母精明能干，年轻时就掌管打理整个贾府的内部事务。到了晚年她把权力交给王夫人和王熙凤，自己跟晚辈成天乐呵呵，但她一点儿也不糊涂，在乐呵中保持着尊严，她正是靠这一点把一个大家族的成员都团结在自己周围并和睦相处。

贾母这一形象，很容易让我们想到清朝的太后形象。首先是孝庄太后，孝庄太后是历史上有名的贤太后，一生培养辅佐了顺治、康熙两代君主，是清初杰出的女政治家。在康熙年间一直就是皇宫中的老祖宗角色。其后，还有一位孝圣皇太后，她就是乾隆的母亲钮祜禄氏。雍正皇帝在病危时，曾诏庄亲王允禄、果亲王允礼，大学士鄂尔泰、张廷玉入内受命，以允禄、允礼、鄂尔泰、张廷玉辅政，以遗命尊皇后钮祜禄氏为皇太后。之后，乾隆帝视其为国母，遇万寿节必率王公大臣行礼庆贺。这位孝圣皇太后，后期居住在圆明园，寿数很高，一生享尽了荣华富贵。

从以上可以看出，《红楼梦》中贾府的人物形象多多少少都能找到皇室人物的一些影子，尽管不是一一对应的。

在前面我们也曾说到宁国府的贾珍、贾蓉象征了皇室的嫡系一脉，贾珍、贾蓉是贾家的长子、长孙，"珍"、"蓉"连起来就是"真龙"。或者贾珍的"珍"字谐音隐含着雍正皇帝胤禛的"禛"字，贾蓉的"蓉"字谐音隐含着乾隆的"隆"字。

还有贾珍的老父亲贾敬本来是宁国府的继承者,可他偏偏好道,只爱烧丹炼汞,一心只想当神仙,把官职让他儿子袭了。后来他因为服丹砂伤了性命,书中说他死时腹中坚硬似铁。他去世时宁国府中的人慌慌张张跑来喊:"老爷宾天了!""宾天"是帝王去世的委婉说法(词典里还说有尊者去世的意思,但出处却只有在《红楼梦》这里,可见《红楼梦》以外大多只有表示帝王去世的意思)。历史上的雍正皇帝就喜欢道士进献的丹药,从他对田文镜奏折的批语中可知他感觉服用良好,还赏赐了鄂尔泰和田文镜。雍正的暴死可能也是服丹而致。乾隆在葬礼后传谕宫中道士:"闻炉间修炼之说,深知其非,今朕将尔等驱除,各回本籍。"书中对贾敬的描写就有点雍正的影子。

在贾家的人物描写上还有明显的区分,这体现在宁荣两府女人的形象上。这种人物形象的差别首先从姓氏名字上就能体现出来。这些姓氏赋予人物特殊的意义。比如,像王熙凤、王夫人、史太君、薛宝钗都是四大家族的人物,这些人物的姓氏在字义上就显得比较高贵,"王"是王爷的王、"史"是历史的史、"薛"的谐音是学部的学、"邢"的谐音是刑部的刑。王熙凤是王夫人的侄女,来自四大家族的王家,也就是"东海缺少白玉床,龙王来请金陵王"的王家;史太君和外甥女史湘云来自四大家族的史家,也就是"阿房宫,三百里,住不下金陵一个史"的史家;客居的薛姨妈和薛宝钗来自四大家族的薛家,也就是"丰年好大雪,珍珠如土金如铁"的薛家;邢夫人虽然没有显赫的家族背景,但邢家也不是平民小户,只是后来家道贫寒。《红楼梦》中就有邢岫烟、邢德全等多位邢家人物,可见邢家也不是个小家族。

与此相比,宁国府的一些女主人就显得不同了。宁国府的女主人姓的是"秦"和"尤"。贾蓉媳妇的名字是"秦可卿",从名字上就能看出她是一位讨人喜欢的角色。"可儿"、"可心"都是让人满意的意思。"卿"也是夫妻之间的爱称、尊称,在清朝时期对女子的爱称都加一个"卿"字,比如"芳卿"、"婉卿"、"素卿"等。关于秦可卿的"秦"字,在介绍她弟弟秦钟时有一句脂批:设云秦钟,古诗云未嫁先名玉,来时本姓秦,二语便是此书大纲目、大比托、大讽刺处。秦就是"情"的谐音。"未嫁先名玉,来时本姓秦",是梁刘缓《咏倾城人》中的诗句,是形容一位绝色美人的。这一形象来自汉乐府中的《陌上桑》:"月出东南隅,照我秦氏楼;秦氏有好女,自名为罗敷。"秦可卿的名字就表示了她是一位美女,是一位性情中人。而尤氏的"尤"字也很容易使人想到另一层意思,从尤氏两姐妹的命运上我们更容易理解这层意思,那就是"世之尤物",供人玩赏的人物而已。从书中对秦可卿和尤氏姊妹的命运描写上看也确实如此。如果说用荣国府中的人物影射皇室宗亲,那宁国府的女性人物影射的就是深宫佳丽。难怪书中描写秦可卿的寝室用了这样的句子:"案上设着武则天当日镜室中设的宝镜,一边摆着飞燕立着舞过的金盘,盘中盛着安禄山掷过伤了太真乳的木瓜。"

书中还有皇室人物忠顺王爷和北静小王爷,他们分别有四阿哥胤禛和十四阿哥胤禵的影子。胤禛和胤禵是当时皇位的热门继承人选,关于他们的传说不少,历史上就有胤禛改遗诏篡位的传说,说他将遗诏上的"十四"改为"于四",这当然只是一种传说而已。胤禛在做王子时一直忠心地跟随在康熙皇帝的身边,表面处事低调,实际城府很深,从不结交势力,不张扬外露,而十四阿哥胤禵就不一样,他年轻有为,一直在西北带兵作战,也有自己的势力,本来大家都看好他能继承皇位,很少有人想到最后却是胤禛继承了皇位。《红楼梦》中的忠顺王爷与水溶小王爷的年龄和处事风格都与现实中的胤禛和胤禩十分相似。忠顺王老成奸诈；水溶王年轻有为，周围还有一帮青年才俊像卫若兰、冯紫英等。

除了前面这些主要人物外，《红楼梦》中还塑造了众多的小人物，也有一些特定的人物，他们的形象和言行具有一定的特殊意义。

首先，我们看一下焦大。焦大是宁国府中的一个人物，在书中有一段提到他：

凤姐道："我成日家说你太软弱了，纵的家里人这样还了得了。"尤氏叹道："你难道不知这焦大的？连老爷都不理他的，你珍大哥哥也不理他。只因他从小儿跟着太爷们出过三四回兵，从死人堆里把太爷背了出来，得了命，自己挨着饿，却偷了东西来给主子吃。两日没得水，得了半碗水给主子喝，他自己喝马溺。不过仗着这些功劳情分，有祖宗时都另眼相待，如今谁肯难为他去。"那焦大又恃贾珍不在家，即在家亦不好怎样他，更可以任意洒落洒落。因趁着酒兴，先骂大总管赖二，说他不公道，欺软怕硬："有了好差事就派别人，像这等黑更半夜送人的事，就派我。没良心的王八羔子！瞎充管家！你也不想想，焦大太爷跷跷脚，比你的头还高呢。二十年头里的焦大太爷眼里有谁？别说你们这一起杂种王八羔子们！"

贾蓉忍不得，便骂了他两句，使人捆起来，"等明日酒醒了，问他还寻死不寻死了！"那焦大哪里把贾蓉放在眼里，反大叫起来，赶着贾蓉叫："蓉哥儿，你别在焦大跟前使主子性儿。别说你这样儿的，就是你爹，你爷爷，也不敢和焦大挺腰子！不是焦大一个人，你们就做官儿，享荣华，受富贵？你祖宗九死一生挣下这家业，到如今了，不报我的恩，反和我充起主子来了！"

这一段描写一方面反映了贾府的肮脏混乱，另一方面也是借这个焦大说事。

曹雪芹的世祖曹世选原为明朝一个镇守沈阳的官吏。明末,努尔哈赤攻陷沈阳,曹世选被俘后降清为奴,后隶属多尔衮统领的正白旗,随同征战。后来他因屡立战功成为一名"佐领"。其后受封担任后金京城的护卫官。大清建朝后,曹世选之子曹振彦、之孙曹玺随摄政王多尔衮至山西大同,平定姜镶叛乱,又立下了赫赫战功。曹家就是因战功受到清皇室信任而起家的,以后逐渐成为清皇室的近前人物。到后来曹寅成为康熙的伴读,是皇家忠诚的核心家奴。

焦大自恃对贾家有功,应该受到尊重才是,没想到贾府的后人根本不认这个茬儿,反而侮辱他,所以愤怒的焦大才破口大骂。结合曹家的实际情况,本来建有战功,与老皇帝那般亲近,可最终却被雍正皇帝抄家治罪,这破口大骂寄托了作者多少自己的心声!所以在这里脂批:"忽接此焦大一段,真可惊心骇目,一字化一泪,一泪化一血珠。"

书中还有一个重要的人物刘姥姥,书中交代:

方才所说的这小小之家,乃本地人氏,姓王,祖上曾作过小小的一个京官,昔年与凤姐之祖王夫人之父认识。因贪王家的势利,便连了宗认作侄儿。那时只有王夫人之大兄凤姐之父与王夫人随在京中的,知有此一门连宗之族,余者皆不认识。目今其祖已故,只有一个儿子,名唤王成,因家业萧条,仍搬出城外原乡中住去了。王成新近亦因病故,只有其子,小名狗儿。狗儿亦生一子,小名板儿,嫡妻刘氏,又生一女,名唤青儿。一家四口,仍以务农为业。因狗儿白日间又作些生计,刘氏又操井臼等事,青板姊妹两个无人看管,狗儿遂将岳母刘姥姥接来一处过活。这刘姥姥乃是个积年的老寡妇,膝下又无儿女,只靠两亩薄田度日。今者女婿接来养活,岂不愿意,遂一心一计,帮衬着女儿女婿过活起来。

这刘姥姥与王家的联系是仅靠女婿的祖上与王家连过宗的关系。因这层关系，刘姥姥三进荣国府，也因此受到王熙凤的接济。作者通过她的眼睛展示了荣国府的奢侈生活。作者塑造这个人物的目的，不仅是一种衬托，更是为了表达一种因果关系。书中在前面就暗示贾家有一个败落结局，也暗示了贾家败落后刘姥姥有一个救巧姐的报恩行为。这从太虚幻境中巧姐的判词就能看得出，巧姐的判词是："势败休云贵，家亡莫论亲。偶因济刘氏，巧得遇恩人。"刘姥姥与巧姐的故事是一种因果报应。作者用这一因果关系说明了什么呢？说明家族兴盛富贵之时要积善行德，不要对落难的穷亲戚不管不问，该接济的要接济，该认亲的要认亲，保不住将来家族败落了还要依靠他们，富贵之时要为将来留点后路。

结合曹家的情况，作者借这一人物故事强调因果关系是有一定现实意义的。曹家在康熙年间备受康熙的关照，到雍正四年，曹頫因"屡忤圣意"被革职抄家，调京治罪。以后曹家在北京的生活是比较清苦的，因是戴罪之家，度日非常艰难。曹家变得贫穷困顿，虽然与皇家有旧交，还会受到皇家的关照吗？如果当今皇家一味地六亲不认，将来"大厦将倾"的时候谁来相助？刘姥姥与巧姐的前因后果，无非也就是曹家与皇家的前因后果，这些恰是作者想对当今皇家的当权者表达的意思。

书中还描写了一些奶妈，像宝玉的奶妈李嬷嬷、黛玉的奶妈王嬷嬷等。书中曾提到李嬷嬷发怒时说："我不信他这样坏了。别说我吃了一碗牛奶，就是再比这个值钱的，也是应该的。难道他不想想怎么长大了？我的血变的奶，吃的长这么大，如今我吃他一碗牛奶，他就生气了？我偏吃了，看怎么样！"这李嬷嬷说的话与焦大骂的话有异曲同工之效。我们知道曹寅的母亲就曾是康熙的奶妈，这位李嬷嬷说的话何尝不是曹家人最想说的话。

《红楼梦》的文学艺术成分及人物塑造的历史借鉴

《红楼梦》是四大名著中最后诞生的一部作品，它高度集成了以往的文学艺术形式。仅从小说的角度来讲，有人说：雪芹作书是脱胎在《西游记》，借径在《金瓶梅》，摄神在《水浒传》。《金瓶梅》以一姓家门、一男多女为其题材，写风情万种，曹雪芹借径就在于此。《水浒》写的是草莽英雄、绿林好汉的命运，《红楼梦》是借它形神。《水浒》写的是一百〇八条英雄好汉，《红楼梦》是写一百〇八位红粉佳人。《西游记》写的是虚幻的故事，是以一块石头孕育出石猴开始的，《红楼梦》同样也是从一块石头开始讲述故事的。另外，《红楼梦》还仿效了《封神演义》的一些思路，《封神演义》中有封神台，诸神死后灵魂被招到封神台，最后面有封神榜。《红楼梦》中有太虚幻境，众女儿家死后都要到太虚幻境进行销号，最后面有情榜。而太虚幻境对人物的结局预示采用了一画一诗的形式，这是仿照《推背图》的预言形式。

另外，书中也多次提及《长生殿》、《牡丹亭》、《会真记》、

《西厢记》。《长生殿》、《桃花扇》等都是写痴男怨女的爱情故事，都是"借离合之情，写兴亡之叹"，对《红楼梦》的创作应该有着至深的影响。

《红楼梦》中的诗词曲赋借鉴于古人的地方也很多。有人说，《葬花吟》"脱胎"于唐寅的两首诗，其实在唐初刘希夷的《代悲白头翁》中也有"今年花落颜色改，明年花开复谁在"、"年年岁岁花相似，岁岁年年人不同"之类的诗句。再如书中的《芙蓉女儿诔》，据《周礼》郑玄注称："诔者，累也。"诔文中以屈原《离骚》的隐喻来比附晴雯，这是一篇形似离骚体的颂歌。

《红楼梦》中的用词造句，都渗透着很深的文化渊源。比如开卷写的女娲炼石以及宝玉说的"女儿是水做的，男人是泥做的"，都是接承着娲皇的故事而来的。用水和黄土捏成"泥人"，故有"水"与"泥"之说。庄子之超逸，屈原之慨叹，佛家之性空，儒家之忧世，无不熔铸于中。戏、诗、画、医、巫、僧、道在书中皆有涉及，说《红楼梦》是中华文化之集大成者一点儿也不为过。

《红楼梦》的博大精深，体现在许多方面，这不是我们在这里研究的问题。提及这些的目的是让大家认识到，《红楼梦》不仅具有现实性，更具有高超的艺术性。下面我们仅从艺术性的角度分析一下书中的人物形象。

小说艺术性地运用了汉字的谐音，甄士隐就是真事隐；贾雨村、贾化就是假语存、假话；大荒山无稽崖就是荒唐无稽；十里街就是势利街；仁清巷就是人情巷；葫芦庙就是糊涂庙；湖州就是胡诌；霍启就是祸起；娇杏就是侥幸；冯渊就是逢冤，等等。

《红楼梦》中人物的名字十分讲究。像林黛玉、薛宝钗、史湘云、王熙凤、元春、迎春、探春、惜春等都是一些美丽、尊贵的字眼；而一些丫头的名字像雪雁、鹦哥、晴雯、香菱、麝月、秋纹、碧痕、紫鹃、翠缕、彩霞、秋桐、银蝶等都如诗如画。

还有宝玉的几个小厮的名字也起得相当妙。像茗烟、锄药、扫红、墨雨这四个人的名字分别代表着侍奉烟茶、种植药材、打扫落花、伴读研墨，十分贴切。

我们再看一下贾府中一些管家陪房的名字，像周瑞家的、吴兴家的、郑华家的、王善保家的、林之孝家的、来旺家的、来喜家的、赖大家的、鲍二家的等，前几位的名字中有瑞、兴、华、善、孝等字，表示这些人都是善良的人家，有四个人的姓是"周吴郑王"，正是"百家姓"的第二句，而后两位一"大"一"二"，就是类似张三李四的叫法，而"赖"和"鲍"就有点依仗和龌龊的意思了。

在第五十六回中，探春安排几个老妈子去干活，这几个老妈子的姓也很有意思：管理竹子的是祝妈，种庄稼的是田妈，分管将草花晒干了卖到茶叶铺、药铺去的是叶妈，用的也是谐音，其姓与所管差事相符。

贾府的一些清客、佣人的名字也有谐音，像詹光的谐音就是"沾光"，单聘人就是"善骗人"，卜固修就是"不顾羞"，而卜世仁就是"不是人"，贾府的买办钱华就是"花钱"，银库的领头吴新登是"无心登记"，粮庄头乌进孝就是"没有进孝"。

前面我们分析了这么多人的名字，无非是想说明《红楼梦》中的各色人等都是艺术创作的产物。

《红楼梦》中多次提到了历史上的绝色美女。在第六十四回中林黛玉作了一首诗《五美吟》，分别写了西施、虞姬、明妃、绿珠、红拂这五位美女。另外，在《红楼梦》中有时还拿这些美女去比拟书中的人物。第二十七回的回目是："滴翠亭杨妃戏彩蝶，埋香冢飞燕泣残红。"这是直接将宝钗和黛玉比作杨玉环和赵飞燕。脂批中还说:"可笑近之野史中,满纸羞花闭月,莺啼燕语,殊不知真正美人方有一陋处,如太真之肥,飞燕之瘦,西子之病,若施于别个则不美矣。"大观园是《红楼梦》中美女汇集的地方。"大观"之名就有汇集万象、洋洋大观的意思。《红楼梦》中的各位美女有什么命运,有什么性格特点,就喜欢什么样的花,喜欢什么样的历史人物,作什么样的诗句。比如,黛玉住潇湘馆(所谓斑竹一枝千滴泪),读《西厢记》(爱情故事),作《葬花吟》(极清净的女儿形象和短暂的人生),因具西施之态,被称做"颦儿"。

《红楼梦》中的一些情节设置也多少与历史上的一些典故有关系。比如在贾府点戏一回,脂批就有提示:"第一出《豪宴》:《一捧雪》中伏贾家之败。第二出《乞巧》:《长生殿》中伏元妃之死。第三出《仙缘》:《邯郸梦》中伏甄宝玉送玉。第四出《离魂》:《牡丹亭》中伏黛玉之死。所点之戏剧伏四事,乃通部书之大过节、大关键。"脂批在其他地方也一再说"作者用史笔也","用幻笔"。可见贾府的部分故事就是借用了一些历史典故进行再创造,从而具有一定的象征意义。

下面我们看一下书中部分人物形象与历史典故的联系。

秦可卿:

关于秦可卿这一人物形象的名字,在前面已经讲到。书中在说到秦氏姐弟时有一脂批:"设云'情钟'。古诗云:'未嫁先名玉,来时本姓秦。'二语便是此书大纲目、大比托、大讽刺处。""未嫁先名玉,来时本姓秦",是梁刘缓《咏倾城人》中的诗句,借鉴汉乐府中的《陌上桑》:"月出东南隅,照我秦氏楼;秦氏有好女,自名为罗敷。"说明了秦可卿美人形象的来源。

在太虚幻境中预示秦可卿命运的画词是:"画着高楼大厦,有一美人悬梁自缢。其判云:情天情海幻情身,情既相逢必主淫。漫言不肖皆荣出，造衅开端实在宁。""造衅开端实在宁"说明秦氏是贾府败落的关键人物。在太虚幻境的红楼梦曲中《好事终》一段是讲秦可卿之死的，其中唱道："画梁春尽落香尘。擅风情，秉月貌，便是败家的根本。箕裘颓堕皆从敬，家事消亡首罪宁。宿孽总因情。"《好事终》接下来就是《飞鸟各投林》，说明宁府的混乱是贾府败落的开端，而宁府中的混乱又与秦可卿这一风流人物脱不了干系。书中"秦可卿淫丧天香楼"这一回就与这些暗示相对应。

说到"秦可卿淫丧天香楼"时书中还有一脂批："秦可卿淫丧天香楼"作者用史笔也。用史笔是指作者借用历史典故。秦可卿与公公贾珍有不干净的关系，被人撞见，自缢于天香楼。在第五回贾宝玉到秦可卿的房中有一段这样的描写："案上设着武则天当日镜室中设的宝镜，一边摆着飞燕立着舞过的金盘，盘中盛着安禄山掷过伤了太真乳的木瓜。"这三处比喻映射了秦可卿的形象。结合上述情况以及脂批的提示，秦可卿的身上有历史人物杨玉环的影子。

杨玉环原本是太子的媳妇，后被皇帝李隆基看中，李隆基为达到自己的目的，让杨玉环脱离尘世进入佛门，改变了儿媳的身份，然后再进宫成为自己的妃子，父子间的情感开始出现裂痕。后来安史之乱，马嵬坡兵变，太子从中作梗，李隆基无奈，只得让杨玉环自缢身亡，此后太子开始掌握实权。

在《红楼梦》中还出现过一句诗，"双悬日月照乾坤"，这是李白的诗句，说的就是马嵬坡兵变以后的事，在唐玄宗没有退位的情况下，儿子就宣布登基做了皇帝，出现了两个皇帝，所以是"双悬日月照乾坤"。这一内乱使唐朝从此由盛变衰。从历史上看，朝代政权的更迭，大都是因为皇家内部荒淫无耻造成的，很多的美女都成为其中的牺牲品。从书中对秦可卿的多处描写以及脂批的暗示来分析，她是借鉴杨玉环的历史形象而塑造出来的虚幻人物，其影射意义不言而喻。

贾妃元春：

如果贾府有皇室的影子，秦可卿是影射宫中人物的形象，与她相对应的就是贵妃元春。贾元春的故事不好写，也不能写，她与贾府中的秦可卿之间是一种重叠递进关系。

在太虚幻境中是这样描写元春的："画着一张弓，弓上挂着香橼。也有一首歌词云：二十年来辨是非，榴花开处照宫闱。三春争及初春景，虎兕相逢大梦归。""香橼"是一种有香味的果实，这里比喻元春。"方上挂着香橼"，一方面"弓"与"宫"同音，说明是"宫"中人物，另一方面"弓"又预示着战乱。"兕"在《山海经》中有解释，原文是："兕在舜葬东，湘水南。其状如牛，苍黑。"形容地方险恶也多言"其上多犀兕虎熊之类"。"虎兕相逢"预示两种势力的争斗。

书中提到"双悬日月照乾坤"、"双瞻玉座引朝仪"这类诗句不是无中生有，都是预示后面的动乱结局。脂批直接说，《长生殿》中伏元妃之死。是说元春像杨玉环一样是宫乱的牺牲品。贾府中的秦可卿是这样，皇宫中的元春也是如此。

王熙凤：

在太虚幻境中是这样描写王熙凤的："一片冰山，上面有一只雌凤。其判曰：凡鸟偏从末世来，都知爱慕此生才。一从二令三人木，哭向金陵事更哀"。"一从二令三人木"，组成的三个字就是"丛、冷、来"，这与一片冰山是相一致的。更多的人认为是"从、令、休"三个字，表示王熙凤人生的三个阶段：嫁给贾琏，发号施令，被休。关于"休"字到底是被休妻还是表示万事皆休、心灰意冷，我们在后面的第四部分做专门的讨论，暂且不提。不管人们认为是"冷"字还是"令"字，画上的一片冰山，就足以表示王熙凤的冷艳。书中她干练专横，很符合一个"冷"字。

说到王熙凤的冷，就不免联想到冷艳、恃宠的赵飞燕。赵飞燕是汉成帝刘骜的第二任皇后，她的舞技绝妙，并工于心计。为激起成帝的征服之心，她欲擒故纵，一连三夜拒绝成帝召幸。后受成帝宠幸近十年，权倾后宫。她虽得专宠，但从未怀孕，害怕别的嫔妃怀孕生子，威胁其后位，就疯狂地摧残他人。宫女曹宫人生了一个男孩，竟被她活活逼死。成帝死后六年，大司马王莽以赵飞燕杀害皇子之罪，迫其自尽。《红楼梦》中王熙凤的形象塑造多少有些赵飞燕的影子，她诱惑贾瑞如同赵飞燕诱惑成帝；陷害尤二姐和秋桐，与赵飞燕残害宫女如出一辙；荣府当家，协理宁府，亦如飞燕权倾后宫。

林黛玉、薛宝钗：

在太虚幻境中对这两人的描写是："画着两株枯木，木上悬着一围玉带，又有一堆雪，雪下一股金簪。也有四句言词，道是：可叹停机德，堪怜咏絮才。玉带林中挂，金簪雪里埋。"

她们两位都是"秉绝代姿容，具希世俊美"，打扮起来"桃羞杏让，燕妒莺惭"，都是西施一般的人物，命运都应像西施一样，最终香消玉殒。

有的人根据判词的后两句推测林黛玉上吊而死，薛宝钗死后葬于东北的雪原，这未免有点牵强，因为这两句不过是象征了两个人的名字而已。至于她们的结局应该结合书中的各种情节和暗示去分析。首先，"可叹停机德，堪怜咏絮才"是表明了她们两位的贤惠和才情。"停机德"是关于乐羊子妻的一个典故。乐羊子曾经外出求学，学业未成，因思念家中，无功而回。乐羊子妻见状，一下割断正在织的布，以此来说服乐羊子不要半途而废。后来乐羊子继续求学，并谋取了功名。从书中薛宝钗规劝贾宝玉的行为来看，她的品行多少有点像乐羊子妻。从林、薛两位一体的角度考虑，林黛玉又何尝不会这样呢？"咏絮才"是说她们两位的共性，"停机德"也应该是针对她们两位说的。"停机德"除了体现规劝外还有一种自我牺牲的精神。我们在后面的第四部分有专门篇幅来分析林黛玉之死，她最后应该是主动离去，也是一种自我牺牲。黛玉的结局应该像历史传说中的西施和貂蝉一样，是悄然无声地离开了。

《红楼梦》中经常提到的《牡丹亭》是汤显祖所著的一部戏曲，它描写了杜丽娘因梦怀春，相思成病，以致死去，最终复活，与有情人终成眷属的故事。林黛玉体弱多病、多愁善感的形象多少与杜丽娘有些相似。

探春：

在太虚幻境中这样描写探春："画着两人放风筝，一片大海，一只大船，船中有一女子掩面泣涕之状。也有四句写云：才自精明志自高，生于末世运偏消。清明涕送江边望，千里东风一梦遥。"除此之外，书中预示探春命运的描写还有很多。在第六十三回中有占花儿名的这一段：

探春笑道："我还不知得个什么呢。"伸手掣了一根出来，自己一瞧，便掷在地下，红了脸……众人看上面是一枝杏花，那红字写着"瑶池仙品"四字，诗云：日边红杏倚云栽。注云："得此签者，必得贵婿，大家恭贺一杯，共同饮一杯"。众人道："我们家已有了个王妃，难道你也是王妃不成。大喜，大喜。"

这段预示探春可能成为王妃。

此外，书中还有一段对探春放风筝的描写，说探春放的是一只凤凰风筝，与另一只凤凰风筝缠在一起，这时外面一个更大的喜字风筝飞来，三只风筝绞在一起，最后线断了，三只风筝一起飘走了。这段描写与太虚幻境中探春画册上的放风筝相照应，预示了探春日后远嫁的命运。

我们从元春的判词"三春争及初春景,虎兕相逢大梦归"也能看出探春的命运安排。这句话是说当三小姐探春像元春一样风光地成为王妃的时候,元春就要大难临头了,这同样预示探春成为王妃。"一片大海,一只大船"是探春远嫁海外之意。嫁到海外就是出国,单凭贾府的能力是办不到的,探春的婚姻实际就是国与国之间的和亲。这样说来,探春就有点像王昭君的形象了。

我们看到西子、王嫱、玉环、飞燕的形象若隐若现地体现在这些红楼人物身上,那有没有绿珠、红拂这样的形象呢?既然作者经常提到这些人物,并进行比对,那她们的形象肯定也是存在的。

绿珠是西晋时期的一位历史人物,她聪颖伶俐,美丽端庄,能歌善舞。太康年间,石崇为交趾采访使,途经广西博白这个地方,惊慕绿珠的美貌,遂以三斛明珠聘她为妾。时值赵王司马伦专权,伦之党羽孙秀垂涎绿珠的倾国姿色,使人向石崇索取,崇怒而不从。后孙秀领兵围石崇之家,绿珠即跳楼自尽。

红拂女原姓张,在南北朝的战乱中,流落长安,被卖入司空杨素府中为歌妓,因手执红色拂尘,故称作红拂女。后来红拂女从杨素家毅然夜奔,投靠了三原李靖。李靖是一位道人,是唐太宗李世民的重要谋士。

《红楼梦》中的香菱和惜春似乎跟这两个人物的形象很接近。

香菱在太虚幻境中的判词是:"根并荷花一茎香,平生遭际实堪伤,自从两地生孤木,致使香魂返故乡。"香菱就是小说前面讲的英莲。她先被拐子卖于冯渊为妾,后来又被卖于薛蟠,从而造成二人相争。相争之下,薛蟠打死冯渊,夺了英莲为妾,扬长而去。后来薛蟠娶了夏金桂,夏金桂对香菱百般凌辱。香菱的命运是让人悲伤的,从后面的两句判词看她的结局是青春早逝。香菱遭两强人相争的命运倒是有点像绿珠。后面是不是像绿珠一样跳楼自尽,可以想象。

　　惜春在太虚幻境中的描写是:"一所古庙,里面有一美人在内看经独坐。其判云:勘破三春景不长,缁衣顿改昔年妆。可怜绣户侯门女,独卧青灯古佛旁。"惜春的结局是毅然出家坠入佛门。她的出身与红拂女有些不同,但与红拂女的毅然夜奔出家这点还是相同的。

　　除了前面这些美女外,贾雨村更是书中一个很有特点的虚构形象。

　　《红楼梦》中贾雨村曾自题一绝:"时逢三五便团圆,满把晴光护玉栏。天上一轮才捧出,人间万姓仰头看。"他吟出这么一首诗,说明他具有雄心大略,不一般。在第二回中还有一段雨村与冷子兴的对话:"天地生人,除大仁大恶两种,余者皆无大异。若大仁者,则应运而生,大恶者,则应劫而生。运生世治,劫生世危,尧、舜、禹、文、武、周、召、孔、孟、董、韩、周、程、张、朱皆应运而生者,蚩尤、共工、桀、纣、始皇、王莽、曹操、桓温、安禄山、秦桧等应劫而生者,大仁者,修治天下;大恶者,扰乱天下……"子兴道:"依你说成则王侯败则寇了。"这段对话中罗列出了历史上有名的贤人和恶人形象,并说"成者为王败者寇"、"大仁者,修治天下;大恶者,扰乱天下"。《红楼梦》在一开始就讲这些,是为后面人物的塑造进行定性和归类。书中肯定有一些类似大仁大恶的形象。

　　且看书中将贾雨村比作哪类人物:

　　虽才干优长,未免有些贪酷之弊,且又恃才侮上,那些官员皆侧目而视。【甲戌侧批:此亦奸雄必有之理。】不上一年,便被上司寻了个空隙,作成一本,参他"生情狡猾,擅纂礼仪,且沽清正之名，而暗结虎狼之属，致使地方多事，民命不堪"【甲戌侧批：此亦奸雄必有之事。】等语。龙颜大怒，即批革职。该部文书一到，本府官员无不喜悦。那雨村心中虽十分惭恨，却面上全无一点怨色，仍是嬉笑自若。【甲戌侧批：此亦奸雄必有之态。】

  雨村先是赖贾府之力补授应天府，以后又授了大司马，协理军机，参赞朝政。脂批中说他是"奸雄"，具"莽操遗容"，书中后面还骂他是"野杂种"。书中对他这样塑造刻画，显然是一个如前所说的大恶者的形象，是王莽、曹操一类的人物。王莽和曹操是篡权乱政人物的代名词。《红楼梦》在前面表述贾雨村如此这般，以后又讲到他步步高升，手握兵权。贾府从腐败没落到大厦轰然倒下以及元春的死，是否与他有关呢？

  以上是对书中一些主要人物的艺术形象分析，对整个故事而言同样也含有一些历史典故的影子。如《红楼梦》在第十八回点戏的章节有一段脂批："第一出《豪宴》：《一捧雪》中伏贾家之败。第二出《乞巧》：《长生殿》中伏元妃之死。第三出《仙缘》：《邯郸梦》中伏甄宝玉送玉。第四出《离魂》：《牡丹亭》中伏黛玉死。所点之戏剧伏四事，乃通部书之大过节、大关键。"这一脂批说明《红楼梦》整个故事的发展与这些历史典故是相似的。

  《一捧雪》讲的是明朝嘉靖年间，太仆寺卿莫怀古曾于风尘中提拔裱褙汤勤，并将其荐于当时权盛一时的严世蕃。此后，汤勤恩将仇报，先是谋占莫怀古之妾雪艳，后又撺掇严世蕃向莫家索取家藏古玉杯"一捧雪"。莫怀古以赝品献给严世蕃，但汤勤认得杯的真假，将真相告之严世蕃。严世蕃非常愤怒，命人到莫府搜取真杯。莫府仆人莫成将真杯藏起来，杯没被搜走。莫怀古害怕再被严世蕃逼交古玉杯，于是弃官逃走。严世蕃在朝上弹劾莫怀古并派人追拿他，从而导致莫家家破人亡。

结合典故来看，贾家后来的败落肯定与贾雨村有关，贾雨村就是受了贾府的提携才步步高升的，就像典故中的汤勤一样。书中描写的贾雨村不仅是一个如汤勤一样的小人，还预示着他就是一个奸雄人物。"大仁者，修治天下；大恶者，扰乱天下"，他后来位高权重，后面的作为肯定如王莽、曹操、严世蕃一样，专横跋扈。

《邯郸梦》讲的是卢生做黄粱一梦的典故，卢生在旅途中睡了一觉，梦见自己一生历尽荣华富贵，等他醒来时发现小米饭还没做熟。这与《红楼梦》前面说的"究竟是到头一梦，万境归空"是一致的，《红楼梦》的整个故事是作者虚构的一场惊梦。甄宝玉是真实的，贾宝玉是虚构的，甄宝玉送玉，送去的是一部《石头记》。

《长生殿》是影射元妃之死，如果说元妃的死与杨玉环相似的话，太虚幻境中的画以及判词也就好理解了。"弓上挂着香橼"说明元妃是一场斗争的牺牲品，"虎兕相逢"就是两股势力的斗争。

《红楼梦》中借用典故是有一定目的的。夏朝因妹喜而亡，商代因妲己而亡，周朝因褒姒而亡，春秋吴国因西施而亡，唐代玄宗因杨玉环失权。《红楼梦》又名"风月宝鉴"，作者把相似的人物形象落脚于一个侯门之家，正是为了达到借古喻今的目的。

贾府的腐败没落

《红楼梦》的作者一再强调只着意闺中,可透过贾府闺中的故事,将贾府的种种丑恶体现得淋漓尽致。《红楼梦》像晚清时代的鞭挞小说一样,揭露了封建社会的黑暗和腐朽,不过由于《红楼梦》诞生于清朝中期文字狱盛行的时代,作者不得不采取这种真真假假极其隐晦的表述方式。在康乾盛世就认识到社会的腐朽,率先采用这种方式加以抨击,开针砭小说之先河,这是《红楼梦》的伟大之处。

《红楼梦》中第二回冷子兴说道:"如今生齿日繁,事务日盛,主仆上下,安富尊荣者尽多,运筹谋划者无一,其日用排场费用,又不能将就省俭,如今外面的架子虽未甚倒,内囊却也尽上来了。这还是小事。更有一件大事:谁知这样钟鸣鼎食之家,翰墨诗书之族,如今的儿孙,竟一代不如一代了!"寥寥数语,就把贾府的腐败没落全盘道出来了。

从后面故事的描写中我们看到贾府每逢过节、庆生日、办丧事都是大讲排场,挥霍无度,用现在的话说就是极其腐败!像贾珍给自己的儿媳妇办丧事就办得如国丧一般,书中说:"贾珍见父亲不管，亦发恣意奢华。"别人不敢用的樯木棺材他连价格都不问就采用，在花销上嘱咐凤姐："妹妹爱怎样就怎样，要什么只管拿这个取去，也不必问我。只求别存心替我省钱，只要好看为上。"

元春归省，荣国府不惜一切大建省亲别墅。在书中还提到当年的甄家接驾："别讲银子成了土泥，凭是世上所有的，没有不是堆山塞海的，'罪过可惜'四个字竟顾不得了。"这省亲的场面实际上是康熙南巡情景的再现，就连脂批也不断地说："经过，见过。"康熙和乾隆两朝的生活铺张都是十分严重的，康熙曾六下江南，花费巨大，搞得国库空虚。到了乾隆时期，乾隆的铺张比康熙有过之而无不及，他也多次下江南。乾隆的行为曾经遭到多位大臣的反对。他的铺张也再次造成了国库的亏空。书中还说，"也不过拿着皇帝家的银子往皇帝身上使罢了！"将接驾的铺张刻画得非常到位，是"罪过可惜"，这真可谓入木三分。

从对刘姥姥进大观园的描写中，我们同样感受到贾府的穷奢极欲。大观园的陈设衣食，是刘姥姥见所未见、闻所未闻的，一个元宝一个的鹌鹑蛋，二十几两银子的一顿螃蟹，刘姥姥说这些东西的花费足够普通人家过一年。

在铺张浪费的背后是对老百姓的随意压榨。在第五十三回里，描写黑山村佃户乌庄头到贾家来纳租的一幕，就反映了他们贪婪成性、不顾百姓死活的丑恶嘴脸。在那个大荒年里，农民正穷困得无衣无食，而乌庄头送来那么多的东西，贾珍看了还大不满意，皱眉道："我算定你至少也有五千银子来，这够做什么的？如今你们一共只剩了八九个庄子，今年倒有两处报了旱涝，你们又打擂台，真真是叫我别过年了。""不和你们要，找谁去？"贾家那一套穷奢极欲的吃穿享用，实际都是来自劳动人民的脂膏。那些被剥削而负债的穷户们，有的变卖产业，有的出卖自己的儿女。

还有就是生抢豪夺、草菅人命。薛蟠抢了人家的丫头又打死人，一走了之，根本不把底层百姓放在眼里，打点一下就可以潦草结案，官场的黑暗可见一斑。王熙凤同样是一个心狠手辣的人物，她亲手造成的命案就很多。"毒设相思局"害死了贾瑞。为了保住自己琏二奶奶的位置，"借剑杀人"又害死尤二姐。在"弄权铁槛寺"一回中，为了三千两银子的贿赂，逼得张家的女儿和某守备之子双双自尽。因为府中的仆妇鲍二家的与贾琏私通，就用手段逼其上了吊。贾赦也是一个贪婪的家伙，在第四十八回的描写中有一个石呆子，一个穷得连饭也吃不上的人，却拥有二十把精美绝伦的旧扇子，且皆是古人书画真迹。贾赦知道后逼着要买，石呆子抵死不肯，说："要扇子先要我的命！"后来被贾雨村讹为拖欠官银，扇子被抄没，搞得石呆子生死不明。

贾府的荒淫糜烂更是令人发指。贾珍与自己的儿媳秦可卿不干不净；王熙凤与贾蓉也有一层暧昧关系；贾琏与府中的仆妇鲍二家的私通，以后又偷娶尤二姐，不久又看上秋桐；贾琏与贾珍共同玩弄尤三姐，使尤三姐臭名远扬。尤三姐终被心爱的人看不起而无奈自尽；就连年事已高的贾赦还想将鸳鸯纳为己妾，因贾母不舍而作罢，后来贾赦花了五百两银子，买了一个十七岁女孩子，名叫嫣红的，收在屋里，也不知是第几房了。我们看到贾府的男人们毫无作为，将精力都用在如何奢侈和腐化上，他们是"今日会酒，明日观花，聚赌嫖娼，无所不至"，所以在人们的眼中，"贾府只有门口两只石狮子是干净的"。

贾府中男人们大都是这副德行，那他们的能力又是怎样的呢？书中在前面一开始就点出来了，是"运筹谋划者无一，如今的儿孙，竟一代不如一代了"。且看秦可卿出丧一回，偌大一个宁府，竟没有一个男人出面协调安排，急得贾珍没法，只得求助于荣府的儿媳,这才有"王熙凤协理宁国府"。王熙凤在贾府弄权专权,克扣银子、受贿、私下放高利贷,人们有事都去求助于这个琏二奶奶。整个贾府阴盛阳衰,这是对贾府的莫大讽刺!

《红楼梦》描写贾府腐败没落的意图是比较突出的,读过《红楼梦》的人都能认识到这点。既然存在这样的描写,我们就需要认真地思考一下,作者为何通过表面儿女情长的小说反映这些。作者描写贾府腐败的真正用意,是对整个清朝封建统治最高层的有力揭露和批判!

《红楼梦》诞生于清朝的太平盛世,作者借此抨击当时的封建社会,而不仅仅是追忆过去的风花雪月那么简单。在乾隆盛世能看到社会的腐败问题不容易,盛世说危言更是难能可贵!

高鹗续书意若何

《红楼梦》在早期是以手抄本的形式流传的。各种抄本繁多,在正文、回目标题、诗词以及一些情节上都存在着差异,这也正反映了作者曾多次修改增删。作者在书中就说"披阅十载,增删五次",说明对全书做了大量的整理工作,可奇怪的是在早期的抄本中竟然没有一本完整的《红楼梦》!这让人们深感疑惑。按照常理,作品既然到了修改的阶段,全书应该是已经完成了,如果曹雪芹曾经完成过一部完整的《红楼梦》,依当时手抄流传的势头,社会上应该能够有些蛛丝马迹。这种神龙见首不见尾的情况,最有可能的是作者对《红楼梦》的前半部进行了大量的反复改写,已成为一部隐喻时事有别于后半部的政治书,如果后面还存在原来没有改完的内容,两者合在一起也不能算是一部完整的书,所以后半部即使存在但却没有流传也就好理解了。半部红楼在当时流传很广,影响也比较大。

乾隆五十六年,由程伟元和高鹗两人将《红楼梦》手抄流传的前八十回和补续的后四十回整理成一部完整的《红楼梦》,印行问世。随着翻印本的大量出现,使比较接近曹雪芹原作的"脂评本"

风吹云散，日渐淹没。虽然《红楼梦》的印行是一大幸事，完整的《红楼梦》也多少减轻了人们的遗憾，然而从印行的《红楼梦》后半部来看，却与之前的八十回大相径庭，对家族和社会的认识出现大的转折。某种程度上，高鹗篡改了曹雪芹的原意。

从文学水平上讲，高鹗补的《红楼梦》后四十回，虽然比不上前八十回，也确有精彩之处，单就这四十回，在中国古代的文学作品中也算是上乘之作。不可否认高鹗是一位文学造诣较高的文学家。读他写的后半部分，在有些不相符的地方仔细揣摩，才意识到高鹗不是理解不出前面隐含的东西而续书，而是理解得相当深刻。道理很简单，因为高鹗是有意篡改，蓄意对前半部的锋芒进行抹杀。

曹雪芹在特殊的社会环境下写的《红楼梦》，是一部警世书，用来影射封建上层的腐朽没落，预示满清王朝的不可救药和行将灭亡。不过在当时的环境下，作者只能通过真真假假的描写来掩饰其意图，所以作者自己感叹："满纸荒唐言，一把辛酸泪！都云作者痴，谁解其中味？"他是盼望读者能参透其中的深意。

高鹗正是借用《红楼梦》前面虚虚假假不很分明的描述，因势利导，将其中一些影射的成分抽出，将表面虚假的描写现实化，从而达到篡改的目的。我们看到他续写的贾府成了实实在在的作者之家的样子，在规模形式上已经"甄贾"不分了。他还把表面的言情成分纯粹化，使《红楼梦》成为一部单纯的爱情小说。虽然人们认识到《红楼梦》前后部分的不一致，但在研究《红楼梦》上却很难摆脱高鹗设的这个框框，可见高鹗续书的影响是深远的。

事实上，续书者永远不可能做到自己的文笔与原书的文笔完全没有差别。最实质的问题是两种思想性不同的东西，即使进行了精心的对接，也根本无法弥合在一起。《红楼梦》的后半部只是在表面上尽力迎合前半部的内容和形式,实质就是两种不同思想的作品。曹雪芹与高鹗的生活经历有很大的差别,一个是由高贵跌落至贫贱,积怨成愤;一个是由低微变为新贵,春风得意,因而决定了书的前后主题思想的不同,用老一代红学家的话说就是"心志绝异"。两人著书的目的也决定了书前后的根本区别。曹雪芹著书志在揭丑和批判,暗中有愤世嫉俗情绪的宣泄;高鹗续书是有意削弱前者批判的锋芒,迎合封建统治,客观上达到让书印刷发行的目的。曹雪芹借石头之口,表白是亲身经历,高鹗否认续书是自己所写,竭力向原著上靠拢。凡此种种,造成了《红楼梦》前后貌似神离的结果。

我们看一下高鹗续书的欺骗性和表现形式:

续书者在印书的《序言》中说:"爰为竭力收罗,自藏书家甚至故纸堆中无不留心,数年以来,仅积有廿余卷。一日偶于鼓担上得十余卷,遂重价购之,欣然翻阅,见其前后起伏,尚属接笋,然漶漫不可收拾。乃同友人细加厘别,截长补短,抄成全部,复为镌板,以公同好,《红楼梦》全书示自是告成矣。"

续书者在书的最后说:"果然是敷衍荒唐!不但作者不知,抄者不知,并阅者也不知。不过游戏笔墨,陶情适性而已!后人见了这本奇传,亦曾题过四句为作者缘起之言更转一竿头云:说到辛酸处,荒唐愈可悲。由来同一梦,休笑世人痴!"曹雪芹在《红楼梦》的前面自言"荒唐"实则"不荒唐"。自题"满纸荒唐言,一把辛酸泪,都云作者痴,谁知其中味"。表面看似荒唐,实际是借荒唐来说事,隐含一些反映实质问题的东西,一句"谁知其中味"道出作者的苦衷。而续书者说通篇荒唐,不过游戏笔墨而已,这是对书的影射意义的抹杀。续书者自感做得高明,是比曹雪芹又进一步,用续书中的话说就是"更转一竿头"。还说:"天外书传天外事,两番人作一番人。"他感到自己已经做得天衣无缝,两个人的作品变得就像一个人的作品一样,经过自己之手,《红楼梦》已经变成一部无人能识的天书了。

在《红楼梦》的前半部分,甄贾两家的定位是比较清晰的,而在后面就变得含糊不清了。用续书者的话说就是"真而不真,假而不假",将贾家与甄家混合在一起了。甄家被抄家,贾家也跟着被抄家,甄家官复原职,贾家也家道中兴。续书者实际是在有意转移人们的视线。

在书的前半部分,贾家是一个规模宏大、"天下无二"的大家族,说是侯门之家,却远超侯门的规模,而在后半部,这个贾家的形象就大大缩水了。这里说的缩水并不是因败落而家族变小,如果是这样的话尚在情理之中,关键是后面描写的贾家一下变得没有势力,也就失去了影射意义。从前薛蟠打死人一走了事,而后面薛蟠又打死人,贾府就没有这个影响力了,反而是托人四面打听,去疏通一个小小的知县,最终也无济于事,贾府的势力一下跌落得太多。

《红楼梦》在前面就预示了贾家最后的结局,是彻底的败落,最后因一场大火,落了片"白茫茫大地真干净"。原书中脂批也曾透露一些后面的故事情节:【庚辰侧批:好极,妙极,毕肖极!庚辰眉批:茜雪至"狱神庙"方呈正文。袭人正文标目曰"花袭人有始有终",余只见有一次誊清时,与"狱神庙慰宝玉"等五六稿,被借阅者迷失,叹叹!丁亥夏。畸笏叟。】【庚辰双行夹批:补明宝玉自幼何等娇贵,以此一句留与下部后数十回"寒冬噎酸齑,雪夜围破毡"等处对看,可为后生过分之戒。叹叹。】这是曹雪芹原本的意图,续书中就没有这些内容。曹雪芹的本意就是在前面将贾家描写得千红万艳,到后面又落花成阵,形成较大的反差,造就富贵繁华成一梦的强烈对比。而高鹗的后半部描写贾家被抄家之后却居家依旧，最后又家道中兴，兰桂齐芳，实际是将贾家的虚幻故事彻底蜕变为单一的曹家故事。对应着前面的"落了片白茫茫大地真干净"的说法，在后半部也进行了曲解，说是贾政追宝玉时旷野一片白茫茫，"贾政还欲前走，只见白茫茫一片旷野，并无一人。贾政知是古怪，只得回来"。仅此而已。

在《红楼梦》的前面用了许多虚幻的描写，像衔玉而生、太虚幻境、警幻仙子、风月宝鉴、红楼一梦等等，曹雪芹是借此表达深层次的含义，在后半部的描写上这些成分却被大大减弱了。续书者还在后面塑造了一个与"太虚幻境"对应的"真如福地"。这对应的两处描写体现了曹雪芹与续书者创作意图的天差地别。"太虚幻境"是警示统治社会的一种幻象，是虚幻的东西；对应的"真如福地"表达的是皇上统治下的人间乐土，是人间的现实。曹雪芹想表达的是统治者的没落灭亡，是行将发生的未来；高鹗表达出的是对朝政的歌功颂德，是当前的现实。太虚幻境的对联是"假作真时真亦假，无为有处有还无"，强调的是真真假假的描写中隐含因素的"有"；而真如福地的对联是"假去真来真胜假，无原有是有非无"，强调的是现实的实在性和隐含因素的"无"，这是两种完全不同的内容。

《红楼梦》前面讲的是上层统治"一荣皆荣、一损皆损"的关系，贾家也必将一败涂地，这与"风月宝鉴"和"红楼一梦"的标题寓意是相吻合的。而高鹗的续书就不是这样了，在后面续的章节中甄家还派一个奴仆去替贾家看家护院。甄家后面的名称是"甄应嘉"，意思是甄家应该得到嘉奖，所以后面的甄家"蒙恩还玉阙"。贾家不仅没有败落反而是"沐皇恩贾家延世泽"。续书体现的思想全是对封建统治的逢迎和维护。

续书者在后面用了一个词叫做"收缘",就是缘于何事而写《红楼梦》,让它有个结果,有个交代。曹雪芹因悲怨而写《红楼梦》,后面就让你没悲没怨,官复原职。《红楼梦》前面有段话:"谁知此石自经锻炼之后,灵性已通,因见众石俱得补天,独自己无材不堪入选,遂自怨自叹,日夜悲号惭愧。"对应此段续书者在后面说道:"方知石兄下凡一次,磨出光明,修成圆觉,也可谓无复遗憾了。"意思是你已经经受磨难,就应该修成圆觉,既然家道复兴,就不要悲号嫉世了。从这两段可以看出曹雪芹的本意和续书者的用心是截然不同的。在"真如福地"还有一对联:"过去未来,莫谓智贤能打破;前因后果,须知亲近不相逢。"这是续书者对自己的赞誉。

续书者在最后一回中借故事讲述道:这一日空空道人又从青埂峰前经过,见那补天未用之石仍在那里,上面字迹依然如旧,又从头的细细看了一遍,见后面偈文后又历叙了多少收缘结果的话头,便点头叹道:"我从前见石兄这段奇文,原说可以闻世传奇,所以曾经抄录,但未见返本还原。不知何时复有此一佳话……只怕年深日久,字迹模糊,反有舛错,不如我再抄录一番。"这实际是续书的自白,"见后面偈文后又历叙了多少收缘结果的话头","不知何时复有此一佳话","再抄录一番",这里说得再清楚不过了,是若干年之后的续写,根本就不是《红楼梦》的原著。

因高鹗改变了原书的用意,所以在书中说:"但无鲁鱼亥豕以及悖谬矛盾之处,乐得与二三同志,酒余饭饱,雨夕灯窗之下,同消寂寞,又不必大人先生品题传世,似你这样寻根问底,便是刻舟求剑,胶柱鼓瑟了。"这就是让人们不要去探究那些深层次的东西,表明了高鹗的用心。

在高鹗续书期间,《红楼梦》的影响越来越大,统治者急切地需要对书进行"正确"地诱导,削减其批判的锋芒,将书的结局引入到有利于社会统治的"正统的观念"之下。

据说《红楼梦》一书也曾经传进宫廷乾隆皇帝那里。《红楼梦》以手抄本的形式流传时,其传播的速度越来越快,社会影响力也越来越大,程伟元在程甲本问世时写的序言中说:"好事者每传抄一部,置庙市中,昂其值得数十金,可谓不胫而走者矣。"在此种情况下,据说一些宗室子弟已经看出里面有涉及宫廷的隐喻成分,就将书呈给了乾隆皇帝。乾隆皇帝不愧是一代明君,深知其中的利害关系,明确反对只能引火烧身,既然是藏头去尾,也就只好因势利导了,看后只说"明珠家事而已",把事情淡化掩饰过去。这就像骂人一样,既然没点名道姓你最好不要回应,这正是乾隆皇帝的聪明之处。之后,高鹗与程伟元一起对书进行了大量的删改并续补,而后宠臣和珅又将印行的《红楼梦》呈献给乾隆皇帝,据说乾隆皇帝"阅而然之"。

高鹗作为续书者和篡改者,他对曹雪芹的《红楼梦》应该看得非常透彻,他更能看出书中的一些隐喻性的东西,否则,他不会做一些针对性的篡改。高鹗对书的篡改反而使我们更能从这一侧面理解曹雪芹原著的本意。

红楼贾府的隐藏结局

高鹗的续书对人们的影响很大,他的续书与原书进行了巧妙的对接,人物与前面也附会得很紧密,因而蒙蔽了不少人的眼睛。高鹗将贾家的形象来了个彻底的乾坤大转移,将一个虚幻夸大的家族变成了一个现实的家族,使贾家明显地平民化了,至于贾家的结局也只是中间出现了小小的变故,以后又家道中兴,兰桂齐芳。续书将曹雪芹原书预示的后面情况彻底地改变了样子。

高鹗续书的影响是深远的,高鹗抹杀了红楼之假,人们也就以假为真,认为贾家事就是曹家事,以至于还得出曹家在北京二次中兴的认识。

对于大结局认识上的错位,实际是一个认识《红楼梦》的方向性问题。看不到红楼的两面性,看不到红楼之假,一味地在曹家的结局上找红楼结局肯定是不对路的。《红楼梦》有现实的一面和虚幻的一面,这个贾府的结局就是虚幻的东西。分析红楼贾府的结局要从红楼梦故事中去分析,而不是在故事之外,拿曹家被抄家的情况与故事进行对比。

有些人正是看到《红楼梦》中有关结局的情况非同之前预言,

从某些方面嗅出了作者思想当中的味道，也就产生了一些反对曹家说的认识，什么《红楼梦》反映南明小朝廷的结局，故事是"悼明之亡"等。从《红楼梦》描写的规模上来说，明朝的灭亡与书中预示的悲惨大结局也有相似之处，但我们看到，小说中这个虚幻的贾府体现出的是让人厌恶憎恨的没落形象，这是作者"反对"的一面，而不是"悼"的一面。作者悼的东西是书中自传性的一面，也就是甄家的情况。

《红楼梦》故事描写了贾家的一种败落趋势，贾家的结局不像被抄家那样简单。说贾府遭遇到抄家实在是受了书中甄家被抄家和高鹗续书的影响。《红楼梦》首先描写这个贾府是处在末世，已经离败落不远了。《红楼梦》在开始还说：贾府是"一代不如一代"、"虽历百年，奈运终数尽，不可挽回者"。在书中还描写了这个家族挥霍无度、荒淫无耻的生活情况，也说明了这个家族的败落是一个必然的结果。

在《红楼梦》中有许多预示贾府结局的情节，我们不妨从头开始分析一下，看预示的结局与曹家的被抄家究竟有多大的差距。

在书的一开始讲到那块补天被弃的石头时也谈到后面的情况，通过这段描写我们可以知道整个故事的大致发展。石头因为羡慕人间的荣耀繁华，才求僧人携带到红尘经历一番，二位仙人曾说："那红尘中有却有些乐事，但不能永远依恃，况又有'美中不足，好事多魔'八个字紧相连属，瞬息间则又乐极悲生，人非物换，究竟是到头一梦，万境归空。"这话的意思是繁华虽好，但祸福相随，前面经历富贵荣耀，后面还有悲惨的经历你也要去感受，所以劝石头"还是不去的好"，"只是到不得意时，切莫后悔"。从这段描述中我们看出，《红楼梦》的故事应该分为两个阶段，前面是花柳繁华地、温柔富贵乡的生活，后面就是困苦贫贱的生活。从《红楼梦》前面的描写中我们看到了贾府的奢侈生活，后面的情况虽然没有直接描写出，但也有所反映，像脂批中就提到贾宝玉后面的生活是"寒冬噎酸齑，雪夜围破毡"。

直接涉及贾府结局的是《红楼梦》的第五回"游幻境指迷十二钗，饮仙醪曲演红楼梦"，在这一回中通过贾宝玉在太虚幻境看到的一切，将整个红楼梦故事模糊地预演了一遍。其中有仙子唱道："画梁春尽落香尘。擅风情，秉月貌，便是败家的根本。箕裘颓堕皆从敬，家事消亡首罪宁。宿孽总因情。"这里提到家族破败的首要原因是来自于宁府的混乱局面，这是一个内部因素。在太虚幻境的红楼梦曲中，对于贾府结局的描述还有几处，分别为"家亡人散各奔腾"；"好一似，荡悠悠三更梦。忽喇喇似大厦倾，昏惨惨似灯将尽"；"为官的，家业凋零；富贵的，金银散尽。有恩的，死里逃生；无情的，分明报应。欠命的，命已还；欠泪的，泪已尽。冤冤相报实非轻，分离聚合皆前定。欲知命短问前生，老来富贵也真侥幸。看破的，遁入空门；痴迷的，枉送了性命。好一似食尽鸟投林，落了片白茫茫大地真干净！"这段描述说得清楚，家族败落后各种人物的结局都好不到哪里去，大厦倾覆，树倒猢狲散，结局悲惨的程度是"千红一哭、万艳同悲"。这不像是一个家族的情况，倒像是一个朝代结束的悲惨结局。

在第五回红楼梦曲的"飞鸟各投林"后面还有一脂批：【又照看"葫芦庙"。与"树倒猢狲散"反照。】说明了这几处地方是相互联系、相互印证的，都是反映贾府结局的情况。葫芦庙的情况发生在第一回，在这回中讲到发生了一场大火，将一条街道烧了个干干净净，而"树倒猢狲散"同样是预示一个"家亡人散各奔腾"的情况。

《红楼梦》中还塑造了一个刘姥姥的形象。前面讲到她如何与贾家交往，受到礼遇和接济，这也为日后她在贾家破败时解救巧姐埋下伏笔。在第五回中有一句"偶因济刘氏，巧得遇恩人"，就预示了刘姥姥后来的作为。刘姥姥后面的作为也从一个侧面展现了贾府后面的悲惨结局。

我们在前面分析贾府的腐朽没落时已经知道，这个家族早已充满了各种危机，只需一根导火索，这个家族的大厦就会轰然倒掉。

《红楼梦》中有一个关键的人物就是贾雨村。在《红楼梦》的前面脂批就写贾雨村具"莽曹遗容"，象征他是如王莽和曹操一样篡权夺位的人物。在故事中，他还借酒意狂性自题一绝："时逢三五便团圆，满把晴光护玉栏，天上一轮才捧出，人间万姓仰头看。"脂批说："奸雄心事，不觉露出。"他隐藏的雄心必会在后面有所表现。他表面巴结贾府是为了向上爬，他是一个很不安分的人，有的官员参他是"暗结虎狼之属，致使地方多事，民命不堪"。以后他又赖贾府之力，官至兵部大司马。贾府的败落和贾雨村肯定是有联系的。

故事讲的虽然是一个上层大家族的败落，它却是整个社会的缩影。小说中将家族故事与社会规律问题联系在一起的地方有几处。比如：在书中第二回冷子兴与贾雨村的对话时提到"成者为王败者寇"，故事中林黛玉还说，"但凡家庭之事，不是东风压倒西风，就是西风压倒东风"，六十八回故事中王熙凤说，"拼得一身剐，敢把皇帝拉下马"。还有书中秦氏托梦给凤姐时也说："常言'月满则亏，水满则溢'，又道是'登高必跌重'。如今我们家赫赫扬扬，已将百载，一日倘或乐极悲生，若应了那句'树倒猢狲散'的俗语，岂不虚称了一世的诗书旧族了！"凤姐听了此话，心胸大快，十分敬畏，忙问道："这话虑的极是，但有何法可以永保无虞？"秦氏冷笑道："婶子好痴也。否极泰来，荣辱自古周而复始，岂人力能可保常的。"

《红楼梦》在书的前面第二回中借贾雨村和冷子兴之口直接讲了一大堆社会问题,其中讲到:"大仁者,修治天下,大恶者,挠乱天下","(正邪)地中既遇,既不能消,又不能让,必至搏击掀发后始尽"。说明社会矛盾发展到一定程度,统治者走向灭亡的趋势是不可挽回的。

从以上分析可以看出,《红楼梦》所隐含的结局,实际是借贾府这一虚假形象,反映一个社会走向灭亡的悲惨局面。整部《红楼梦》故事就是一部展示反面的风月宝鉴,是一场展示悲惨幻象的太虚幻境。

《红楼梦》与《推背图》

曹雪芹的《红楼梦》虽然只有前半部，没有直接描写出贾府以后的情况，但我们从前面的部分描写中也能模糊地感知到后面的大致发展趋势，肯定是悲惨的结局。

在《红楼梦》第五回宝玉梦游太虚幻境中就预演了结局。在这一回中讲到书中人物都在太虚幻境"薄命司"上。"薄命司"中有金陵十二钗正册、副册、副付册等，册中每一个人物都用一幅画、一首诗来预示其今后的命运。在这里脂批说："世之好事者，争传《推背图》之说，想前人断不肯煽惑愚迷，即有此说，亦非常人供谈之物。此回悉借其法，为众女子数运之机。无可以供茶酒之物，亦无干涉政事，真奇想奇笔。"

《推背图》相传是唐太宗时期李淳风和袁天罡所作，用来推算大唐国运的。因李淳风某日观天象，得知武后将来有夺权之事，于是一时兴起，开始推算起来，谁知推上了瘾，一发不可收，竟推算到唐以后的国运。直到袁天罡推他的背，说道："天机不可再泄，还是回去休息吧！"李淳风方才作罢，所以这本书就起名叫《推背图》。《推背图》是一部政治预言书，有许多版本，这都是后人篡改的结果。

《推背图》共六十象。除去第一象引言和最后一象结言并非预言外,共有五十八象预言,在形式上每一象合谶诗二首、卦图一幅。如第五象:

卦图为一马鞍,一史书,一妇人死卧地上。

谶曰:杨花飞蜀道难截断竹箫方见日更无一史乃平安。

颂曰:渔阳鼙鼓过潼关此日君王幸剑山木易若逢山下鬼定於此处葬金环。

金圣叹评曰:一马鞍指安禄山,一史书指史思明。一妇人死卧地上,乃贵妃死于马嵬坡。截断竹箫者肃宗即位,而安史之乱平。

这一象是推测了若干年后的安史之乱,也推测出了杨玉环死于马嵬坡下。

《红楼梦》中对人物命运的预示同样是由一幅画、一首词。如对元春的描述是:只见画着一张弓,弓上挂着香橼。也有一首歌词云:二十年来辨是非,榴花开处照宫闱。三春争及初春景,虎兕相逢大梦归。

这段预示出元春嫁到宫中以及以后早逝的命运。至于具体细节不得而知,因没有后文,只能是推测而已。

通过上面的对比,我们感到太虚幻境中对人物命运的预示正是借用了《推背图》的形式。作者肯定是受了《推背图》的影响,也知道《推背图》是一部预言未来的政治书。

在《红楼梦》前面部分有许多涉及故事结局的描述。第一回中就用"好了歌"阐述了社会变迁的规律以及书中人物的必然结局;第十二回中讲了一个"风月宝鉴"的故事,说明了看风月宝鉴的两种后果,这是提醒人们怎样认识《红楼梦》的结局,就是要看到最后悲惨性的一面;第十三回中秦可卿托梦凤姐,隐含了贾府将来的结局；第二十二回"制灯谜贾政悲谶语"和第七十五回"开夜宴异兆发悲音"以及第七十六回"凸碧堂品笛感凄清"等都预示贾府悲剧的发生。书中一些灯谜的谜底、人物所作诗词所涉及的典故，以及一些故事的具体情节都暗合着人物的命运，用作者的话说就是"草蛇灰线，伏线千里"，所以半部《红楼梦》就是一部《推背图》。

明白了这个道理，也就明白了《红楼梦》中的一处难解的脂批。在第五回"贾宝玉梦游太虚幻境"中，有一脂批耐人寻味，"此梦文情固佳，然必用秦氏引梦，又用秦氏出梦，竟不知立意何属？惟批书人知之"。"用秦氏引梦，又用秦氏出梦"说明《红楼梦》从言情入，从言情出，表面看似是一部言情小说，而实质却宛如一部《推背图》。

北邙山的象征意义

《红楼梦》中涉及的地名大都是一些妄拟的名字，比如，大荒山、无稽崖、十里街、仁清巷、铁网山等，只有几处实名的例外，像金陵、北邙山等。就金陵而言，虽说是实名，作为书中故事的发生地来说也是含糊不清，金陵一会儿是京城，一会儿又离京城很远，地点忽南忽北。不同于上面的情况，北邙山是一确切的地名。

书中提到北邙山是在第一回，讲到甄士隐抱女儿英莲在外面玩耍，一僧一道路过，说英莲为累及父母之物，僧、道分手时说："你我不必同行，就此分手，各干营生去罢。三劫后，我在北邙山等你，会齐了同往太虚幻境销号。"

北邙山位于河南省洛阳市北，黄河南岸，是秦岭的余脉、崤山的支脉，是黄土高原与华北平原过渡带上最东南缘的黄土塬。唐代诗人王建有诗云："北邙山上少闲土，尽是洛阳人旧墓。"晋朝时期张载在《七哀诗》中就曾描述："北邙何累累，高陵有四五。借问谁家坟，皆云汉世主。"清朝诗人张坦曾写道："北邙望不极，漭漭水烟平。夕阳荒草树，乱冢尽公卿。"诗人所说的北邙山实际上是狭义上的北邙山，仅为黄河南岸、洛阳城北的一段丘陵地，位于黄河与洛河的交汇处，东西约五十公里，南北为二十公里，海拔三百米。从风水的角度来讲，水口是陵区的上上之选，葬地讲究生气凝聚、风吹不到，并且有水流可以界止生气。"北枕邙山、南蹬洛水"正是靠山面水、藏风聚气的理想安息之地。古人认为北邙山是一条千年龙脉，是安葬的风水宝地。实际上，北邙山地表下的土层渗水率低，黏结性好，土壤紧硬密实，最适合于安葬墓穴。

北邙山埋葬了中国历史上许多有名的人物，比如秦相吕不韦、汉光武帝刘秀、西晋司马氏、南唐李后主以及唐代诗人杜甫等。北邙山最具代表性的是它的帝陵，已知的共有六代二十四座帝王陵墓，其中东周时期王墓八座，东汉帝陵五座，曹魏帝陵一座，西晋帝陵五座，北魏帝陵四座，后唐帝陵一座，还有唐闵帝李从厚陵、末帝李从珂陵、三国蜀代末主刘禅陵、南唐后主李煜陵等。当然在帝陵的周围一些好的位置，自然是皇室成员的最终归宿地，葬在这里的皇室成员是一个庞大的群体。尽管一些王公大臣、富庶人家，甚至一些平头百姓也能安葬于此，但他们占据不了风水绝佳的位置。我们这里说到的北邙山仅指象征意义的核心位置。

北邙山的历史地位就如同今天的北京八宝山一样，只有国家领导人和有突出贡献的人才能安葬，北邙山就象征着帝陵和皇室归宿地。

《红楼梦》中的人物生活于金陵，不仅仅是因为作者少时就生活在南京，还取其金陵的帝都形象，北邙山和金陵一样，都具有形象上的象征意义。

半部《红楼梦》的改写痕迹

从书中脂批透露出的一些内容看,确实存在过《红楼梦》的后半部分,并曾经在作者和批者之间小范围内流传过。从另一个方面看,作者批阅十载,增删五次,肯定是有一部完整的《红楼梦》底稿存在的。依当时书的传播速度,而社会上并不见一点儿后半部的影子,只有一种解释,这就是作者没有将修改完成的后半部付之流传,只将自己认为满意的前半部分传向了社会。

《红楼梦》是一部暗喻世人的书。在书的前面就已经预示贾家"死而不僵"、"运数已尽"、"大厦将倾",最后落了一个"白茫茫大地真干净"的结局。根据书中的线索,贾府的败落是由于其"一代不如一代"的子孙造成的,这有别于现实曹家被皇帝治罪的结局。作者就是想通过描写贾家败亡前后的巨大反差,警示后人,这就像《红楼梦》中刻意描写的风月宝鉴和太虚幻境两段故事一样,反照风月宝鉴可以让你惊醒,听懂红楼梦曲可以让你觉悟,这两段都是点睛之笔,在当时的情况下,小说后面怎样发展下去确实是一个难题。如果写这个家族的灭亡是由于天下大乱、盗贼横生、暴动造反,在文字狱横行的时代那是无论如何也行不通的。

现在有人讲书的前半部分既然隐藏了后面的结局,书也就不需要再写下去了,这种说法也不是没有道理。在《红楼梦》出现的年代,虽说社会有些矛盾,也有一些没落的迹象,但封建统治依然牢固,半部小说的影射效果更有现实意义。

从《红楼梦》的前半部分进行分析可以看出,作者并不是简单地将后半部分去掉了事,而是对前半部分的故事情节进行了精心安排和改动。

(一)从《红楼梦》的总体思路和故事发展上得出的疑问

在第一回中石头对僧说:"携带弟子得入红尘,在那富贵场中,温柔乡里受享几年,自当永佩洪恩,万劫不忘也。"二仙师听毕,齐憨笑道:"善哉,善哉!那红尘中有却有些乐事,但不能永远依恃,况又有'美中不足,好事多魔'八个字紧相连属,瞬息间则又乐极悲生,人非物换,究竟是到头一梦,万境归空","然后携你到那昌明隆盛之邦,诗礼簪缨之族,花柳繁华地,温柔富贵乡去安身乐业。"石头听了,喜不能禁。

从以上的叙述看出,《红楼梦》的前半部分应该是写贾家仍具一番繁华之盛,这与前面说的"死而不僵"、"运数已尽"并不矛盾。虽说是"死而不僵"、"运数已尽",尚且有目前的繁华,却更能反衬出贾府以往的富贵。根据脂批的一些内容,贾家在后面是非常凄惨的,这是一种震撼人心的强烈对比。整部故事应该是由盛到衰再到灭亡的一个过程,可纵观全书我们感到书中的繁华光景与末世情结交替出现,比如书中秦可卿死前托付后事就有些突然,一下子将尚处繁华的贾府带入即将出现变故的边缘,之后又发生转化,一直到书的中间再现"悲凉之音"。

根据上面的分析,我们只能这样理解:作者将整一部红楼调整为半部,将后面的一些情节搬到了前面。这种理解有没有道理呢?我们接下来分析。

(二) 从秦可卿这一人物着手,分析作者对《红楼梦》的调整

秦可卿是一个比较特殊的人物形象,首先,有关她的情节描写与太虚幻境中暗示的严重不符。这个人物的故事有明显的改动痕迹。我们看书中有脂批:"'秦可卿淫丧天香楼',作者用史笔也",然而我们看流传的《红楼梦》中根本没有"秦可卿淫丧天香楼"一回。书中脂批接下来还说:"老朽因有魂托凤姐贾家后事二件,岂是安富尊荣坐享人能想得到者?其事虽未行,其言其意,令人悲切感服,姑赦之,因命芹溪删去'遗簪'、'更衣'诸文,是以此回只十页,删去天香楼一节,少去四五页也。"根据脂批的提示,结合不同的版本我们知道,作者是特意对她的描写进行了删除改动。原来有一段故事是"秦可卿淫丧天香楼",说她是因淫乱自缢而死,后来作者删掉了部分情节,将这回改为"秦可卿死封龙禁尉",讲秦可卿是病死的。秦可卿在太虚幻境中的歌词为:"情天情海幻情身,情既相逢必主淫。漫言不肖皆荣出,造衅开端实在宁。""造衅开端实在宁"说明秦氏是贾府败落的关键人物。太虚幻境中有一段《好事终》,讲的也是秦可卿,其中就点明了贾府败落的原因以及与秦可卿的关系。《好事终》讲:"画梁春尽落香尘。擅风情,秉月貌,便是败家的根本。箕裘颓堕皆从敬,家事消亡首罪宁。宿孽总因情。"这里说得很清楚,宁府的混乱是贾府败落的开端,而宁府发生混乱又与秦可卿这一风流人物脱不了干系。《好事终》讲的内容应该是发生在贾府故事的后期。书中删掉的"秦可卿淫丧天香楼"这一回就是与这些暗示相对应的,可后面改成的"秦可卿死封龙禁尉"就与整个故事情节不相符了,秦可卿在宁府败落

之前就早早地去世了。

　　根据脂批的提示，"秦可卿淫丧天香楼"这一回应该是书中的关键章节，应该不在现在的"秦可卿死封龙禁尉"这一位置。按原来的顺序判断，"秦可卿淫丧天香楼"这一回应在全书前半部的结尾处。原因有以下几个方面：1. 在书的中间部分，描写尤氏姐妹，展现贾府淫乱不堪的局面，"秦可卿淫丧天香楼"在此出现顺理成章。2. "秦可卿淫丧天香楼"是贾府败落的一个转折点，不应该在前面。3. 脂批有"《长生殿》中伏元妃之死"，秦可卿与元妃存在着影子关系，应该是与元妃相继去世。4. 根据太虚幻境中的红楼梦曲，《恨无常》是讲元妃死的，《好事终》是讲秦可卿死的，《好事终》接下来就是《飞鸟各投林》的结局。从红楼梦曲的顺序来讲，"秦可卿淫丧天香楼"应该是在后面。

　　根据上面的分析，我们得出结论：《红楼梦》的故事情节经过了作者较大地顺序调整，起码有关秦可卿的部分章节是经过作者调整的。

（三）一些蛛丝马迹

　　对于《红楼梦》的调整改动，在前后衔接上肯定还会存在一些其他问题，至少我们找到了一些明显的蛛丝马迹。不知大家注意到了没有，秦氏死后，贾蓉正值年少，作为贾府的长子长孙，其续妻再娶应该是一个较大的事件，可为什么书中就没有对贾蓉的娶妻进行过描写呢？书中在秦氏去世后又莫名其妙地出现了"贾蓉之妻"、"贾蓉媳妇"、"尤氏婆媳"等字眼，试想，《红楼梦》中的主要人物都有名有姓，连一些丫头、仆人都写得很清楚，对宁府的长子长孙之妻怎会以"无名氏"来代替呢？可见秦氏在原书中的这段时间里是一直活着的，这个"贾蓉之妻"、"贾蓉媳妇"、"尤氏婆媳"

应该就是秦氏。将"秦可卿淫丧天香楼"改写为"死封龙禁尉"并调整至前面,就会出现这样的问题。这是作者改写留下的痕迹。

(四)改写《红楼梦》后的其他遗留问题

前面说的改写,是作者对《红楼梦》前半部完成之前的一次大调整,是对贾家形象的最后改写。在此之前,红楼贾家的形象是作者在家族生活的基础上改写塑造出来的,是由"甄"到"贾"的一个过程,是一个定向夸大描写的过程。在这个过程中同样遗留下一些问题。

1. 《红楼梦》第二回的回目是"冷子兴演说荣国府",可从内容上看,冷子兴说的是整个贾府,当然包括宁府,而回目是"演说荣国府",与内容不符。可知原先描写的贾府就只有一处荣国府。荣国府起先就是作者的家族形象,是作者把荣国府改成一个庞大的贾府形象。

2. 《红楼梦》中对贾政的居所描写实为主人居所的样子,而贾赦的居所既简单又是三间偏房,可以看出贾政是这个家族的主要角色,而贾赦不过是一个说话没有分量的配角,袭世职的是贾赦而不是贾政,这从一个方面说明贾赦的形象是后来加上去的,或者贾赦原本是在另一个院里,后来又把他放到这里。这应该是改写《红楼梦》后出现的问题。改写后贾赦、贾政都到荣国府,贾赦、贾政连起来就是"摄政",成为荣府的新形象。

3. 贾府的规模忽大忽小。从对家族核心成员的生活描写上,感到这仅是一个富贵之家的样子,只有从众多外围人物的衬托描写上才感到这是一个超大家族的形象。比如书中一直说王熙凤管家,那家族的情况可以想象,应该不会太大,可书中又突然冒出一个"银库房的总领名唤吴新登"、一个"仓上的头目戴良"来,那这个家族形象就不一般了。有银库房，还有总领，说明银库房的人也比较多，有仓库的总管，说明仓库的人也不少，这样一衬托，这个家族就有点像皇宫大内了。贾府的忽大忽小，是因为贾府是作者在原始家族的基础上改写塑造而来的。

4. 贾府离京城忽远忽近。书中开始说，贾府是在金陵城，同时重点说明是在京中。书中的一些细节描写，也显示贾府就在京城里，像贾母经常大轿入朝。可说到贾琏同贾雨村一同进京又不一样了，回家时说昼夜兼程远路归来。可见，这个金陵原先并不是京中，这是遗留了一些原来的说法。

5. 书中描写人物远近分明，对近亲人物的描写多一些。我们看王熙凤这个人物应该是贾政的儿媳妇，但她却是贾赦的儿媳妇，还有贾琏也像是贾政的孩子，处处围绕着贾政去做事，与贾赦反而远些。在第十六回贾琏闻知元春选为贵妃后赶回家，凤姐就打趣说："国舅老爷大喜，国舅老爷一路风尘辛苦。"元春是贾政的女儿，贾政的儿子才应该称国舅，当然外人称贾赦的儿子为国舅也不为错，可在家里就有些不妥。由此推测，像王熙凤和贾琏这些主要人物，其原始形象应该都集中于贾政一家。

6. 荣府原本是史老太君掌家，以后换做王夫人，这也有点儿不合情理，王夫人管得了贾政这个小家，怎去管包含贾赦的大家，况且还有邢夫人这个大儿媳妇。王夫人以后为清心，自己只管烧香念佛，把权力又交给王熙凤，这也有点不合情理。几个小家组成的大家，让王熙凤管家，王熙凤又不识字，怎么记账呢？如果只有贾政一家，王熙凤是这边的人，就好理解了。可知作者改写前的故事中家庭里仅有贾母、贾政、王夫人、贾琏、王熙凤、贾宝玉等主要人物。

7. 书中的宝玉为何叫宝二爷，同时贾琏又叫琏二爷？改写后的《红楼梦》中,宝玉是贾政仅存的大儿子,贾环是贾政的小儿子,贾珠是贾政原来的大儿子,去世了,而贾琏又是贾赦的大儿子,贾琮才是贾赦的二儿子。根据以上情况,无论是从大家族的排行,还是小家的排行,贾宝玉和贾琏都不能同时称为二爷。从大家排行,贾珍为老大,贾琏为老二,那贾宝玉应该是老三或者算上贾珠是老四。从小家排行,算上贾珠,宝玉是老二,不算贾珠宝玉应该是老大,贾琏在小家就是老大。这样分析的话,从大家排行可以称贾琏为二爷,但宝玉就不能称二爷了,从小家排行可以称宝玉为二爷,但贾琏就不能称二爷了。结合前面的分析,这应该也是一个改写后的遗留问题。原先只有一个荣府贾政之家,后来改写加上宁府的贾珍,贾珍就成了贾府中宝玉一辈的老大,贾琏成了老二,主人公宝玉的称呼难改,就一直保留了。

8. 四大家族联络有亲的关系只限于荣府。为何贾赦的夫人不是大家族出身,宁府中也没有与大家族的联姻关系?这说明故事中原本只有荣府。

以上这些问题都说明《红楼梦》在成书过程中有较大的改动。

《红楼梦》改写的移步换形

根据前面的分析,我们知道《红楼梦》的基本人物故事体现了作者现实方面的情况,艺术虚幻出的贾府形象是小说的艺术方面,这种真假并存的形式是作者不断改写的结果。在《红楼梦》的前面就叙述了成书过程:"从此空空道人因空见色,由色生情,传情入色,自色悟空,遂易名为情僧,改《石头记》为《情僧录》。至吴玉峰题曰《红楼梦》。东鲁孔梅溪则题曰《风月宝鉴》。后因曹雪芹于悼红轩中披阅十载,增删五次,纂成目录,分出章回,则题曰《金陵十二钗》。"这个叙述当然不可全信,但它却反映了《红楼梦》的成书是经过了一个漫长的不断改写的过程。

一、初级阶段

《红楼梦》应该最早写于曹家被抄家之前。张爱玲在她的《张看红楼》中说了红楼梦故事内容的变迁情况。她同样推断,原来整个《红楼梦》故事中只有荣府,并没有宁府,宁府是以后加上去的,抄家也是以后加上的内容。这与明义的诗《题红楼梦》是相一致的,"惜其书未传,世鲜知者,余见其抄本焉"。明义见到的应是早期的文稿抄本。其主要内容是围绕宝玉与黛玉和宝钗的爱情纠葛为线索进行描写的。有段脂批说:"雪芹旧有《风月宝鉴》之书,乃其弟棠村序也。今棠村已逝,余睹新怀旧,故仍因之。"可见《红楼梦》的前身是《风月宝鉴》,是一部单纯的风月故事。

二、提高阶段

在《红楼梦》的前面作者就写道:"欲将已往所赖天恩祖德,锦衣纨绔之时、饫甘餍肥之日,背父母教育之恩、负师兄规训之德,以致今日一事无成、半生潦倒之罪,编述一集,以告天下人。""虽今日之茅椽蓬牖,瓦灶绳床,其风晨月夕,阶柳庭花,亦未有伤于我之襟怀笔墨者。"这里作者清楚地表达出了自己的追悔思想。作者在一番梦幻般的经历后"撒手悬崖",他的思想发生了很大的变化,他感悟到人生的瞬息无常,他追思当年自己的繁华生活,内心也就充满反思和悔恨。这阶段体现在书中的是他自身的经历,因而自传的成分居多,人物故事是曹家的。这时的《红楼梦》应该是《石头记》的前期阶段,是一部类似自传体的忏悔录。

三、艺术加工阶段

曹家被抄以后,作者从一个离家的富家子弟变为社会的下层人物,接触到社会上越来越多的层面,对社会的认识不断提高。他认识到自家的问题也是一个社会问题,《红楼梦》应该反映整个社会,揭露其腐败没落的各种丑恶现象。在那个年代,借助文学形式来表达这种思想是非常困难的。作者用了将近十年的时间对小说进行了披阅增删,完全改变了书中家族的形象。

《红楼梦》在原来纪实性的基础上,加上了宁府的描写,这时的《红楼梦》出现了质的变化。家族在加上宁府后,其规模和气势都增加了,成了一个虚假的形象,位置上也从南搬到了北,因而命名为"贾府"。故事塑造的这个贾府,作者把它定位在京中(突出是京中),而不是单纯的金陵,这样原本自家的故事就彻底地改变了形象。故事仍然含有反映自己生活经历的成分,作者巧妙地把它分化出来,用故事人物的相似性,把它定位为甄家。这样,《红楼梦》一个故事出现了两个形象,一个甄家形象,一个贾家形象。用戚蓼生的话就是:一声两歌、一手二牍。这时的小说有真有假,才是真正意义上的《红楼梦》。

四、不断改写造就了《红楼梦》的复杂性

《红楼梦》的成书经过了漫长的阶段,作者各个时期的思想在书中都有所体现。一开始体现的是悔恨和自责的思想,因曹家的被抄,书中又有一种积怨成忿的思想宣泄,作者接触社会多了,认识到社会的腐朽没落后,又将书改写成一部政治小说。这几个阶段的思想交织在一起,造就了红楼梦思想的复杂性。

这样,故事中的人物有些是原始的背景人物,有些是作者根据以后社会的发展变化而加进去借以衬托贾府形象的。这些后来落脚在虚幻贾府的人物是不能拿来考证背景时间的。

至此,我们明白了书中人物故事的形象问题,认识到《红楼梦》形成过程的复杂性,有助于帮我们认识到红学当中的一些模糊问题。比如:

《红楼梦》到底是一部自传小说还是一部政治书。根据形成过程来看,小说有自传的成分,但它最终还是一部政治书。我们读《红楼梦》很容易品味到其中的政治意义,但往往受故事表面描写的麻痹。作者表面曾说"不干朝政",其实只要你稍加分析,就不难体会出这其中的味道。"不干朝政"仅是幌子,要是真正"不干

朝政",再说"不干朝政"那才是多余。

还有故事中贾家与现实曹家对等不对等的问题,这个问题实际是虚幻形象和现实形象看清没看清的问题。再有对书中元春人物形象的认识问题。因为现实中曹家有一位纳尔苏王妃,是《红楼梦》与现实的一个重要结合点。结合《红楼梦》成书的过程,我们看书中的元春形象,她首先应来源于曹寅的女儿纳尔苏王妃这一基本人物,再进一步塑造为皇妃的形象,而一些故事情节根据脂批的提示是取材于康熙南巡的现实经历(后面论证)。这么说来,元春的形象不过是依据现实而拼凑的故事形象。人们以前总拿元春去考证现实的人物,揭秘她有什么具体的行为和死因等等,这么看来纯粹是无事生非。人们以往对她在太虚幻境中的判词有疑问,不明白"二十年来辨是非"是什么意思,明白了她不过是依据现实塑造的故事人物,也就明白了判词的含义。"二十年来辨是非,榴花开处照宫闱,三春争及初春景,虎兕相逢大梦归",这四句不过是按时间隐含她的人生过程。"二十年来辨是非"是阐述她从小到大的成长过程,她从小不断地学习、明辨事理、在二十岁逐渐成熟。也就在她二十岁左右的时候被选进宫做了皇妃,等到三小姐探春也被选为海外王妃的时候,宫廷内两股势力的争斗导致她命丧黄泉。

总而言之,明白书中故事的虚幻形象,就能端正我们对考证的认识。我们考证《红楼梦》的背景人物应该首先去除那些虚幻的东西,将书中的基本人物故事(而不是细枝末节)放在现实的大背景下去考证才合情合理。在下一部分我们重点论述这个问题。

第三章 《红楼梦》考证的问题和修正

前面我们分析了《红楼梦》中贾府的形象问题，明白了红楼贾府是一个艺术虚幻的事物，那么，我们再考证《红楼梦》，肯定不能拿这一虚幻的东西来寻找《红楼梦》的现实背景。我们同时也认识到，贾府是在甄家基础上进一步的艺术加工，故事中仍然存在一些基本的对应于甄家的现实人物故事。既然作者将这一基本的人物故事定位于"真家"，说明故事的发生地是对应于书中甄家的江南金陵，这与作者曹雪芹的江南曹家是对应的，所以我们对《红楼梦》的考证应落脚于江南的曹家，落脚于江南曹家既往的繁华生活。

人们对《红楼梦》的考证主要是以发现的有关曹家的档案以及曹雪芹的相关资料为基础进行的，这些档案资料是探讨《红楼梦》原始背景的重要依据。曹家的情况我们在前面做了大致的说明，曹家的大量档案资料目前很容易查到，在我的另一本著作《真假两面看红楼》中也列了有关的部分，可以参阅，而曹雪芹本人的资料相对就比较模糊，主要是敦诚、敦敏以及张宜泉等记载的与之交往的一些诗词资料，这些资料支离破碎、

少之又少。正是因为曹雪芹资料的模糊才使《红楼梦》的研究变得异常困难,使人们对《红楼梦》的认识始终存在一些不能全面解释的矛盾之处,这也恰恰说明人们先前对《红楼梦》的认识是片面的。

曹家在江南的生活是什么样子呢?书中的人物到底对应曹家的哪些人物呢?其实,只要我们拂去那些艺术虚假的烟云,认识到贾府之假,就更能看清《红楼梦》与现实曹家的真实联系。

下面我们与大家一起重新探讨一下《红楼梦》考证的有关问题。

有关曹雪芹的史料

一、敦诚

1. 寄怀曹雪芹沾

少陵昔赠曹将军,曾曰魏武之子孙。
君又无乃将军后,于今环堵蓬蒿屯。
扬州旧梦久已觉(雪芹曾随其先祖寅织造之任),且着临邛犊鼻裈。
爱君诗笔有奇气,直追昌谷破篱樊。
当时虎门数晨夕,西窗剪烛风雨昏。
接䍡倒着容君傲,高谈雄辩虱手扪。
感时思君不相见,蓟门落日松亭樽(时余在喜峰口)。
劝君莫弹食客铗,劝君莫扣富儿门。
残杯冷炙有德色,不如着书黄叶村。
(《四松堂集》抄本)

2. 赠曹芹圃(雪芹)

满径蓬蒿老不华,举家食粥酒常赊。

衡门僻巷愁今雨，废馆颓楼梦旧家。

司业青钱留客醉，步兵白眼向人斜。

阿谁买与猪肝食，日望西山餐暮霞。

（《四松堂集》抄本）

3. 佩刀质酒饮

秋晓遇雪芹于槐园，风雨淋涔，朝寒袭袂。时主人未出，雪芹酒渴如狂。余因解佩刀沽酒而饮之。雪芹欢甚，作长歌以谢余，余亦作此答之。

我闻贺鉴湖，不惜金龟掷酒垆。又闻阮遥集，直卸金貂作鲸吸。嗟余本非二子狂，腰间更无黄金珰。秋气酿寒风雨恶，满园榆柳飞苍黄。主人未出童子睡，罂干瓮涩何可当。相逢况是淳于辈，一石差可温枯肠。身外长物亦何有？鸾刀昨夜磨秋霜。且酤满眼作软饱，谁暇齐嘏分低昂。元忠两褥何妨质，孙济缊袍须先偿。我今此刀空作佩，岂是吕虔遗王祥。欲耕不能买犍犊，杀贼何能临边疆？未若一斗复一斗，令此肝肺生角芒！曹子大笑称快哉，击石作歌声琅琅。知君诗胆昔如铁，堪与刀颖交寒光。我有古剑尚在匣，一条秋水苍波凉。君才抑塞倘欲拔，不妨斫地歌王郎。

（《四松堂集》抄本）

4. 挽曹雪芹

四十萧然太瘦生，晓风昨日拂铭旌。

肠回故垄孤儿泣（前数月，伊子殇，因感伤成疾），泪迸荒天寡妇声。

牛鬼遗文悲李贺，鹿车荷锸葬刘伶。

故人欲有生刍吊，何处招魂赋楚蘅？

开箧犹存冰雪文，故交零落散如云。

三年下第曾怜我，一病无医竟负君。
邺下才人应有恨，山阳残笛不堪闻。
他时瘦马西州路，宿草寒烟对落曛。
（《鹪鹩庵杂记》抄本）

5. 挽曹雪芹·甲申

四十年华付杳冥，哀旌一片阿谁铭？
孤儿渺漠魂应逐，新妇飘零目岂瞑？
牛鬼遗文悲李贺，鹿车荷锸葬刘伶。
故人惟有青山泪，絮酒生刍上旧垌。
（《四松堂集》抄本）

6. 四松堂集·鹪鹩庵笔麈

余昔为白香山《琵琶行》传奇一折，诸君题跋，不下几十家。曹雪芹诗末云："白傅诗灵应喜甚，定教蛮素鬼排场。"亦新奇可诵。曹平生为诗大类如此，竟坎坷以终。余挽诗有"牛鬼遗文悲李贺，鹿车荷锸葬刘伶"之句，亦驴鸣吊之意也。

（《四松堂集·鹪鹩庵笔麈》）

二、敦敏

1. 芹圃曹君沾别来已一载余矣，偶过明君琳养石轩，隔院闻高谈声，疑是曹君；急就相访，惊喜意外！因呼酒话旧事，感成长句。

可知野鹤在鸡群，隔院惊呼意倍殷。
雅识我惭褚太傅，高谈君是孟参军。
秦淮旧梦人犹在，燕市悲歌酒易醺。
忽漫相逢频把袂，年来聚散感浮云。
（《懋斋诗钞》抄本）

2. 题芹圃画石

傲骨如君世已奇,嶙峋更见此支离;

醉余奋扫如椽笔,写出胸中块垒时!

(《懋斋诗钞》抄本)

3. 赠芹圃

碧水青山曲径遐,薜萝门巷足烟霞。

寻诗人去留僧舍,卖画钱来付酒家。

燕市哭歌悲遇合,秦淮风月忆繁华。

新仇旧恨知多少,一醉毷氉白眼斜。

(《懋斋诗钞》抄本)

4. 访曹雪芹不值

野浦冻云深,柴扉晚烟薄。

山村不见人,夕阳寒欲落。

(《懋斋诗钞》抄本)

5. 小诗代简寄曹雪芹

东风吹杏雨,又早落花辰。

好枉故人驾,来看小院春。

诗才忆曹植,酒盏愧陈遵。

上巳前三日,相劳醉碧茵。

(《懋斋诗钞》抄本)

6. 河干集饮题壁兼吊雪芹

花明两岸柳霏微,到眼风光春欲归。

逝水不留诗客杳,登楼空忆酒徒非。

河干万木飘残雪,村落千家带远晖。

凭吊无端频怅望,寒林萧寺暮鸦飞。

(《懋斋诗钞》抄本)

三、张宜泉

1. 怀曹芹溪

似历三秋阔,同君一别时。
怀人空有梦,见面尚无期。
扫径张筵久,封书寄雁迟。
何当常聚会,促膝话新诗。
(《春柳堂诗稿》光绪刊本)

2. 和曹雪芹西郊信步憩废寺原韵

君诗曾未等闲吟,破刹今游寄兴深。
碑暗定知含雨色,墙颓可见补云阴。
蝉鸣荒径遥相唤,蛩唱空厨近自寻。
寂寞西郊人到罕,有谁拽杖过烟林。
(《春柳堂诗稿》光绪刊本)

3. 题芹溪居士(姓曹名沾字梦阮,号芹溪居士,其人工诗善画)

爱将笔墨逗风流,庐结西郊别样幽。
门外山川供绘画,堂前花鸟入吟讴。
羹调未羡青莲宠,苑召难忘立本羞。
借问古来谁得似,野心应被白云留。
(《春柳堂诗稿》光绪刊本)

4. 伤芹溪居士(其人素性放达,好饮,又善诗画,年未五旬而卒)

谢草池边晓露香,怀人不见泪成行。
北风图冷魂难返,白雪歌残梦正长。
琴裹坏囊声漠漠,剑横破匣影铓铓。

多情再问藏修地，翠叠青山晚照凉。

（《春柳堂诗稿》光绪刊本）

四、明义

1. 题红楼梦

曹子雪芹出所撰《红楼梦》一部，备记风月繁华之盛，盖其先人为江宁织府。其所谓大观园者即今随园故址。惜其书未传，世鲜知者，余见其抄本焉。

佳园结构类天成，快绿怡红别样名。
长槛曲栏随处有，春风秋月总关情。
怡红院里斗娇娥，娣娣姨姨笑语和。
天气不寒还不暖，瞳昽日影入帘多。
潇湘别院晚沉沉，闻到多情复病心。
悄向花荫寻侍女，问他曾否泪沾襟。
追随小蝶过墙来，忽见丛花无数开。
尽力一头还两把，扇纨遗却在苍苔。
侍儿枉自费疑猜，泪未全收笑又开。
三尺玉罗为手帕，无端掷去复抛来。
晚归薄醉帽颜歌，错认猧儿唤玉狸。
忽向内房闻语笑，强来灯下一回嬉。
红楼春梦好模糊，不记金钗正幅图。
往事风流真一瞬，题诗赢得静工夫。
帘栊悄悄控金钩，不识多人何处游。
留得小红独坐在，笑教开镜与梳头。
红罗绣缬束纤腰，一夜春眠魂梦娇。
晓起自惊还自笑，被他偷换绿云绡。

入户愁惊座上人，悄来阶下慢逡巡。
分明窗纸两珰影，笑语纷絮听不真。
可奈金残玉正愁，泪痕无尽笑何由。
忽然妙想传奇语，博得多情一转眸。
小叶荷羹玉手将，诒他无味要他尝。
碗边误落唇红印，便觉新添异样香。
拔取金钗当酒筹，大家今夜极绸缪。
醉倚公子怀中睡，明日相看笑不休。
病容愈觉胜桃花，午汗潮回热转加。
犹恐意中人看出，慰言今日较差些。
威仪棣棣若山河，还把风流夺绮罗。
不似小家拘束态，笑时偏少默时多。
生小金闺性自娇，可堪磨折几多宵。
芙蓉吹断秋风恨，新诔空成何处招？
锦衣公子茁兰芽，红粉佳人未破瓜。
少小不妨同室榻，梦魂多个帐儿纱。
伤心一首葬花词，似谶成真自不知。
安得返魂香一缕，起卿沉痼续红丝。
莫问金姻与玉缘，聚如春梦散如烟。
石归山下无灵气，纵使能言亦枉然。
馔玉炊金未几春，王孙瘦损骨嶙峋。
青娥红粉归何处？惭愧当年石季伦。
（《绿烟琐窗集》抄本）

2. 和随园自寿诗韵十首（录一首）
随园旧址即红楼，粉腻脂香梦未休。
定有禽鱼知主客，岂无花木记春秋。

西园雅集传名士，南国新词咏莫愁。

艳煞秦淮三月水，几时衫履得陪游。（新出《红楼梦》一书，或指随园故址。）

（袁枚《随园八十寿言》嘉庆刊本，卷五）

五、永忠

因墨香得观红楼梦小说　吊雪芹三绝句

传神文笔足千秋，不是情人不泪流。可恨同时不相识，几回掩卷哭曹侯。

颦颦宝玉两情痴，儿女闺房笑语私。三寸柔毫能写尽，欲呼才鬼一中之。

都来眼底复心头，辛苦才人用意搜。混沌一时七窍凿，争教天不赋穷愁。

弘旿眉批：此三章诗极妙。第《红楼梦》非传世小说，余闻之久矣，而终不欲一见，恐其中有碍语也。

（《延芬室稿》稿本）

六、袁枚

1. 康熙间，曹练（楝）亭为江宁织造……其子雪芹撰《红楼梦》一部，备记风月繁华之盛。中有所谓文（大）观园者，即余之随园也。当时红楼中有女校书某尤艳。雪芹赠云："病容憔悴胜桃花，午污（汗）潮回热转加。犹恐意中人看出，强言今日较差些。""威仪棣棣若出（山）河，应把风流夺绮罗。不似小家拘束（束）态，笑时偏少默时多。"（《随园诗话》道光四年刊本）

2. 康熙间，曹练（楝）亭为江宁织造……其子雪芹撰《红楼梦》一部，备记风月繁华之盛。明我斋读而美之。当时红楼中有某校书尤艳。我斋题云:"病容憔悴胜桃花,午汗潮回热转加。犹恐意中人看出,强言今日较差些。""威仪棣棣若山河,应把风流夺绮罗。不似小家拘束态,笑时偏少默时多。"(《随园诗话》乾隆五十七年刊本)

七、裕瑞

1. 闻旧有《风月宝鉴》一书,又名《石头记》,不知为何人之笔。曹雪芹得之,以是书所传述者,与其家之事迹略同,因借题发挥,将此部删改至五次,愈出愈奇,乃以近时之人情谚语,夹写而润色之,借以抒其寄托。曾见抄本卷额,本本有其叔脂研斋之批语,引其当年事甚确,易其名曰《红楼梦》。此书自抄本起至刻续成部,前后三十余年,恒纸贵京都,雅俗共赏,遂浸淫增为诸续部六种,及传奇、盲词等杂作,莫不依傍此书创始之善也。

2. 雪芹二字,想系其字与号耳,其名不得知。曹姓,汉军人,亦不知其隶何旗。闻前辈姻戚有与之交好者。其人身胖头广而色黑,善谈吐,风雅游戏,触境生春。闻其奇谈娓娓然,令人终日不倦,是以其书绝妙尽致。闻袁简斋家随园,前属隋家者,隋家前即曹家故址也,约在康熙年间。书中所称大观园,盖假托此园耳。其先人曾为江宁织造,颇裕,又与平郡王府姻戚往来。书中所托诸邸甚多,皆不可考,因以备知府第旧时规矩。其书中所假托诸人,皆隐寓其家某某,凡性情遭际,一一默写之,唯非真姓名耳。闻其所谓宝玉者,尚系指其叔辈某人,非自己写照也。所谓元迎探惜者,隐寓"原应叹息"四字,皆诸姑辈也。……又闻其尝作戏语云:"若有人欲快睹我书,不难,惟日以南酒烧鸭享我,我即为之作书。"(《枣窗闲笔》稿本)

胡适的以偏概全

我们看一下胡适《红楼梦考证》的情况:

《红楼梦》明明是一部"将真事隐去"的自叙的书。若作者是曹雪芹,那么,曹雪芹即是《红楼梦》开端时那个深自忏悔的"我"!因为《红楼梦》是曹雪芹"将真事隐去"的自叙,故他不怕琐碎,再三再四地描写他家由富贵变成贫穷的情形。我们看曹寅一生的历史,绝不像一个贪官污吏。他家之所以后来衰败,他的儿子之所以亏空破产,大概都是由于他一家都爱挥霍,爱摆阔架子。讲究吃喝,讲究场面。收藏精本的书,刻行精本的书。交结文人名士,交结贵族大官,招待皇帝,至于四次五次。他们又不会理财,又不肯节省。讲究挥霍惯了,收缩不回来,以至于亏空,以至于破产抄家。《红楼梦》只是老老实实地描写这一个"坐吃山空""树倒猢狲散"的自然趋势。因为如此,所以《红楼梦》是一部自然主义的杰作。凡得六条结论:

(1)《红楼梦》的著者是曹雪芹。

(2)曹雪芹是汉军正白旗人,曹寅的孙子,曹頫的儿子,生于极富贵之家,身经极繁华绮丽的生活,又带有文学与美术的遗传。

他会做诗,也能画,与一班八旗名士往来。但他的生活非常贫苦,因不得志,故流为一种纵酒放浪的生活。

(3)曹寅死于康熙五十一年。曹雪芹大概即生于此时,或稍后。

(4)曹家极盛时,曾办过四次以上的接驾的阔差;但后来家渐衰败,大概因亏空得罪被抄没。

(5)《红楼梦》一书是曹家破产倾家之后,曹雪芹在贫困之中做的。做书的年代大概为乾隆初年到乾隆三十年左右,书未完而曹雪芹死了。

(6)《红楼梦》是一部隐去真事的自叙;里面的真假两宝玉,即是曹雪芹自己的化身;真假两府即是当日曹家的影子。

胡适在前面还说,《氏族通谱》称曹寅为通政使,称曹頫为员外郎,《红楼梦》里的贾政也是次子,也是先不袭爵,也是员外郎,这三层都与曹頫相合,故我们可以认为贾政即是曹頫,贾宝玉即是曹雪芹,即是曹頫之子。

从总体上说,《红楼梦》与曹家确有联系,胡适的观点还是比较容易让人接受的。曹家的情况是:在曹寅的后期,家业逐渐亏空,他的两个儿子相继顶着亏空接任父职,直到雍正五年被抄家。曹家在江南的繁华生活是的确存在过的,《红楼梦》中描写的故事应该对应着曹家任江南织造时期的生活。胡适找到《红楼梦》与曹家的联系是找对了大方向。

胡适说《红楼梦》中的甄贾两府都有曹家的影子,把贾家也说成是曹家的化身,那就大错特错了。现实中曹家的生活不会是书中贾府的样子,贾府与曹家的情况远远不在一个档次上。这方面的问题我们在前面已经论述过了。

如胡适所说,"贾政即是曹頫,贾宝玉即是曹雪芹,即是曹頫之子"。这样一来疑问就有了。如果雪芹是曹頫的儿子，他根本就赶不上曹家的江南生活。曹頫之子比曹颙的遗腹子还要小许多。

我们先看一下曹颙的遗腹子的情况。在康熙五十四年三月初七日曹頫的奏文中有："奴才之嫂马氏，因现怀妊孕已及七月，恐长途劳顿，未得北上奔丧，将求倘幸而生男，则奴才之兄嗣有在矣。"曹颙的遗腹子最早出生于康熙五十四年，那么到雍正五年曹家抄家时他最多是十二三岁的年龄，勉强赶上了曹家一段繁华生活的末尾。我们看《红楼梦》中贾宝玉在十二三岁的时候，上有父母，还有祖母疼爱，过着无忧无虑的生活。可现实中曹颙的遗腹子是什么情况呢，首先他是一个丧父的孩子，到八九岁的时候已是雍正初年，曹家已经进入艰难阶段。如果将曹颙的遗腹子作为贾宝玉的原始形象，即使他赶上了江南的繁华时期，到雍正五年曹家抄家时他也就十二三岁的年龄，这与《红楼梦》中的贾宝玉在遭难之前已经结婚的形象也是不符的。

根据书中的线索，贾宝玉是在长大成人并结婚后才遇到家族变故，应该是在他二十多岁后发生的事。在《红楼梦》的第四十五回中讲到人物的年龄问题，书中明确说林黛玉此时是十四五岁，可见贾宝玉在后面的年龄应该更大。所以书中贾宝玉的原始形象根本就不可能是曹颙的遗腹子。

胡适说雪芹是曹頫的儿子，那他的年龄就更小，根本赶不上曹家的繁华时期，他少时正处于曹家最动荡的时期。

我们回过头来看一下书中贾赦和贾政的情况。贾赦和贾政在书中是同时存在，而且也都人过中年。就贾赦来讲，连他的儿子贾琏都娶了媳妇王熙凤，他本人就应该是五十多岁的中年样子。如果曹颙和曹頫是书中贾赦和贾政的原始形象，我们看一下现实中他们是什么情况。曹颙在其父去世后继任父职，年龄还很小。在康熙五十一年九月初四日"曹寅之子连生奏曹寅故后情形摺"中有一句："奴才年当弱冠，正犬马效力之秋。"说明他不过二十岁左右。曹颙在继任父职两年后去世。之后，在康熙皇帝的安排下曹荃的儿子曹頫被过继给曹寅的未亡人李氏，由曹頫再继父兄之职。此时曹頫的年龄应该还小，在档案中曹頫当时就称自己是"黄口无知"，说明也就十几岁的样子。到雍正五年被抄家时曹頫最多三十岁左右，再向前推抄家之前的生活，他也就二十多岁，这怎能与书中贾政的形象相比呢？还有曹颙是不能比作贾赦的，现实中曹颙在曹頫任职之前就离开了，这样一来，谁是贾赦的原始形象？再有书中的元春是曹頫的女儿吗？好像该是曹寅的女儿才对。细细数来，问题很多。

  不管雪芹是曹颙的遗腹子也好，是曹頫的儿子也好，他们都与作者的形象和书中的描写大相径庭。胡适发现的曹家人物与《红楼梦》的联系从一开始就是错位的，他把故事的人物背景找错了，因而把考证带进了一个死胡同。

  胡适说，曹雪芹即是《红楼梦》开端时那个深自忏悔的"我"，但他没能说明这个"我"也就是他认为的曹寅的孙子曹雪芹究竟是曹家的哪位人物，他何罪之有，因何自责忏悔呢？曹寅的孙子与曹家的抄家败落没有半点关系，试想，一个被抄家的后代，不能重振家业很正常，也不能因此就具有负罪感。还有《红楼梦》中的贾宝玉后来的结局是"悬崖撒手"，难道说抄家后的平凡的曹家后代又遇到什么大的事情？我们认为抄家后的曹家不会有大起大落的情况，这种表述显然与抄家后情形不太相符。究其原因，胡适是拿书中对贾府的部分表述来简单地对比曹家的情况，匆匆下了结论，可知是以偏概全了，胡适的考证实际是错位的。

周汝昌的以假为真

对于胡适的推论，周汝昌进行了激烈的批判。他在《红楼梦新证》中说：

> 要雪芹"赶上当日的繁华"，即使雪芹真是生于康熙五十七年而在"十一岁"上离的南京，他又有什么"繁华"可赶？他祖父在康熙五十一年已经死去，接着人亡家败，惨不可言。要他"赶繁华"，早生五年六年，正是糟糕！——赶上了最坏的几年。"赶繁华"至少得早生十五年才行，换言之，雪芹须活五十五岁。那么，"四十年华"的诗怎么交代呢？如果他是生于康熙五十四年，到乾隆元年即已二十二岁，早达成丁之年，那么《氏族谱》为何已载曹天祐而不载曹霑其人？曹雪芹是生于雍正二年（一七二四，甲辰）左右，卒于乾隆二十八年（癸未）的除夕，合公历一七六四年二月一日，实际的年龄约是三十九年半。

周老在胡适的考证基础上，修改了胡适的一些说法，实际是进一步附会和拥护了《红楼梦》的完全曹家说。他甚至认为《红楼梦》的一切人物故事都是现实的，把《红楼梦》中对贾家的一切时间地点的描写都引以为证据，去凑合曹雪芹有关资料的说法。他推断贾府的故事完全是曹家的故事，《红楼梦》中的贾府在北方，即在京中也就是北京，《红楼梦》描写的是曹家人在北京的一段生活。他还从曹雪芹乾隆二十八年"四十而卒"向前推，判定贾宝玉的经历是曹雪芹在被抄家移居北京后的一段经历。曹家在抄家治罪后，允许在北京少置房产，自然比一般人家要好，在乾隆初年曹家再度兴隆，后来又经历了二次抄家。周老认定贾宝玉就是曹雪芹，史湘云就是脂砚斋，后来史湘云嫁给了贾宝玉。

周老是红学的前辈，在红学研究方面做了大量的工作，受人尊敬，但他的观点我却不敢苟同。

事实上，二次中兴之说本身就没有证据的支持，这完全是周汝昌根据小说做的推测。几乎没有关于曹家被抄家以后再度兴盛的史料，敦诚兄弟在诗中就已经明确讲到，曹雪芹经历的是"秦淮旧梦"。

我们依据周老拿《红楼梦》中故事类比曹家的逻辑，从时间上分析曹家在北京的"二次中兴"到底能不能站住脚。我们假定《红楼梦》中故事是曹家在北京的生活，我们做一个大致的推算。曹家在雍正五年被抄家，调京治罪，要再达到繁荣的程度，短短几年的时间是不可能的，从乾隆初年曹家能有机会复兴，到《红楼梦》小说开始的家族情况，最早也到乾隆八九年这一时期，因为小说中的这个家族开始走下坡路了，也就是中兴后期了。整个《红楼梦》故事从宝玉七八岁开始写起，一直写到他结婚还有后来的出家，就是接近二十岁的时候。故事结束，宝玉也就是周老认为的曹雪芹过着隐居的生活，开始追忆过去，酝酿写作《红楼梦》，这也有几年时间才能完成，我们知道《红楼梦》的增删修改又进行了十年时间，这样整个算下来时间就到了乾隆三十五年以后。实际情况是曹雪芹在乾隆二十八年就已经去世了。如果以乾隆二十八年向前推算时间，曹家的二次中兴岂不是没有时间了！前面是最短的推算时间，如果根据周老认为的曹雪芹"四十而卒"，那《红楼梦》故事结束后曹雪芹又生活了二十多年，依据乾隆二十八年曹雪芹去世的时间向前推算，二次中兴就更子虚乌有了。

实际上，周汝昌是把一个书中虚幻的贾府形象当作了现实背景的曹家，这是无中生有、以假为真了！

周汝昌的弟子刘心武则更进一步，把这种以假为真的认识荒谬地推到了极致，反而更让人看清他们错误的本质。他不仅认为贾府的故事就是现实北京曹家的故事，还进一步考证出了《红楼梦》中的人物秦可卿的出身问题，他说秦可卿的真正出身是皇室的一位公主。他是把虚幻故事中的一切描写都完全现实化，并据此去猜测《红楼梦》以外的秦可卿故事，这根本就不是什么考证。本来书中仅说秦可卿是营缮郎秦业从养生堂抱养的女儿，也就是捡的一个弃婴，对这个弃婴的来源没有丝毫描述，因为这无关《红楼梦》故事本身。刘心武不过是看到书中对秦可卿寝室的一段描写就随意发挥想象主观臆断。书中对秦可卿的寝室是这样描写的："案上设着武则天当日镜室中设的宝镜，一边摆着飞燕立着舞过的金盘，盘内盛着安禄山掷过伤了太真乳的木瓜。上面设着寿昌公主于含章殿下卧的榻，悬的是同昌公主制的联珠帐。"这段描写不过是衬托书中人物形象的虚幻之笔，刘心武就把它当成考证的依据了。照他的这套逻辑，《红楼梦》就是在石头上刻的，你上哪儿考证这块石头去？其实，刘心武的秦学与《红楼梦》没有半点关系，充其量是小说的节外生枝，就像因《水浒传》中有西门庆和潘金莲通奸的故事，再派生一部描写西门庆香艳故事的《金瓶梅》一样，都是文人的杜撰。刘心武不仅杜撰了一个秦可卿出身高贵的索隐故事，还自创了一门秦学去研究秦可卿。他的这套做法把周汝昌以假为真的考证推到了顶峰，更容易让人看清他们的问题。

主流红学的重芹轻红

红学研究原本是对《红楼梦》小说本身的研究,可人们如今却过多地偏重于对曹雪芹的研究。诚然,搞清楚作者的情况非常重要,但现实的情况是曹雪芹的资料本来就少,又相当模糊,如果对曹雪芹的认识上出现了偏离,岂不是误导了对《红楼梦》本身的认识?

曹雪芹的资料主要来自他的一些朋友的诗句。诗句证明他是曹寅的后人,可他到底是曹家的什么人,目前还没有清晰的认识。有人说曹雪芹是曹寅的儿子,有人说曹雪芹是曹寅的孙子。试想一下,如果曹雪芹是曹寅的儿子,你对《红楼梦》做何认识?如果曹雪芹是曹寅的孙子,你又对《红楼梦》做何认识?两者肯定有很大的区别,所以说不要在没有认清曹雪芹是谁的前提下,拿着对曹雪芹的片面认识去研究《红楼梦》。

因为《红楼梦》故事本身的发生时间不清、地点不明,人们大都想以作者明确的生活时间去定位这段故事的背景,但问题的关键是作者的资料也是含糊不清、自相矛盾的,你怎么能用这些资料来研究《红楼梦》呢?我们应该看到,《红楼梦》文本故事中对人物的社会联系及生活方式描写得比较清楚，也能反映出一些背景问题。从研究曹雪芹的资料得出的结论必须与文本所体现出的东西相一致。

遗憾的是目前人们对《红楼梦》的认识大都以对曹雪芹的认识作为前提。敦诚、敦敏兄弟俩涉及曹雪芹的诗句有："四十年华付杳冥"、"四十萧然太瘦生"、"秦淮旧梦人犹在"、"扬州旧梦久已觉"等。人们从这些诗句中得出曹雪芹卒于四十岁。从脂砚斋的批语"壬午除夕，书未成，芹为泪尽而逝"判断曹雪芹大约死于乾隆二十八年。据此，推算出《红楼梦》故事大致发生在雍正末年或乾隆初年。这种结论是过重地依赖曹雪芹的资料而不是文本本身。

我们看曹家在雍正年间或稍后这段时期的境况其实并不符合《红楼梦》中贾宝玉的生活情况，这段时间正是曹家刚被抄家后的阶段。这种根据曹雪芹的资料推理《红楼梦》的情况也随之带来许多问题，比如，曹雪芹生于何年，是谁的儿子？

人们目前对《红楼梦》的认识依然受限于对曹雪芹资料的认识，这是重芹轻红的结果！红学研究出现许多死结，也证明人们对曹雪芹的认识可能存在误解。

《红楼梦》的原始背景分析

我们抛开书中那些虚假的富贵繁华的描写,把这个故事还原到作者的家族生活上,以此来看作者经历的生活背景到底是怎样的。从《红楼梦》的整个故事来看,无论它所反映出的是贾家的生活还是甄家的生活,都是富贵繁华的生活,只不过两者的程度不同罢了。从书中反映出的甄家被抄家以及此前甄宝玉与姊妹们在园子里的生活情况来看,这段富贵繁华的生活是在家族被抄之前的生活,而不是像周汝昌所说的是抄家后的二次中兴。

《红楼梦》中涉及这个家族的描写有许多,都说明了这个家族的一些发展变迁。首先,《红楼梦》前面有一段作者的自述,"因曾历过一番梦幻之后,故将真事隐去,而撰此《石头记》一书也","当此时则自欲将已往所赖,上赖天恩、下承祖德,锦衣纨绔之时、饫甘餍肥之日,背父母教育之恩、负师兄规训之德,以致今日一事无成、半生潦倒之罪,编述一集,以告普天下人"。这段自述表明作者经历的富贵生活就类似于书中的这个家族的生活,这段生活"上赖天恩、下承祖德",是承袭了家族以往的富贵繁华,这也说明书中这段生活是在抄家之前。还有,在第二回"冷子兴演说荣国府"中有这样的话:"如今虽说不及先年那样兴盛,较之平常仕宦之家,到底气象不同。如今生齿日繁,事务日盛,主仆上下,安富尊荣者尽多,运筹谋划者无一,其日用排场费用,又不能将就省俭,如今外面的架子虽未甚倒,内囊却也尽上来了。这还是小事,更有一件大事。谁知这样钟鸣鼎食之家,翰墨诗书之族,如今的儿孙,竟一代不如一代了!"这里说的虽然是贾府的事,可多少也反映了作者家族的一些情况。这是一个富贵之家的通病,安享富贵者多,又要讲表面排场,内虚自然就会发生,这恰恰反映了家族抄家之前的情况。

另外,曹雪芹的资料也显示他经历了曹家在江南的繁华生活。"扬州旧梦久已觉"、"秦淮风月忆繁华"、"秦淮旧梦人犹在"、"曹子雪芹出所撰红楼梦一部,备记风月繁华之盛,盖其先人为江宁织府"。这些都说明曹雪芹所写《红楼梦》的背景是与江南曹家的生活相联系的。

结合曹家在江南的情况看,曹家经过了曹玺时期,曹寅时期,曹颙、曹頫时期,到底曹家的哪个时期与《红楼梦》有联系呢?从《红楼梦》整个故事来看,家族的富贵生活是处在继承祖业、沐浴皇恩浩荡的最后时期,甄家后来被抄家。显然,曹玺时期涉及不到抄家问题,可以排除。最大的争议是在曹寅时期还是曹颙、曹頫时期。目前的主流红学研究认可后者,也就是曹颙、曹頫时期,其实这个结论如我们前面分析的一样存在很多问题。我们看一下曹家在这两个时期的不同情况。

现实中,曹家几代为官,家族在江南经营了很长时间,其富贵应是毋庸置疑的。特别是在曹寅时代,曹家的繁华生活达到鼎盛,这段时期正是曹家"上赖天恩、下承祖德"的黄金时期。

曹寅在当时是一位有名的藏书家和刻书家,有很好的文学修养且藏书极富。他会作诗词，又兼作戏曲，有《楝亭诗抄》、《楝亭词抄》、《楝亭文抄》等著作。他曾奉旨主持刊刻了《全唐诗》和《佩文韵府》。他跟当时一些著名的诗人和作家如施闰章、陈维崧、尤侗、朱彝尊、洪昇等都有过交往，因而在家庭中也创造了浓厚的文化氛围。另外他对书画、医道也非常精通。曹寅几次接驾，不惜重金修建各种接驾场所，挥霍很大，他也特别讲排场，古人就说"每出必拥八骓"。作为文人他不善理财，结果造成很大的亏空。曹家从曹寅开始家道日渐衰落，曹寅死后，其子曹颙、曹頫先后继任其职。雍正四年曹家被抄，调京治罪，曹頫被枷号中一年有余。

曹家的生活在曹寅时代虽然达到鼎盛，可也留下巨大的隐患。因曹家的四次接驾以及日常的挥霍无度使家产出现巨大的亏空，曹家由此出现危机并开始走向败落。在康熙四十九年，曹家就已经存在亏空的问题。从曹家的档案资料能够看出这方面的问题，档案中记载康熙皇帝曾一再批示："两淮情弊多端，亏空甚多，必要设法补完，任内无事方好，不可疏忽。千万小心，小心，小心，小心！""亏空大多，甚有关系，十分留心，还未知后来如何，不要看轻了。"曹家的亏空存在了许多年，只是由于康熙皇帝的一再庇护，才使曹家继续安于往日的繁华生活。到康熙五十一年曹寅辞世，曹家仍没能补上全部的亏空。李煦在上奏中就说："江宁织造衙门历年亏欠钱粮九万余两，又两淮商欠钱粮，去年奉旨官商分认，曹寅亦应完二十三万两零，而无赀可赔，无产可变，身虽死而目未瞑。此皆曹寅临终之言。"曹寅死后，在康熙皇帝的亲自安排之下，曹寅之子曹颙直接继任江宁织造。两年多后曹颙也去世。为了保持曹家的家业不断，康熙皇帝又亲自过问安排，将曹荃之子曹頫过继给曹寅之妻，继承父兄的职务，由此可见康熙皇帝对曹家的恩惠和关照。康熙年间是清朝历史上的兴盛时期，被称为"康熙盛世"。可到康熙末年，全国普遍出现亏空，即使如此，繁华的假象一直维持到康熙皇帝去世。到雍正初年，因为亏空严重，雍正皇帝不得不采用严厉的手段清欠，抄了许多人的家。雍正时期是一个肃治节俭的年代。《红楼梦》中的繁华生活正是反映了康熙末年的现实情况，而不是雍正朝的情况。

关于背景问题，《红楼梦》在一开始就全面介绍了这个家族的情况，是"百足之虫，死而不僵"，"如今虽说不及先年那样兴盛，较之平常仕宦之家，到底气象不同。如今生齿日繁，事务日盛，主仆上下，安富尊荣者尽多，运筹谋划者无一，其日用排场费用，又不能将就省俭，如今外面的架子虽未甚倒，内囊却也尽上来了"，说明这个家族已经存在问题，只是维持着虚假的繁荣而已。前面说了，雍正年间，雍正皇帝一改其父皇的政策，在全国范围内大反奢侈之风，从上到下都以俭朴为荣，在这种情况下，曹家身负亏空是不可能还坐享富贵生活的，他们不可能置雍正皇帝的政策于不顾。这期间雍正皇帝大力清欠，此时的曹家补了亏空后财力不济，已失去往日繁华生活的基础。雍正皇帝对曹家的态度与康熙皇帝相比出现较大的变化。在档案中雍正皇帝有批："诸凡奢侈风俗，皆从织造、盐商而起。""今三处织造差人进京，俱于勘合之外，多加夫马，苛索繁费，苦累驿站，甚属可恶！"雍正皇帝也一再警告曹家："不要乱跑门路，瞎费心思力量买祸受。""主意要拿定，少乱一点。坏朕声名，朕就要重重处分，王子也救你不下了。"雍正对曹家的态度也使曹家失去了依靠，所以曹家在康熙年间和雍正年间的生活有着本质的不同，故经历了这两个朝代的人才会感叹生于康熙晚年是"生于末世运偏消"。

现实中的曹寅之女就是纳尔苏王妃，她是《红楼梦》中元春的部分形象。资料记载曹寅奉女北上与王子结婚是在康熙四十五年，

《红楼梦》中就有类似情况的"贾元春才选凤藻宫"的章节。在此章节后《红楼梦》中还描写了一段元妃省亲的繁华场面。至于现实中曹王妃是否省过亲,在什么时间省亲,没有历史资料。从现实的角度讲,曹家也不可能隆重地迎接曹王妃省亲。将元春描写为皇妃省亲而不是王妃省亲,其实就是融进了康熙皇帝南巡的一些现实场景。这段故事正是结合了现实中的这两个事件,这才是《红楼梦》的故事背景。历史上康熙南巡,曹家多次接驾,而且康熙皇帝还曾亲自到曹家看望自己的乳母孙氏,也可以说是"省亲"了。关于这一点,批者在省亲一回中写道:"借省亲事写南巡,出脱心中多少忆昔感今。"批者的意思就是说:这段省亲的故事实际是写进了一些皇帝南巡的场面。批者还说"经过、见过",就是表达自己亲身经历了这个场面。我们必须清楚一点:这是作者在许多年以后的乾隆年间写以前的往事,是作者和批者在写书的时候忆昔感今,这是书外的话,而不是身在故事的当时忆昔感今。如果你错误地认为是书中人物忆昔感今,就把故事的发生时间与康熙南巡相比而推后许多年,这实际是对故事的错误认识。

说到这里,可能许多人依据故事中一段赵嬷嬷与王熙凤有关接驾时间的对话产生不同认识,认定故事背景是在康熙南巡的二三十年以后。书中对话的意思是:贾家在二三十年前准备皇上仿舜南巡之事,把钱花得像流水一样,王府王熙凤的爷爷在那时也准备过一次接驾。我们应该看到贾家和王家接驾是虚笔,也就是假的故事,书中的人物接下来还说:"还有如今现在江南的甄家,嗳哟哟,好势派!独他家接驾四次,若不是我们亲眼看见,告诉谁谁也不信的。"这里明确提到的是"如今现在的甄家接驾",这才是实在的对应康熙南巡的事件,如今接驾与故事里的二三十年之前的贾家、王家接驾相比,时间又回到了二三十年以后,所以《红楼梦》中的省亲故事就是依照当时康熙南巡的场面,如果两者考证对比的话,在时间上应该以甄家的接驾为参考,贾家省亲不过是仿照的故事,康熙南巡对应的是故事中正在进行时的贾家省亲,而不是故事里贾家以前更虚假的接驾故事。

在书中提到甄家接驾之后还有一批语:"……好势派!独他家接驾四次,若不是我们亲眼看见,告诉谁谁也不信的。别讲银子成了土泥,凭是世上所有的,没有不是堆山塞海的,'罪过可惜'四个字竟顾不得了。【庚辰侧批:真有是事,经过,见过】"。脂批中的"真有是事,经过,见过"应该是针对康熙南巡讲的,从这里说明作者与批者都亲身经历过康熙南巡。批者还多次结合此情景作批:"批书人领过此教,故批至此竟放声大哭,俺先姊仙逝太早,不然余何得为废人耶?""非经历过如何写得出!""作书人将批书人哭坏了。"

脂批中说"经过,见过"、"非经历过谁能写得出",与敦诚描述雪芹"扬州旧梦久已觉(雪芹曾随其先祖寅赴织造之任)"的意思是相一致的。说到"非经历过谁能写得出",有的人就提出质疑:难道非经历者就不能写得出?进而质疑脂批的真实性。这种质疑本身没有问题,非经历者不见得写不出!可我们应明白,批者在这里说这句话并不是较真,这句话实际是一种感叹语气而不是单纯的疑问语气,这句话无非是强调了作者就是一个经过之人,所以才写得这么生动!我们应该要明白批者的口气和他表达的意思,而不应该去偏执地争论"不经历就不能写"的问题。

现实中,曹家的最后一次接驾是在康熙四十六年。在康熙四十六年五月十五日的"曹寅奏报雨水收成并请圣安摺"中说:"窃臣包衣下贱,蒙皇上眷养多年,屡沐天高地厚之恩,捐糜莫报。今年銮舆巡幸,复蒙圣恩有加无已,举家妻孥老幼,尽沾雨露。臣自分何人,辄邀如此宠眷。虽粉身碎骨,不能仰报万一,惟有朝夕焚香鼎祝而已。""举家妻孥老幼,尽沾雨露"说明这次康熙南巡接见了曹家的所有人,其场景就如同《红楼梦》中的元妃省亲。

《红楼梦》第十六回是"贾元春才选凤藻宫,秦鲸卿夭逝黄泉路",第十七回是"大观园试才题封额,荣国府归省庆元宵",第十八回是"皇恩重元妃省父母,天伦乐宝玉呈才藻"。从这里看出,故事中贾元春当选为元妃后,接下来的事情就是省亲,两件事是连着发生的。现实中曹寅奉女北上与王子结婚是在康熙四十五年,曹寅的最后一次接驾是在康熙四十六年,这两件事也是连着发生的。两者的联系说明,《红楼梦》所描写的故事事件就是以曹家的这段生活经历为基础塑造出来的。

我们再回顾一下,像胡适说的曹𫖯时代和周汝昌说的北京时代,在背景方面都是大有问题的。以胡适的说法,我们看江南的曹𫖯时期,曹家补完亏空,是绝无可能再有财力去修建什么园子。周汝昌所说的曹家在北京又二次中兴,我们试想一下,一个获罪之家,在京城即使再富裕也很难达到修建园林的程度,有这个财力恐怕也没有这个权力。

另外我们可以比照一下《红楼梦》中的人物关系。书中有一个德高望重的祖母,有三个父辈人物,主人公处在优越的地位上,兄弟姐妹多,有一个地位高贵的姐姐,外部亲戚的生活也都处在鼎盛时期。这种关系恐怕只有曹寅时期具备,曹寅上有其母孙氏,也就是康熙的乳母;有兄弟三人,曹寅、曹宜、曹荃;他还有一个女儿是王妃;有一个年龄不大的儿子曹颙;他与另外两处织造李煦和孙文成家是互通姻亲的关系。如果像周汝昌所说,《红楼梦》的背景时间是曹家在北京时期,我们设想一下北京的曹家是什么样子,北京的曹家离抄家后不久,只是略有房产,他的亲戚李家、孙家都被治罪，情况比曹家惨得多，此时的曹家已没有了外部亲戚联系，特别是寅妻李氏在乾隆初年就八十多岁了，再向后生活一段时间，有没有都成问题，仅从人物上看又怎能是书中描述的情况呢？

关于《红楼梦》的背景时间，在第五回中有一段涉及了。

警幻忙携住宝玉的手，向众姊妹道："你等不知原委：今日原欲往荣府去接绛珠，适从宁府所过，偶遇宁荣二公之灵，嘱吾云：'吾家自国朝定鼎以来，功名奕世，富贵传流，虽历百年，奈运终数尽，不可挽回者。故遗之子孙虽多，竟无可以继业。其中惟嫡孙宝玉一人，禀性乖张，生性怪谲，虽聪明灵慧，略可望成，无奈吾家运数合终，恐无人规引入正。幸仙姑偶来，万望先以情欲声色等事警其痴顽，或能使彼跳出迷人圈子，然后入于正路，亦吾兄弟之幸矣。'如此嘱吾，故发慈心，引彼至此。先以彼家上中下三等女子之终身册籍，令彼熟玩，尚未觉悟。故引彼再至此处，令其再历饮馔声色之幻，或冀将来一悟，亦未可知也。"

这里说得非常清楚，宁荣二公是在家运合终之时，想找一位能继承家业的后代，希望他能挽回败落的家业，而不是在家族败落后再找一位重振家业者。曹家从曹寅的后期就开始出现亏空，逐渐走下坡路。在抄家之前，曹颙和曹頫是家业的继承者，他们没能挽回败局。曹家在雍正五年被抄家，曹颙和曹頫的后人已不是继承家业的人物了。

这里还有一个时间概念，"吾家自国朝定鼎以来，功名奕世，富贵传流，虽历百年，奈运终数尽，不可挽回者"。这句话表明这个家族自国朝定鼎以来历经了百年的时间。从这里我们可以推算一下书中对应的时间。

首先确定国朝定鼎到底是什么时间，是清朝成立的时间还是后金成立的时间？从中国纪年上看，明亡、清朝成立是在公元 1644

年。这种纪年是以朝代更替为标志的,它主要体现了前朝消亡的时间,而"国朝定鼎"却不一定是前朝消亡的时间。在朝代的更替过程当中,往往是有两个政权同时并存的。满族统治者在公元1616年统一东北,脱离明朝的统治,定都辽阳,成立后金,也就是国朝定鼎。清朝自己定位的"国朝定鼎"应该是指公元1616年。

从曹家的历史上看也应该是这样。曹家祖上就在辽阳,后金定都辽阳后,曹家人被俘成为皇家的包衣。曹锡远受到器重和信任而被委任管理辽阳,他的儿子曹振彦被安排到宫中做侍卫。被俘成为包衣是曹家的一个转折点和新的起点。此后曹家一路青云,走入皇家的核心圈内,后世居江宁织造这一肥差。这种情况与书中说的"吾家自国朝定鼎以来,功名奕世,富贵传流"是相一致的。

公元1616年的百年之后是公元1716年左右,这正是康熙晚年这段时期,当然这只是一个大概的时间推算,但也足可说明红楼梦故事的背景时间就是康熙晚年这段时期。

一个绕不过去的考证问题

前面我们提到了关于对曹雪芹资料的一些认识问题,下面我们共同探讨一下。我们知道,红学考证是以《红楼梦》与曹家的有关联系以及曹雪芹的资料为基础进行的。实际上,曹雪芹的这些资料本身矛盾重重,在证明曹雪芹是谁的问题上都模糊不清,据此推断出的曹雪芹的年龄又怎能没有问题呢?如果在曹雪芹的年龄上面有问题,那据此推断的他在曹家的生活时间就肯定有问题!

我们知道,敦诚、敦敏和张宜泉在他们的诗集中曾提到一些话,"雪芹曾随其先祖寅织造之任";"四十年华付杳冥";"其人素性放达,好饮,又善诗画,年未五旬而卒"。根据这些资料判断,曹雪芹好像是曹寅之孙,年龄大约在四十多岁,然而曹家的档案资料却显示曹寅没有这样一个孙子。曹雪芹在四十多岁去世好像也不太符合《红楼梦》作者的情况。另外,还有更多的资料显示曹雪芹是曹寅之子的说法。袁枚在《随园诗话》中说,"康熙间,曹练(楝)亭为江宁织造……其子雪芹撰《红楼梦》一部"。陈其元在《庸闲斋笔记》中说,"此书乃康熙年间江宁织造曹楝亭之子雪芹所撰"。叶德辉在《书林清话》中也讲到"今小说有《红楼梦》一书……是书为曹寅之子雪芹孝廉作，曹亦内府旗人"。因为后面这些都是后人的一些传说，所以大都不予采信。

因为敦诚、敦敏和张宜泉是曹雪芹健在时交往的一些朋友，人们权且从他们的话中得出曹雪芹是曹寅之孙的结论，然后再从其他方面去找论据支持。在论证的过程中，人们又陷入更大的疑惑，他是谁之子，曹颙之子？好像都不对。其实，只要我们仔细地分析一下这些资料，就会发现敦诚、敦敏等人的说法都存在着问题。

一方面说"雪芹随曹寅织造之任"、"秦淮旧梦人犹在"，曹雪芹经历了曹寅时期的繁华生活；另一方面又说"四十年华付杳冥"，好像曹雪芹在四十岁时死去。这两者本身就有矛盾，如果曹雪芹在四十多岁死去，并死于乾隆二十八年，这个人根本就无法"随曹寅织造之任"，并经历"秦淮旧梦"。

即使撇开这一矛盾，如果说曹雪芹是曹寅之孙，能与曹寅一起生活过的孙子是哪位呢？事实上，曹寅最大的孙子应生于康熙五十年。康熙五十年张云章作诗贺曹寅得孙，其中有句"天上惊传降石麟"，说明此时曹寅得了一个孙子。而曹寅在第二年就去世了，这个孙子即使存活下来了，他对曹寅恐怕也一点印象都没有。除此之外，曹寅去世后，他的儿子曹颙也只有一个遗腹子，他的继子曹頫比曹颙还小，曹頫的儿子就更是晚些时候的事了。随他在任且有生活印象的只能是他的儿子，而不是孙子。

为了附会敦诚、敦敏的这两种说法，胡适说曹雪芹是曹頫之子，是赶上了江南曹頫时期的繁华生活。周汝昌看出胡适说法的问题，就认为曹雪芹是曹頫之子，生于雍正二年，经历了曹家在北京的二次中兴。他们都死咬住曹雪芹是寅孙，放弃了敦诚、敦敏关于"雪芹曾随曹寅织造之任"的说法。他们的观点与考证的基础资料都相背了，那结论能正确吗？

对于曹雪芹是曹寅之孙的说法，人们查曹家后人的资料时还了解到，有一个叫曹天佑的是曹寅的孙辈，但不知他是曹颙之子还是曹頫之子。先不管他能否与曹寅一起生活过，且看他是什么情况，资料显示他曾做过州同的小官，应该是在抄家后自己通过科举等途径争取到的官职，这样曹天佑不可能是书中宝玉的那种讨厌仕途的形象，所以曹天佑绝不是贾宝玉！也就不会是曹雪芹。

曹雪芹的身世是模糊的，曹雪芹的资料就这么一点点，没有其他的资料来解释这些资料的矛盾。敦诚、敦敏又是与曹雪芹生活在同一时期的人物，他们的说法无论如何都是绕不过去的。难道是他们说错了？这种可能性不大，因为写下的文字不同于随意说出的话，随意说的话可能存在失误，写下的文字是经过反复思考的。其实最大的可能就是我们理解错了！

很明显《红楼梦》整个故事与曹家的现实联系是曹寅时期的江南生活，而不是曹頫时期的北京生活，只是我们一对比曹雪芹的资料情况，才出现了认识上的偏离，这说明对这些资料的认识可能有问题。我们万不可拿偏离的认识去修正《红楼梦》本身。这一问题后面再分析讨论，我们暂且排除这一模糊的干扰，继续进行《红楼梦》人物背景的研究。

《红楼梦》的原始背景人物

一、《红楼梦》的主要背景人物

曹家人生活的时间大致如下：曹寅生于顺治十五年，康熙二十九年任苏州织造，两年后移任江宁织造，曹寅死于康熙五十一年，其子曹颙在康熙五十二年继任父职，大约在二十岁左右，两年后去世，之后曹頫被过继给曹寅妻为子，再继织造之职，康熙六十一年，曹家的后台康熙皇帝去世，雍正五年，曹家被抄家，曹頫被收狱中。

根据上面的人物生活时间，敦诚讲的"雪芹曾随其先祖寅织造之任"的说法是无法证实的。随曹寅在任的是他的儿子曹颙和曹頫这代人。从《红楼梦》的故事情节看，曹颙和曹頫这代人是比较符合《红楼梦》描写背景的。康熙末年曹颙和曹頫正处在少年时代，此时曹家因受康熙皇帝的关照，他们自小无忧无虑，也受到了良好的教育。他们受曹寅的影响较大，也有条件读很多的书，因而能掌握很多的知识。《红楼梦》中的人物就是这个样子，他们能诗会画，养尊处优，过着无忧无虑的生活。在康熙五十四年正月十二日内务府奏中有一段康熙的批文："曹颙系朕眼看自幼长成,此子甚可惜。朕所使用之包衣子嗣中,尚无一人如他者……"康熙皇帝说曹颙是自己看着长大的,可见他对曹颙的关爱。作为曹颙的下一辈人来说自然没有这样的条件。

《红楼梦》中的基本人物故事反映出了曹寅时期的一些特点。虽说家族收不如支,可依然维持繁华的生活,兴教育、建园子、养活着众多的家丁,家宴、唱戏、灯会、逢节必办,儿女们也是兴诗社、搞聚会,一片繁荣景象。

裕瑞在《枣窗闲笔》中曾写道:"闻其所谓宝玉者,尚系指其叔辈某人,非自己写照也。所谓元迎探惜者,隐喻'原应叹息'四字,皆诸姑辈也。"这句话是将《红楼梦》作者认作曹寅之孙而言的。裕瑞是离敦诚、敦敏兄弟俩较晚的人物,对曹雪芹的认识自然是受敦诚、敦敏兄弟俩的《四松堂集》和《懋斋诗钞》的影响。我们姑且不论作者是否是曹寅孙,但从这句话表达的意思来看,他是认为《红楼梦》中的人物就是曹寅的子辈,也就是他认为的作者的叔姑一辈,这同样是指曹颙、曹頫那代人。到底曹寅的子辈是不是《红楼梦》中宝玉等人物的原始形象呢?下面,我们全面对比一下书中主要人物的形象与曹家现实人物的情况。

书中有一个突出的形象就是元春,元春是一位皇妃,她是贾宝玉的姐姐。现实资料中明确记载曹寅的大女儿是纳尔苏王妃,她是曹颙的姐姐。在《红楼梦》中贾政是一个读书人,他为政勤勉,教子很严,地道的儒雅形象。贾政的形象与曹寅相比是比较合适的。《红楼梦》中的贾母在贾府威望很高,终日一派慈祥的样子,对贾宝玉等后辈爱护备至。实际上曹寅的母亲,也就是康熙皇帝的乳母孙氏就符合这样的形象。作为康熙皇帝的乳母,自然有很高的地位。孙氏大约在康熙四十六年左右去世,与曹颙大约共同生活了十多年的时间。至于其他人物仍有证可考。在康熙五十一年九月初四日的"曹寅之子连生奏曹寅故后情形摺"中有一句"九月初三日，奴才堂兄曹颀来南"，说明曹颀是曹颙的堂兄。这符合书中贾琏是宝玉堂兄的关系。这样《红楼梦》中的主要人物在曹家初步找到了原始的对应形象。

贾母对应的是曹寅之母孙氏；贾政对应的是曹寅；宝玉对应的是曹颙、曹頫等人的其中之一；贾琏应是曹颀；元春对应的是曹寅之女、曹颙之姐纳尔苏王妃。

二、《红楼梦》中家族的背景联系

我们再看一下《红楼梦》中各家族的社会关系。书中有四大家族：贾家、王家、薛家和史家。这四大家族组成一个联络有亲的关系。其主要人物：贾母是史家的，王夫人来自王家，薛宝钗来自薛家。

现实中曹家与李煦家、孙文成家共同称为江南三大织造，这三家之间就是联络有亲的关系。我们还查到一个短暂任江宁织造的马桑格家，曹颙妻马氏也可能来自于这家。这样，三大织造与马桑格家就与书中四大家族的形象极其相似，他们可能就是书中四大家族的原始形象。现实中曹寅的母亲来自于孙家，曹寅的妻子是李煦的妹妹，曹颙的妻子就是马家的人。

这样四大家族与现实中的这四家就有了相同的辈分对应关系：

贾母的史家对应的是江南三织造之一的孙文成的孙家，贾母是孙氏的形象；

王夫人的王家对应的是江南三织造之一李煦的李家，王夫人是曹寅妻李氏的形象；

薛宝钗的薛家对应的是曹颙妻的马家，宝钗是曹颙妻马氏的形象。

以上这种关系如果向下错一辈的话就不成立,这种关系也正符合前面我们分析的曹寅时期的人物形象关系,贾政是曹寅的形象,元春是曹寅女纳尔苏王妃的形象。如此一来,宝玉正对应着曹寅的亲儿子曹颙!因为曹寅在世的时候曹𫖯并没有过继给曹寅做儿子,曹寅只有一个正在长大成人的儿子,这就是曹颙!宝玉应该是曹颙的形象。这是一个非常惊奇的现实结论!

通过以上分析,《红楼梦》中的主要人物关系与曹寅时期的曹家人物是完全吻合的!外延的社会关系也是完全吻合的!这不是一般的吻合,也不是一二个人的吻合,而是集体的吻合!

原来还有一个疑惑,就是《红楼梦》中宝玉的父辈有贾政、贾赦和贾敬,贾政和贾赦是亲兄弟,贾敬早死。现实中,曹颙的父辈有曹寅、曹荃和曹宜,曹寅和曹荃是亲兄弟,曹荃早年去世。从对应上一直疑惑为何书中是贾敬早死而不是贾赦早死,等查到一处脂批,这个疑惑也就不存在了。第七十六回中贾母对尤氏说"可怜你公公已是二年多了",脂批在这里说:"不是算贾敬,却是算赦死期也。"可知在书的修改中是将贾赦和贾敬两个人颠倒了位置。在前面第二部分中我们分析,贾府是虚幻的形象,宁府有皇宫的影子,可知书中是把早死的贾敬形象换到了宁府,借以来象征好道吃丹的雍正形象。这样也才有了贾赦在荣府住偏房的不合理的情况。如此想来,疑惑也就消除了。

我们进一步看一下,如果像胡适所说的《红楼梦》人物形象是曹家曹𫖯时期的人物,将贾政比作曹𫖯,将贾母比作曹寅之妻李氏,那么人物的对应关系就彻底错乱了。设想一下,贾母是李煦家人的话,那贾政的夫人——王夫人就是曹𫖯之妻,曹𫖯之妻是谁家?不得而知,反正不是马家,曹颙之妻是马家。这样孙家和马家就不在《红楼梦》的四大家族之列,四大织造的关系就仅剩了现实的曹李两家。如果如周汝昌所说的《红楼梦》是曹家的二次中兴的故事，那我们再看一下是什么情况。雍正四年曹家被抄家时，李家、孙家也相继被抄家。因亏空严重，李家的家属、仆人全部变卖充公，或入民间或在内务府做奴仆，又因涉及其他案件，李煦被判处斩，后流放边疆而终。这时李家也不能成为周汝昌认为的《红楼梦》中的史家形象了。现实中的孙家、李家、马家也就失去了与《红楼梦》四大家族的联系。胡适和周汝昌的结论在人物关系上明显是错位了。

三、《红楼梦》中人物的亲缘联系与背景分析

下面，我们再进一步探讨《红楼梦》中的原始人物形象关系与现实人物的形象关系问题。

（一）书中贾母与史家人物的形象关系

书中史家的人物辈分关系依次是：史侯——史湘云祖父、贾母——史湘云父母、史鼎——史湘云。

对照以上关系如果依照胡适和周汝昌的判断，书中的贾母史太君是现实中李煦的妹妹李氏，我们看一下，李家被抄家后结果比曹家惨许多，没有留下后代，也就是李氏没有后人了。这样，在书中这个时期史家就不存在了，书中的史鼎和史湘云又是怎么回事？显然贾母不是李氏。

如果对比我们前面的结论，书中的贾母史太君是现实中孙文成家的人，是曹寅母孙氏，书中的史鼎应该就指孙文成，孙氏与孙文成的辈分正像书中的贾母与史鼎两辈。这样史家对应现实中的孙家是相符的。

(二) 王夫人与王家人物的形象关系

再看一下书中王家的人物辈分关系，依次是：王夫人之父——王熙凤之父、王夫人、王子腾——王熙凤。

根据上面的人物辈分关系，书中的王家对应李煦家正好相符。书中的王子腾实际是李煦的形象，书中王夫人实际是曹寅妻的形象。书中的王子腾与王夫人就是兄妹关系，曹寅妻就是李煦的妹妹。李煦作为与曹家关系很近的人物，在《红楼梦》中应该是一个经常出现的角色。

现实中的李家和曹家是联系比较多的两个家族，从档案资料中就能看出这两家的联系是比较频繁的，而与孙家的联系就相对少许多。在书中王家就是一个与贾家联系比史家多的家族，请看书中的描述：

1. 如今母舅王子腾得了信息，故遣他家内的人来告诉这边，意欲唤取进京之意。

2. 雨村断了此案，急忙作书信二封，与贾政并京营节度使王子腾。

3. 却又闻得母舅王子腾升了九省统制，奉旨出都查边。

4. 细问原由，方知贾雨村也进京陛见，皆由王子腾累上保本，此来后补京缺。

5. 原来次日就是王子腾夫人的寿诞，那里原打发人来请贾母王夫人的。

6. 此时王子腾的夫人也在这里，都一齐来时，宝玉益发拿刀弄杖，寻死觅活的，闹得天翻地覆。

7. 当下众人七言八语，有的说请端公送祟的，有的说请巫婆跳神的，有的又荐玉皇阁的张真人，种种喧腾不一。也曾百般医治祈祷，问卜求神，总无效验。堪堪日落。王子腾夫人告辞去后，次日王子腾也来瞧问。

8. 贾琏生恐有变，又命人去和王子腾说，将番役仵作人等叫了几名来，帮着办丧事。

9. 当下已是腊月，离年日近，王夫人与凤姐治办年事。王子腾升了九省都检点，贾雨村补授了大司马，协理军机参赞朝政，不题。

10. 连宝玉只除王子腾家去了，余者亦皆不会，只说贾母留下解闷。

11. 家中常走的女先儿来上寿。王子腾那边，仍是一套衣服，一双鞋袜，一百寿桃，一百束上用银丝挂面。

12. 正说着，人回："舅太太来了。姑娘出去请安。"因此大家都往前头来见王子腾的夫人，陪着说话。

13. 偏生近日王子腾之女许与保宁侯之子为妻，择日于五月初十日过门，凤姐儿又忙着张罗，常三五日不在家。这日王子腾的夫人又来接凤姐儿，一并请众甥男甥女闲乐一日。

从书中看出贾家与王家的联系多多，而贾家与史家的联系就寥寥无几，这方面结合现实资料来看，《红楼梦》中的王家应是现实中李煦家的形象。

(三) 现实中马家是否是《红楼梦》中的人物

我们再看一下马家的情况，主流红学是将贾母比做李氏，贾政比做曹頫，将书中的王家看做是马家。他们对马家做了许多的研究，说马家官任兵部，与书中的王子腾的任职相符。其实这存在一个很明显的错误！将贾政比做曹頫，那王夫人家就是曹頫妻家，曹頫妻家与马家没有半点联系！马家是曹颙妻家！充其量在书中是贾赦妻邢夫人家！书中的邢家根本就不在"四大家族"之列，这样就没法将现实的马家与书中的王家联系起来，可知是明显的张冠李戴了！

如果将主流红学认为的《红楼梦》中的人物向前提一辈，也就是贾母是孙氏，王夫人是李煦妹，那宝玉之妻正是马家！薛宝钗正对应着曹颙妻马氏，书中薛家才是马家的形象。

我们看一下，书中的贾母、王夫人、薛宝钗是三代婆媳关系，她们分别代表了四大家族的其他三家。现实中曹寅母也就是孙家的孙氏，曹寅之妻也就是李家的李煦妹，还有曹颙妻也就是马家的马氏，也正是三代婆媳关系。书中人物和现实人物进一步的外延关系，也说明《红楼梦》中的人物是曹寅时期的人物。

这样，现实中的孙氏、曹寅、李煦、李煦妹、曹寅女、曹颙、曹颙妻马氏等人物就是《红楼梦》中描写的贾母、贾政、王子腾、王夫人、元妃、宝玉、薛宝钗的原始形象。

四、《红楼梦》中人物的年龄与现实情况分析

除了上面家族关系的对应以外，我们再进一步分析一下书中人物和现实人物的年龄问题。

《红楼梦》中的贾母受人尊敬，不止荣府的人尊敬她，宁府的人也同样拿她当老祖宗。曹寅之母孙氏就是一个与之相似的形象。她是康熙皇帝的乳母，在曹家她有特殊的地位。康熙皇帝在第一次南巡时就亲自看望过她，称她是"吾家老人"，并以御书"萱瑞堂"三字相赐。孙氏在曹家自然受人尊敬。她可以与书中的贾母相比，而曹寅妻李氏与之相比差不少，且年龄也不一致。

根据书中的描述，贾母在这段故事中正处在七十岁左右的年

龄。第三十九回"村姥姥信口开河"里,刘姥姥第一次见到贾母,两人谈到生日时刘姥姥说"今年七十五了",贾母说"比我大好几岁呢",说明当时贾母应该在七十岁左右的年纪。

其实书中有一个矛盾之处,就是在与刘姥姥见面一年以后,贾母过八十大寿,年龄上出现了错位,这是书中的一个错误。到底是前面的表述正确,还是后面的表述正确?周汝昌在新证中就说是前面的错了,刘姥姥说的应该是"今年八十五岁",这样书中的贾母就是八十岁的年龄了。其实这是周老的一种考虑:如果此时贾母八十岁,就与他说的乾隆初年二次中兴的李氏相符。我们看一下书中两位老人的情况,她们喝酒应酬时身子骨都硬朗。第四十回中描述刘姥姥:"不防底下果踩滑了,咕咚一跤跌倒。……刘姥姥已爬了起来,自己也笑了。"从这里看如果刘姥姥八十五岁是难以想象的,恐怕连进荣国府都困难,何况还要应酬喝酒。七十岁的人与八十岁的人在老年阶段来说差别是很大的。书中两位老人在七十岁左右的年龄是合理的。

关于贾政的年龄,在《红楼梦》第二十三回中有一段:"贾政一举目,见宝玉站在跟前,神采飘逸,秀色夺人;看看贾环,人物委琐,举止荒疏;忽又想起贾珠来,再看看王夫人只有这一个亲生的儿子,素爱如珍,自己的胡须将已苍白,因这几件上,把素日嫌恶处分宝玉之心不觉减了八九。"既然胡须将已苍白,就应是四十岁以上的年龄,贾政是中年得子,此时宝玉的年龄在十一二岁左右。根据以上的描述判断:宝玉十一二岁时,贾政四十岁以上,贾母七十岁左右。

现实中孙氏、曹寅、曹颙的年龄是怎样的呢?

1. 孙氏与曹寅差二十六岁。尤侗《艮斋倦稿》卷四有在康熙三十年写的《曹太夫人六十寿序》,表明康熙三十年她六十大寿,此时曹寅三十四岁。

2. 曹寅在康熙五十一年去世，应该是五十五岁，当时曹颙年当弱冠，二十岁左右，两者差三十五岁左右。

根据以上的推算：曹颙在十一二岁时，曹寅四十五六岁，曹寅母孙氏七十岁左右。现实中孙氏、曹寅、曹颙的年龄差距与《红楼梦》中贾母、贾政、贾宝玉的年龄差距是相符的。

根据史料记载和以上年龄推算：

康熙第三次南巡时，孙氏六十八岁、曹寅四十二岁、曹颙八岁左右；

康熙第四次南巡时，孙氏七十一岁、曹寅四十五岁、曹颙十一岁左右；

康熙第五次南巡时，孙氏七十四岁、曹寅四十八岁、曹颙十四岁左右。

如果依照胡适和周汝昌的结论将曹寅妻李氏比做贾母，我们也进行一下推算。在康熙五十四年正月十八日李煦奏文中有"盖颙母年近六旬，独自在南奉守夫灵"之句，那么李氏到乾隆初年就是八十岁的高龄了。（前面已经提到，这就是为什么周老将贾母的年龄由七十岁左右改为八十岁左右。）我们再推算一下曹頫此时的年龄，曹頫在康熙五十四年三月初七日奏文说"窃念奴才包衣下贱，黄口无知"，过了三年康熙皇帝还是称他"无知小孩"，照常理来判断，曹頫当时肯定应是一个十多岁左右的儿童，考虑到老皇帝的口气，其最大年龄不过十五六岁。那么曹頫到乾隆初年应是三十五六岁。李氏、曹頫与书中贾母、贾政相比实在是小的小、老的老，根本就不是《红楼梦》中的样子。

纵观红楼梦中这许多主要人物与现实中曹家人物的高度相似，我们能说这是偶然的吗？！确定了这些人物就确定了《红楼梦》的背景时间,从而彻底否定了周汝昌所谓的乾隆初年的"二次中兴"之说,彻底否定了胡适的作者"寅孙说"。从人物对应来定位,书中的宝玉就是曹颙!

对贾政原始形象的进一步探讨——
究竟是曹寅还是曹頫？

在小说的所有男性角色中，贾政是一个比较正派的人物。我们看书中他除了严厉刻板以外，没有拈花惹草的毛病，这符合一个儿子眼中的父亲角色的形象。书中脂批称他为"严父"。

考证《红楼梦》是曹家什么时期的人物故事，也大都以贾政是曹家的哪位人物作为结合点。搞清哪个人是贾政的原始形象，对于定位《红楼梦》中的人物是至关重要的。下面我们重点探讨一下贾政的原始人物形象问题。根据人们以往认为的曹雪芹是寅孙的结论，贾政就应是曹頫的形象，是这样的吗？

一、从书中描写来看贾政的形象更像曹寅

1. "这贾政最喜读书人，礼贤下士，济弱扶危，大有祖风，况又系妹丈致意，因此优待雨村，更又不同，便竭力内中协助，题奏之日，轻轻谋了一个复职候缺。不上两个月，金陵应天府缺出，便谋补了此缺"，贾政在书中不过是一个相当于现在司局级的官员，

却能"内中协助",帮人复职。曹寅有这个能力,曹頫在所处的年代自身都难保,绝对没有这个能力。

2. "贾政训子有方,治家有法,……三则公私冗杂,且素性潇洒,不以俗务为要,每公暇之时,不过看书着棋而已,余事多不介意",现实中曹寅有这份闲情逸致,也符合他的情况,曹寅最喜读书,资料记载:"每出,拥八驺,必携书一本,观玩不辍。"曹頫就不会这样,他的任职是极其艰难的。

3. 书中的贾政在家中建园林,养戏班,尽管内囊已亏,可也维持着表面的繁荣。前面我们分析过曹寅时期正是这样,而到曹頫时期就没有这样的能力了。

二、书中提到几处贾政的差事更像曹寅的实际情况

1. 在《红楼梦》第七十回中说:"可巧近海一带海啸,又糟踏了几处生民。地方官题本奏闻,奉旨就着贾政顺路查看赈济回来。"现实中曹寅有类似的经历。康熙四十七年曹寅在奏文中说:"臣一路自山东至江宁,俱安生乐业如常,不知何以闾阎下贱尽知皇上平粜之恩,凡臣过处,男女老幼,无不感颂皇仁。臣衙门之米,已经粜完。督抚之米,尚在平粜。目下各处米贩闻有平粜之恩,恐致价贱,来者稀少,外边时价未免稍贵。然穷民均有官米可食。得以接济,远近相安,里歌巷诵。感戴皇仁。"又:"臣前奏徽、宁、池、太等处雨水甚大,臣谴老成员役至彼处密密看验,回称因雨水过多,山水骤发,江边圩田口岸俱被冲倒。其太平府当涂县,有大官圩五十余万亩,自万历年间倒后修筑,至今又百余年,人民懈弛,久未防固,值骤水壅决,共中禾稻房屋,漂没甚多,今地方官现在开仓赈济。江宁及镇江下路一带,雨水亦大。"

2. 在《红楼梦》第三十七回说:"这年贾政又点了学差,择于

八月二十日起身。"现实中曹寅也有类似学差的差事,曾奉旨刻印全唐诗。

康熙四十四年曹寅奏文:"臣寅恭蒙谕旨刊刻全唐诗集,命词臣彭定求等九员校刊。臣寅已行文期于五月初一日天宁寺开局,至今尚未到扬,俟其到齐校刊,谨当奏闻。"康熙四十四年八月十五日曹寅奏道:"臣同翰林军彭定求等十员,商酌校刊全唐诗凡例,进呈钦定,臣随交臣彭定求等十员祗受,钦遵校刊。但臣盐务任满,即匍匐谢恩,以伸伏马恋主之诚。所有诗局写刻人工,虽经细心挑选甚多,而一二细碎事务,亦所时有,拟于暂交臣李煦代为管理,俟臣回南仍归臣身任其事,庶不致有误。合并奏闻,伏乞圣鉴施行。"

三、曹寅的儿女情况与书中贾政的儿女情况的分析对比

根据档案记载:

1. 曹寅的大女儿和幼女都嫁与王子,就像书中的元春和探春;而曹频是一个获罪之人,他的女儿嫁与王子的可能性微乎其微。

康熙四十五年八月曹寅谨奏:"……今年正月太监梁九功传旨,著臣妻于八月上船奉女北上,命臣由陆路九月间接敕印,再行启奏。钦此钦遵。窃思王子婚礼,已蒙恩命尚之杰备办,无误筵宴之典……"康熙四十五年十二月曹寅又奏:"……前月二十六日,王子已经迎娶福金过门。上赖皇恩,诸事平顺,并无缺误。随于本日重蒙赐宴,九族普沾。……"这里是说大女儿与王子的婚事情况。

康熙四十八年二月曹寅谨奏:"……臣愚以为皇上左右侍卫,朝夕出入,住家恐其稍远,拟于东华门外置房移居臣婿,并置庄田奴仆,为永远之计。臣有一子,今年即令上京当差,送女同往,则臣男女之事毕矣。……"这里好像是说小女儿的婚事与儿子的当差

正好凑在一起，可以一并完成。

2. 曹寅应该还有一个成年后去世的儿子。

根据档案记载，康熙二十九年内务府奏文：

三格佐领下苏州织造郎中曹寅之子曹顺，情愿捐纳监生，十三岁；

三格佐领下苏州织造郎中曹寅之子曹颜，情愿捐纳监生，三岁；

三格佐领下南巡图监画曹荃，情愿捐纳监生，二十九岁；

三格佐领下南巡图监画曹荃之子曹颛，情愿捐纳监生，二岁；

三格佐领下南巡图监画曹荃之子曹顄，情愿捐纳监生，五岁。

这里人物的名字有点混乱，可能是内务府混淆而张冠李戴了。因为这时曹家的孩子们都还很小，像曹寅的儿子一直被叫乳名连生，直到继任父职后内务府才叫他曹颙。二三岁或者五岁的孩子还不到叫大名的时候，混淆也是难免的。出现混淆也可能是后来康熙皇帝张冠李戴了，看到曹寅的儿子"连生"大头，就误以为叫曹颙，奏文中批示改连生为曹颙，众人只能将错就错了。当然谁叫什么只是一个记号，也不影响谁有几个孩子、谁是谁的孩子的事实。孩子的名字容易混淆，大人的名字是不可能混淆的，也就是谁有几个孩子是不会出错的。从这里我们看出康熙二十九年曹寅是有两个孩子，一大一小，他们相差整十岁。

从康熙五十一年曹颙上奏"年当弱冠"推断，曹颙生于康熙三十二年，这样曹颙的前面至少还有两个孩子，具体活到多大没有史料证明。很多人判断曹颙是曹寅的大儿子，是因为在康熙四十八年曹寅有一个奏文，其中有句"臣有一子，今年即令上京当差"，当时曹颙大约十六岁左右。关于这个问题我们一定要搞清楚，奏文说的"臣有一子"，并不是表示"臣只有一个儿子"，而是说"臣有一个即将上京当差的孩子"。打个比方，有人说"我有一子，正在当兵，还有一子，尚在读书"，你认为他是有一个儿子还是有两个儿子？"臣有一子，今年即令上京当差"是一句完整的话，不能断章取义地认为曹寅只有一个儿子！

康熙五十年曹寅作过一首诗《辛卯三月二十六日闻珍儿殇书此忍恸兼示四侄寄西轩诸友三首》，表明此时他有一个孩子死了，写诗以志哀痛。这个死去的儿子到底是比曹颙大的孩子，还是比曹颙小的孩子呢？有人说这个孩子是曹寅后得的比曹颙小的幼子，原因是曹寅称他之死为"殇"，也就是未成年的孩子去世了。对诗句来说这确实是一个正确的解释，但对现实来讲却未必正确。我们看到，在同年的冬天曹寅还有一个孙子出生，时有亲密幕友张云章写下《闻曹荔轩银台得孙却寄兼送入都》："天上惊传降石麟，（时令子在京师，以充闻信至。）先生谒帝戒兹辰。傲装继相萧为侣，取印提戈彬作伦。书带小同开叶细，凤毛灵运出池新。归时汤饼应招我，祖砚传看入座宾。"诗中"书带小同开叶细"表明这个孙子是一个遗腹子。"小同"即是指郑玄之孙郑小同。郑小同在出生之前，他的父亲郑益恩就去世了，所以郑小同成了郑益恩的遗腹子。既然曹寅的这个孙子是遗腹子，就有一个去世不久的孩子的父亲，否则，岂不是明显的野种？！所以曹寅应该还有一个去世不久的成年儿子。这个儿子应该就是前面说的同年刚去世的珍儿。照此推断珍儿应该是成年人，比曹颙要大。珍儿死了，曹寅称其为"殇"也未必不可，因为在父亲的眼中儿子永远是小孩子。从感情的角度称"殇"总比言"死"或"亡"要好些。还有这个儿子应该比曹颙大不少，肯定已经当差，也可能是当差中为国殉职，所以称"殇"也不为过。

我们再看，曹颙的儿子最早出生于康熙五十四年。康熙五十四年曹頫奏文"奴才之嫂马氏,因现怀妊孕已及七月,恐长途劳顿,未得北上奔丧,将求倘幸而生男,则奴才之兄嗣有在矣"。这里说明曹頫第一个孩子的出生要比前面说的曹寅得孙要晚。曹頫有这个孩子的时候,曹颙和曹寅都已经不在了。这说明前面的曹寅得孙跟曹頫的遗腹子扯不上关系。

综合上述,曹寅应该有一个比曹颙大的儿子。为何说他比曹颙大,除了生子在前以外,曹寅的一首诗也证明这点。曹寅在《辛卯三月二十六日闻珍儿殇书此忍恸兼示四侄寄西轩诸友三首》诗中有一首诗:"老不禁愁病,尤难断爱根。极言生有数,谁谓死无恩。拭泪知吾过,开缄觅字昏。零丁摧亚子,孤弱例寒门。"有人根据"零丁摧亚子",分析得出死去的儿子是亚子,也就是第二个儿子。这种分析其实是不合实际的。就诗句来说,"零丁摧亚子"中的"亚子"是对生者而言,是说因珍儿的死使亚子更加孤苦,绝不可能说因为孤苦零丁使亚子死,这是因果关系的颠倒,还有珍儿没死之前是两个孩子,怎么是零丁?"零丁摧亚子,孤弱例寒门"是并列句,都是说一个意思:珍儿死了,亚子孤苦零丁,后代弱小稀少的情况出现在我的家门。从这里也能推断,死去的珍儿应该是比曹颙大的曹寅的一个儿子,曹颙才是亚子。

结论是珍儿存活到康熙五十年,他是曹寅的大儿子,曹颙是曹寅中年才有的小儿子,曹颙曾有这么一位兄长。我们看《红楼梦》中贾政的情况就同曹寅的情况一样,贾政有一个早死的儿子贾珠,已经娶妻生子,并留下一个遗腹子贾兰。这说明曹珍就是《红楼梦》中贾珠的原始形象。

在《红楼梦》前面作者曾说"上赖天恩、下承祖德,背父母教育之恩、负师兄规训之德",以前曾疑惑如果作者是曹颙的话,这个"兄"从何而来,到这里终于明白了。

根据以上分析，曹寅的子女情况正好对应了《红楼梦》中贾政的样子：

曹寅起码有两个女儿，她们都嫁与王子，分别是元春和探春的形象；一个大儿子在生孙子后早逝，是书中贾珠的形象，有一个丧夫的寡媳，是书中李纨的形象；一个中年才有的小儿子曹颙，是书中宝玉的形象；有一个去世之前出生的孙子（这个孙子对曹寅应该没有印象，刚满周岁时曹寅就去世了），是书中贾兰的形象；还有一个以后过继的儿子曹頫，是书中贾环的形象。

四、曹寅曾经奉命建造皇家园林，同贾政建大观园相似

曹寅曾经奉命建造皇家园林——西花园，有建造豪华园林的经历，当时曹颙正好在北京当差，就像书中的贾政建造大观园、宝玉随游题额一样；曹頫没有这方面的经历，曹頫的儿子即曹寅孙更不可能见识到这些景象。

如此相比，书中的贾政应符合曹寅的情况！

说到这里，我们不妨回过头来看一下，大多数红学家所认为的曹颙是曹寅大儿子的推论是多么不靠谱！明摆着有一个比曹颙大的儿子"珍儿"却视而不见，一个原本简单的问题迷惑了这么多年，可见主流红学研究的浮躁！

首先，这些红学家们根据"臣有一子，今年即令上京当差"，推断曹寅只有一个儿子，就是曹颙。后来因为有珍儿去世言殇的资料记载，他们判断此珍儿是曹寅后来所生，小时即亡，以此与"臣有一子"相符。这种结论完全忽视了现实存在的其他问题。其一，曹寅曾有一个比较大的儿子，资料中有清楚的记载；其二，曹寅孙子的最早出生时间问题。此时曹颙尚小，不可能生子；其三，遗腹

子的问题。曹寅在康熙五十年有一个失去父亲的孙子,说明曹寅此时有一个娶妻后去世的儿子。可见从"臣有一子,今年即令上京当差"得出曹寅只有一个儿子的结论是明显理解错了。

有的红学家更加可笑,对曹寅诗句"零丁摧亚子,孤弱例寒门"歪曲理解。解释说死去的是"亚子",也就是"零丁"摧残"亚子",使他死去,"珍儿"就是曹寅的"亚子"。这实在让人费解。"零丁"怎么是"亚子"死去的前提呢?因果关系明显颠倒了!我们看一下,这两句是标准的对仗并列关系,"亚子"与"寒门"是对应的,是说珍儿的死使亚子更加孤苦零丁,让我家出现孤弱人少的情况。"亚子"是生者而不是死者,"亚子"是对曹頫而言的,这不恰恰证明死者是曹頫的兄长吗?

我们认为红学之所以乱象丛生,就是对一些含糊不清的问题不能系统地去全面分析,太断章取义了!

一个天大的疑惑

根据前面的分析，《红楼梦》的原始背景人物就是曹寅时期的曹家人物，曹颙是书中贾宝玉的原始人物形象。这样一来疑问就有了，主人公是不是作者呢？

从《红楼梦》中宝玉的形象来看，这是作者的自我写照。批书者也在一边不断地提醒读者"非经历者，如何写得出"、"谁说得出，经历者方说得出，叹叹"、"真有是事，经过见过"，等等。在《红楼梦》的前面作者也自述说"因曾历过一番梦幻之后，故将真事隐去，而撰此《石头记》一书也"，"当此时则自欲将已往所赖，上赖天恩、下承祖德，锦衣纨绔之时，饫甘餍美之日，背父母教育之恩、负师兄规训之德，以致今日一事无成、半生潦倒之罪，编述一集，以告普天下人。虽我之罪固不能免，然闺阁中本自历历有人，万不可因我不肖，则一并使其泯灭也。虽今日之茅椽蓬牖，瓦灶绳床，其风晨月夕，阶柳庭花，亦未有伤于我之襟怀笔墨者"。从这段描写来看，作者应该就是书中的主人公。

还有一个问题，就是那个署名的曹雪芹是不是作者。我们也看一下书中的描述：

空空道人将《石头记》再检阅一遍……因毫不干涉时世,方从头至尾抄录回来,问世传奇。从此空空道人因空见色,由色生情,传情入色,自色悟空,遂易名为情僧,改《石头记》为《情僧录》。至吴玉峰题曰《红楼梦》。东鲁孔梅溪则题曰《风月宝鉴》。后因曹雪芹于悼红轩中披阅十载,增删五次,纂成目录,分出章回,则题曰《金陵十二钗》。并题一绝云:

满纸荒唐言,一把辛酸泪!都云作者痴,谁解其中味?

这里作者把曹雪芹说成是一个整理改编者,然而批者脂砚斋在这里却加以辩解澄清。【甲戌眉批:若云雪芹披阅增删,然则开卷至此这一篇楔子又系谁撰?足见作者之狡猾之甚。后文如此者不少。这正是作者用画烟云模糊处,观者万不可被作者瞒蔽了去,方是巨眼。】说明曹雪芹就是《红楼梦》的作者。不仅如此,还明确曹雪芹批阅增删之前的《风月宝鉴》也是曹雪芹所著。【雪芹旧有《风月宝鉴》之书,乃其弟棠村序也。今棠村已逝,余睹新怀旧,故仍因之】所以书中所谓的《石头记》的流传改写不过是一个幌子,作者就是曹雪芹。

这样一来,《红楼梦》的主人公原型曹颙就与《红楼梦》作者曹雪芹联系在一起。他们两者究竟是一种什么关系呢?后面我们会进一步分析。我们先看一下曹颙的情况。

对曹颙小时的记载见于江宁知府陈鹏年的资料,时间在康熙四十二年的康熙第四次南巡。"上南巡,车驾至江宁,驻跸织造府。一日,织造幼子嬉而过于庭,上以其无知也,曰:儿知江宁有好官乎?曰:知有陈鹏年。"这里说的织造幼儿应该就是曹颙,因为康熙四十二年曹颙正在幼年时期。

康熙四十六年曹寅奏文记载康熙南巡驻跸曹家,并接见曹家全家的情况:"谨奏:恭请圣安。窃臣包衣下贱,蒙皇上豢养多年,屡沐天高地厚之恩，捐縻莫报。今年銮舆巡幸，复蒙圣恩有加无已，举家妻孥老幼，尽沾雨露。臣自分何人，辄邀如此宠眷。虽粉身碎骨，不能仰报万一，惟有朝夕焚香顶祝而已。"

曹颙可能在康熙五十年到朝廷内务府当差。康熙四十八年曹寅曾奏："臣有一子，今年即令上京当差，送女同往，则臣男女之事毕矣。"可能是没有去成或者是其他原因，因为直到康熙五十年才有曹寅之子进见并被安排当差的资料记载。

康熙五十年四月初十日奉旨：著将取中之旗笔帖式、候缺之吏员、监生、俊秀、官学生等二十九人具奏，拣放膳茶、鹰犬各处之缺。钦此。现在宁寿宫茶房总领哈尔科奏请，增取茶上人三名。（中略）兹为补放此项缺额，将正黄旗公波尔潘佐领下监生摆牙拉霍山（中略）正白旗（中略）章额佐领下俊秀穆桑阿（中略）邦盖佐领下官学生泰保（中略）等名，各缮绿头牌，由内务府总管赫奕、保住具奏，带领引见。

奉旨：著将泰保、穆桑阿录取在茶房。（中略）其余之人著存记。钦此。

又具奏：原任物林达曹荃之子桑额、郎中曹寅之子连生，曾奉旨。著具奏引见。钦此。现将桑额、连生之名，各缮绿头牌，由内务府总管赫奕、保住具奏，带领引见。

奉旨：曹荃之子桑额，录取在宁寿官茶房。钦此。

曹寅去世后，曹颙于康熙五十二年继任父职。

康熙五十二年正月初九日总管内务府谨奏：为遵旨议奏事。

康熙五十二年正月初五日，奏事治仪正傻子、员外郎双全传谕：曹寅前因勤劳，给予兼衔；今其子连生，虽补父缺，但可否即任父职，抑给主事之职？如何之处，尔内务府总管理应具奏请旨，著即议奏。钦此钦遵。

查曹寅系由广储司郎中补放织造郎中，后因勤劳，兼摄通政使司通政使衔。奉旨，曹寅前因勤劳兼衔，今连生虽补其父缺，可否即任父职？所谕甚是。因此，请放连生为主事，掌织造关防。为此，谨奏请旨。

内务府总管赫奕、署内务府总管、佐领马齐、署内务府总管、郎中海章，缮摺交奏事治仪正傻子、员外郎双全转奏。

奉旨：依议。连生又名曹颙，此后著写曹颙。钦此。

曹颙在继任父职三年后就去世了。

总管康熙五十四年正月十二日内务府谨奏：为请旨事。

康熙五十四年正月初九日，奏事员外郎双全、物林达苏成额、奏事张文彬、检讨杨万成，交出曹颙具奏汉文摺，传旨谕内务府总管：曹颙系朕眼看自幼长成，此子甚可惜。朕所使用之包衣子嗣中，尚无一人如他者。看起来生长的也魁梧，拿起笔来也能写作，是个文武全才之人。他在织造上很谨慎。朕对他曾寄予很大的希望。他的祖、父，先前也很勤劳。现在倘若迁移他的家产，将致破毁。李煦现在此地，著内务府总管去问李煦，务必在曹荃之诸子中，找到能奉养曹颙之母如同生母之人才好。他们弟兄原也不和，倘若使不和者去做其子，反而不好。汝等对此，应详细考查选择。钦此。本日李煦来称：奉旨问我，曹荃之子谁好？我奏，曹荃第四子曹𫖯好，若给曹寅之妻为嗣，可以奉养。奉旨：好。钦此。

又有苏州织造李煦奏安排曹颙后事的奏文：

康熙五十四年正月十八日奴才李煦跪奏：

曹颙病故，蒙万岁天高地厚洪恩，念其孀母无依，家口繁重，特命将曹𫖯承继袭职，以养赡孤寡，保全身家。仁慈浩荡，亘古所无，不独曹寅父子妻孥死生衔结，普天之下莫不闻风感泣，仰颂天恩。奴才与曹寅父子谊属至亲而又同事多年，敢不仰体圣主安怀之心，使其老幼区画得所。

奴才谨拟曹頫于本月内择日将曹颙灵柩出城，暂厝祖茔之侧，事毕即奏请赴江宁任所。盖頫母年近六旬，独自在南奉守夫灵，今又闻子夭亡，恐其过于哀伤。且身车往返，费用难支。莫若令曹頫前去，朝夕劝慰，俟秋冬之际，再同伊母将曹寅灵柩扶归安葬，使其父于九泉之下得以瞑目，以仰副万岁佛天垂悯之至意。

说到曹颙之死，问题就来了，《红楼梦》是以描写曹颙为原型人物的小说，作者又是记述自身的部分经历，可现实中曹颙在康熙五十四年初就去世了。这真是天大的疑惑！也难怪红学家们疑惑《红楼梦》的作者到底是谁了。

回过头来我们再看一下，曹颙是书的主人公原型，主人公又是作者，作者一直活着写书，那曹颙就没有死去，曹颙的死有疑问！这是一个天大的疑问！如果曹颙没有死去而是著书写了《红楼梦》，那《红楼梦》就隐含着一个天大的秘密：曹颙的死是假死！

《红楼梦》隐藏的秘密

经过前面的分析,我们知道曹颙比较符合书中贾宝玉的形象,不仅生活年代相符,人物关系也相符,与周边人物的年龄相距也相符。我们再具体看一下曹颙的个人情况与书中贾宝玉的个人情况到底有多么相似。

关于曹颙小时的情况,我们从曹寅的诗句中可略知一二。曹寅在其诗《辛卯三月二十六日闻珍儿殇书此忍恸兼示四侄寄西轩诸友三首》中说过"予仲多遗息,成才在四三,承家望犹子,努力作奇男",予仲是指自己的二弟,这首诗的意思是说,我二弟家孩子多,有望成才的有几个,将来继承家业的重任就靠他们了,要多多努力。自己分明有个儿子曹颙,为什么说继承家业要靠二弟的孩子?这里除了谦虚以外,可能是他认识到曹颙是一个承担不了家业的人。"知子莫若父",可见他对曹颙不抱多大的希望,也说明曹颙的能力可能有限。虽然康熙说曹颙"看起来生长得也魁梧,拿起笔也能写作,是个文物全才之人",但能写作不一定能治家,像《红楼梦》中的贾宝玉就是才思敏捷,但讨厌仕途,不学经济之道。

贾政对宝玉就不抱有希望。书中有一回"不肖种种大遭笞挞",

贾政对宝玉失望,将宝玉暴打一顿。贾宝玉讨厌仕途,提到功名利禄就反感得不得了。第三回中有《西江月》二首来描述他:"无故寻愁觅恨,有时似傻如狂;纵然生得好皮囊,腹内原来草莽。潦倒不通庶务,愚顽怕读文章。行为偏僻性乖张,哪管世人诽谤!""富贵不知乐业,贫穷难耐凄凉;可怜辜负好时光,于国于家无望。天下无能第一,古今不肖无双;寄言纨绔与膏粱:莫效此儿形状!"书中对宝玉的描写与现实中曹寅对曹颙的认识是一样的。书中还预示了后面宝玉不思上进离家出走,相比之下,现实中的曹颙可能也有相同的情况,宝玉的"撒手悬崖"是否与曹颙的"突然逝去"有相似性呢?

其实,曹颙之死疑点颇多,他的死比较突然,事前没有一点迹象。我们看曹寅去世的情况就不一样,曹寅是在康熙五十一年去世的,在此之前他的病情,家人都数次上奏康熙皇帝。然而,曹颙的病情和死因事前就没有丝毫音讯传出。曹颙是在康熙五十二年继任父职的,在康熙五十三年还正常写奏章给皇上,此时没有任何迹象表明曹颙生病,况且资料显示他是一个魁梧(健壮)的人,到康熙五十四年正月就突然死去了。李煦在其奏文里也没有说明什么死因,只提到"于本月内择日将曹颙灵柩出城,暂厝祖茔之侧,事毕即奏请赴江宁任所"。曹颙死得突然,这是"假死"的可能性之一。

再从曹颙的任职环境上分析。曹颙的两年任职情况是很糟糕的。曹寅身后留下巨大的亏空。曹颙的舅舅李煦就曾上书皇上求盐差代补亏空。在康熙五十二年李煦有奏:"窃我万岁如天如地之仁,轸念曹寅身后钱粮,特命臣代理盐差一年,将所得余银尽归曹寅之子曹颙,清完所欠钱粮。"这里李煦说曹家的亏空已经清完。可在康熙五十三年李煦又奏请再派盐差以补亏空,皇帝就批:"此件事甚有关系，轻易许不得。况亏空不知用在何处，若再添三四年，益有亏空了。"另外在康熙五十三年也有奏批："上令曹寅、李煦管理十年，今十年已满，曹寅、李煦逐年亏欠钱粮，共至一百八十余万两，若将盐务令曹寅之子曹颙、李煦管理，则又照前亏欠矣。此不可仍令管理。先是总督噶礼奏称，欲参曹寅、李煦亏欠两淮盐课银三百万两，朕姑止之。"可见，前面李煦不仅没有弥补曹寅留下的亏空，而且亏空越来越大，所以康熙没有同意李煦当盐差补亏空的请求。康熙五十三年康熙让李陈常巡视盐差清补曹寅、李煦亏欠。在康熙五十四年曹颙"去世"后李煦奏曰："江宁织造亏欠未完，有蒙破格天恩，命李陈常代补清完，奴才回南时，当亲至江宁，与曹𫖯将织造账目彻底查明补完亏空。"在康熙五十五年李煦还奏："今年闻李陈常代补之外，尚有未补二十八万八千余两。"从以上资料看出曹颙不光没有弥补上亏空，反而越亏越大，而且账目不清，以至于到了被人弹劾的地步。尽管曹颙有较高的文学天赋，但确实没有能力承担前辈留下的职责，这是事实证明了的。巨大的压力促使他悬崖勒马，中途放弃而出家。这是"假死"的可能性之二。

　　曹颙任职后，他的奏文不多，特别是到后期基本是寥寥数语，大有应付之意。跟曹寅、曹𫖯的奏文相比，体现出他不热衷于这个职位。在康熙五十三年七月皇上反催："将雨泽情况，再速奏闻。"到康熙五十三年八月曹颙才简要奏报江南雨情。奏完雨水情况以后就再没音信了，一连四个月没有奏文，直到康熙五十四年正月内务府报奏曹颙死亡。这期间肯定是有事情发生了，他弃职出家的可能性很大。曹颙的后期行为是其"假死"的可能性之三。

　　设想一下，如果曹颙真是出家了，那他的身世岂不是更符合贾宝玉的形象了！作者在书的前面，就借喻自己是一块"无才补天"的石头。如果真是这样，"无才补天"对曹颙来说就是非常恰当的。

曹頫任过职，又从任职上神秘地离去，只有任过职，才能体会到自己的能力，才能确信断言自己"无才"。通过前面的分析，我们感到曹頫的经历最符合前半部书中贾宝玉的情况，贾宝玉后面的情况怎样，书没有写完，可种种迹象表明宝玉是出家了。脂砚斋在批语中也提示贾宝玉是"撒手悬崖"了，"撒手悬崖"的行为就像甄士隐一样是"一走了之"。

《红楼梦》中没有了后面"撒手悬崖"的章节实在是一种遗憾，但我们仍然能从前面的一些描写了解到后面故事的线索。从这些线索中我们看一下宝玉的行为是否与假设的曹頫的"假死离职"相一致呢？

《红楼梦》一开始对贾宝玉这个人物是非常期待和看重的，在书的第五回借警幻仙子之口讲道："偶遇宁荣二公之灵，嘱吾云：'吾家自国朝定鼎以来，功名奕世，富贵传流，虽历百年，奈运终数尽，不可挽回者。故遗之子孙虽多，竟无可以继业。【甲戌侧批：这是作者真正一把眼泪。】其中惟嫡孙宝玉一人，禀性乖张，生性怪谲，虽聪明灵慧，略可望成，无奈吾家运数合终，恐无人规引入正。幸仙姑偶来，万望先以情欲声色等事警其痴顽，【甲戌侧批：二公真无可奈何，开一觉世觉人之路也。】或能使彼跳出迷人圈子，然后入于正路，亦吾兄弟之幸矣。'"作为家族看重的继承者，宝玉却不是家族希望的那样，他只知在女儿国里厮混，完全是一个纨绔子弟，以至于三番五次地受到贾政的训斥。

作者在书的前面也表达了自己的悔恨，"背父母教育之恩、负师兄规训之德"，就是说自己的行为辜负了父母、师兄的希望。这说明作者同书中宝玉一样本来应该挑起家庭的重担，继承祖上的基业，可结果自己没有做到。

书中虽然没有明确写出贾宝玉在后面的"悬崖撒手"，却也暗示出了一些内容。根据书中有关的暗示以及脂批的提示，贾宝玉的"悬崖撒手"不是"撒手人寰"死了，而是"出家为僧"了。先前人们对贾宝玉的出家行为迷惑不解，搞不清他为何出家，又为何将他出家说成是"悬崖撒手"。

在《红楼梦》的开始，甄士隐出家时就有一些批语：士隐便笑一声"走罢！"【"走罢"二字，如见如闻，真悬崖撒手。非过来人，若个能行？】甄士隐就是"真事隐"。"悬崖撒手"就是"一走了之"撒手不管了。脂批对宝玉还有一段很精辟的评论：【庚辰双行夹批：宝玉恶劝，此是第一大病也。】【庚辰双行夹批：宝玉重情不重礼，此是第二大病也。】【庚辰双行夹批：此意却好，但袭卿辈不应如此弃也。宝玉之情，今古无人可比，固矣。然宝玉有情极之毒，亦世人莫忍为者，看至后半部则洞明矣。此是宝玉三大病也。宝玉有此世人莫忍为之毒，故后文方有"悬崖撒手"一回。若他人得宝钗之妻、麝月之婢，岂能弃而为僧哉？此宝玉一生偏僻处。】说宝玉是有"情急之毒"，就是情急之下不管不顾，什么事情都做得出来。正是因为宝玉有这种性情，所以他最后不顾一切地"撒手悬崖"了。

宝玉到底因何而"悬崖撒手"？宝玉讨厌仕途，对宝钗仕途之类的劝说尤其反感，说明他是极不情愿在官场任职的。官场险恶如"悬崖"，"悬崖撒手"不仅仅是弃宝钗、麝月而去，更是脱离了险恶的官场。

人们很容易从"红楼梦曲"中的"都道是金玉良缘，俺只念木石前盟"得出宝玉弃宝钗而去就是"撒手悬崖"的认识，贾宝玉对黛玉一往情深，不见得对宝钗就无情无义，脂批就提示过两人婚后也融洽地生活了一段时间，这个问题我们在后面会进一步讨论。

宝玉最后的"悬崖撒手"应该是逃离了险恶的官场，这样才能与讨厌仕途的种种性情表现相符合。一走了之，是一种不负责任的行为，对家族来说是一种毁灭性的打击，正因为如此，作者在书的前面才一再忏悔罪过。

宝玉的"撒手悬崖"应该是现实中曹頫"假死出家"行为的艺术再现。

在第三十二回的开始，有一段对宝玉的性情描写：话说宝玉见那麒麟，心中甚是欢喜，便伸手来拿，笑道："亏你拣着了。你是哪里拣的？"史湘云笑道："幸而是这个，明儿倘或把印也丢了，难道也就罢了不成？"宝玉笑道："倒是丢了印平常，若丢了这个，我就该死了。"

在这里突然提出一个"丢印"之说，可能就是预示以后宝玉会弃职而去。宝玉弃职而去不正是揭示了现实中曹頫同样离职而去的真相吗？实际情况可能就是：曹頫弃职出家了，曹家只能报个暴病身亡。

关于"假死"谎称暴病身亡这种事情，《红楼梦》中就有一个例子："葫芦僧判断葫芦案"。第四回中说薛蟠打死人后，贾雨村为断案假意扶鸾请乩仙，让薛蟠报个暴病身亡，然后一走了之。贾雨村把这个案件断成了一个不明不白的"葫芦案"。这段描写虽说与曹頫的离职出家不同，可因"暴病身亡，一走了之"终成了一个"葫芦案"是相同的道理，最起码表达了这种事情存在的可能性。

在第一回中有一段提到贾宝玉后来的"悬崖撒手"：那疯跛道人听了，拍掌笑道："解得切，解得切！"士隐便笑一声"走罢！"【甲戌侧批：如闻如见。甲戌眉批："走罢"二字真悬崖撒手，若个能行？蒙侧批：一转念间登彼岸。靖眉批："走罢"二字，如见如闻，真悬崖撒手。非过来人，若个能行？】将道人肩上褡裢抢了过来背着，竟不回家，同了疯道人飘飘而去。脂批拿"走吧"二字与"撒手悬崖"相比对，可见"撒手悬崖"就是说走就走。既不安排家事后事，也不提前打个招呼，就突然地甩下一切走了。

书中还说到宝玉几次提到自己要出家。在第三十回中写贾宝玉要做和尚：林黛玉道："我死了。"宝玉道："你死了，我做和尚！"林黛玉一闻此言，登时将脸放下来，问道："想是你要死了，胡说的是什么！你家倒有几个亲姐姐亲妹妹呢，明儿都死了，你几个身子去做和尚？明儿我倒把这话告诉别人去评评。"

在第三十一回中同样提到贾宝玉要做和尚：袭人笑道："林姑娘，你不知道我的心事，除非一口气不来死了倒也罢了。"林黛玉笑道："你死了，别人不知怎么样，我先就哭死了。"宝玉笑道："你死了，我做和尚去。"袭人笑道："你老实些罢，何苦还说这些话。"林黛玉将两个指头一伸，抿嘴笑道："做了两个和尚了。我从今以后都记着你做和尚的遭数儿。"宝玉听得，知道是他点前儿的话，自己一笑也就罢了。

在第五回贾宝玉梦游太虚幻境中，有一段描写贾宝玉的心理活动，就是反映了贾宝玉骨子里的性情：那宝玉刚合上眼，便惚惚的睡去，犹似秦氏在前，遂悠悠荡荡，随了秦氏，至一所在。但见朱栏白石，绿树清溪，真是人迹希逢，飞尘不到。宝玉在梦中欢喜，想道："这个去处有趣，我就在这里过一生，纵然失了家也愿意，强如天天被父母师傅打呢。"宝玉有这么稀奇古怪的想法，居然想到失家，这与他后面的行为是相吻合的，说明他就是这么个性情，自然有最终出家的结局。

在第七十五回"赏中秋新词得佳谶"中有一段描写预示着贾家的未来。"谶"是指事后应验的话。在这段贾赦提到贾环以后袭世职：贾赦乃要诗瞧了一遍，连声赞好，道："这诗据我看甚是有骨气。想来咱们这样人家,原不比那起寒酸,定要'雪窗荧火',一日蟾宫折桂,方得扬眉吐气。咱们的子弟都原该读些书,不过比别人略明白些,可以做得官时就跑不了一个官的。何必多费了工夫,反弄出书呆子来。所以我爱他这诗,竟不失咱们侯门的气概。"因回头吩咐人去取了自己的许多玩物来赏赐与他。因又拍着贾环的头,笑道:"以后就这么做去,方是咱们的口气,将来这世袭的前程定跑不了你袭呢。"本来这是一段普通的对话,可作者的回题是"赏中秋新词得佳谶",这样一来,对话就不一般了,表明这句话后来应验了。"将来这世袭的前程定跑不了你袭呢。"预示后来贾环袭了家族的世职。根据前面的分析贾宝玉是弃官出家,自然轮到贾环袭世职。贾宝玉与贾环的情况正符合曹颙、曹頫兄弟俩先后继任织造的情况。

在第三回中有这样一段,注意脂批的内容:已进来了一位年轻的公子:头上戴着束发嵌宝紫金冠,齐眉勒着二龙抢珠金抹额,穿一件二色金百蝶穿花大红箭袖,束着五彩丝攒花结长穗宫绦,外罩石青起花八团倭缎排穗褂,蹬着青缎粉底小朝靴。面若中秋之月,【甲戌眉批:此非套"满月",盖人生有面扁而青白色者,则皆可谓之秋月也。用"满月"者不知此意。】色如春晓之花。【甲戌眉批:"少年色嫩不坚牢",以及"非天即贫"之语,余犹在心。今阅至此,放声一哭。】这句批语与《红楼梦》前面作者的自述是相承的。作者说自己"罪不能免",这里说宝玉少年色嫩不坚牢。因为"少年色嫩不坚牢",做事不牢固,容易犯错误,所以才铸成大错。

在第十六回中有一段说宝玉希望自己消失得无影无踪:宝玉说:"比如我此时若果有造化,该死于此时的,趁你们在,我就死了,再能够你们哭我的眼泪流成大河,把我的尸首漂起来,送到那鸦雀不到的幽僻之处，随风化了，自此再不要托生为人，就是我死的得时了。"

在第十九回中有一段也是同样的描述：宝玉说："等我有一日化成了飞灰，【庚辰双行夹批：脂砚斋所谓"不知是何心思，始得口出此等不成话之至奇至妙之话"，诸公请如何解得，如何评论？所劝者正为此，偏于劝时一犯，妙甚！】——飞灰还不好，灰还有形有迹，还有知识。【庚辰双行夹批：厌"还有知识"，奇之不可甚言矣！余则谓人尚无知识者多多。】等我化成一股轻烟，风一吹便散了的时候，你们也管不得我，我也顾不得你们了。"

第五十七回中还有一段也是这种说法：宝玉说："我只愿这会子立刻我死了，把心迸出来你们瞧见了，然后连皮带骨一概都化成一股灰——灰还有形迹，不如再化一股烟——烟还可凝聚，人还看见，须得一阵大乱风吹的四面八方都登时散了，这才好！"

以上列出的段落都是预示宝玉以后出家为僧，失去了身份，就像在这个世上消失了一样。宝玉的这种结局不免让人想起《红楼梦》前面作者的自述："万不可因我不肖，则一并使其泯灭也。"宝玉的结局、作者的经历、现实中曹颙的假死出家是极其相似的！

作者的自述分明是曹頫的忏悔

《红楼梦》中有一段作者自述,将自己的经历讲得非常清楚,以往人们难以理解,如果认识到是曹頫写红楼,一切就迎刃而解了。我们回味一下这段自述:

因曾历过一番梦幻之后,故将真事隐去,而撰此《石头记》一书也,故曰:"甄士隐梦幻识通灵。"但书中所记何事,又因何而撰是书哉?自云:"今风尘碌碌,一事无成,忽念及当日所有之女子,一一细推了去,觉其行止见识,皆出于我之上。何我堂堂之须眉,诚不若彼一干裙钗?【蒙侧批:何非梦幻,何不通灵?作者托言,原当有自。受气清浊,本无男女之别。实愧则有余、悔则无益之大无可奈何之日也。】当此时则自欲将已往所赖,上赖天恩、下承祖德,锦衣纨绔之时,饫甘餍美之日,背父母教育之恩、负师兄规训之德,以致今日一事无成、半生潦倒之罪,编述一集,以告普天下人。虽我之罪固不能免,然闺阁中本自历历有人,万不可因我不肖,则一并使其泯灭也。【蒙侧批:因为传他,并可传我。】虽今日之茅椽蓬牖,瓦灶绳床,其风晨月夕,阶柳庭花,亦未有伤于我之襟怀笔墨者。何为不用假语村言,敷演出一段故事来,以悦人之耳目哉?"

在后面还有一段诗:无材可去补苍天,【甲戌侧批:书之本旨。】枉入红尘若许年。【甲戌侧批:惭愧之言,呜咽如闻。】此系身前身后事,倩谁记去作奇传?

上面讲的"曾历过一番梦幻"、"半生潦倒之罪"、"我之罪固不能免"的说法,对于逃避出家的曹颙来讲是再合适不过的,如果作者是曹颙的后人,讲这话就不好理解了。对于曹颙的后人来讲,被抄家后即使一无建树,也不能说有罪吧?"无材可去补苍天,枉入红尘若许年。"正是曹颙的忏悔,他的后辈已无机会"补天"了。"半生潦倒"、"半世亲睹亲闻"、"身前身后事"、"曾历过一番梦幻"这些字眼用在假死的曹颙身上是最恰当的!"虽我之罪固不能免,然闺阁中本自历历有人,万不可因我不肖,则一并使其泯灭也。""一并泯灭"就是随着他的"泯灭"而"泯灭"。这说明什么问题,说明作者就是一个曾经消失了的人!这段自述完全是曹颙的个人忏悔!也是他一生形象的真实写照!

脂批也曾说:"俺先姊仙逝太早,不然余何得为废人耶。""废人"一词用得也非常蹊跷。试想如果作者是曹寅的孙子,抄家后不能担当重任,那不是个人因素所致,一生著书也不能被称为"废人",而对曾担任织造之职又"假死"弃职出家的曹颙来说就非常合适。这句话的意思是:对曹颙从小格外关照的曹王妃或康熙皇帝如果能多活几年,情况可能会有所改变。曹颙因不堪重负弃职而去,论其罪全家当受毁灭性打击。让家人报个曹颙"假死",然后曹頫继任,这是康熙或曹王妃为保全曹家而做出的安排,或者是他们心知肚明的放任。时过境迁,等局势稳定了,曹颙应该还有出头之日,可康熙或者曹王妃的死让他永远地成了"废人"。

书中脂批确定的时间概念

《红楼梦》中有的脂批标出了时间,这是研究《红楼梦》极好的资料。标出时间的地方有几处,像第十三回秦可卿托梦给王熙凤就有这么一段批语:【甲戌眉批:"树倒猢狲散"之语,今犹在耳,屈指三十五年矣。哀哉伤哉,宁不痛杀!】在后面,说到凤姐儿想出治理家族五件事时也有一段批语:【甲戌眉批:旧族后辈受此五病者颇多,余家更甚。三十年前事见书于三十年后,令余悲痛血泪盈面。】【庚辰眉批:读五件事未完,余不禁失声大哭,三十年前作书人在何处耶?】从脂砚斋批书的甲戌年也就是乾隆十九年向前倒推三十五年,应该是康熙五十八年左右,即康熙皇帝去世的前两年。从批书的庚辰年向前推三十年也是这段时期。两次批书都提到这个时期,说明这是曹家一个比较重要的时期。在这阶段曹颙已经离去,曹家由曹頫支撑着局面,家族内虚的问题可能比较严重。书中说到的家族"五病",曹家此时可能有,因为此后不久在雍正初年曹家就被抄家了。康熙末年和雍正初年对曹家来说是内外交困的时期。

在这里说到康熙末年的事,并不是对应书中第十三回这段时间故事，而是针对故事中人物讲到家族"五病"导致后来家族败落的情况，对应的应该是《红楼梦》后面的故事。批者在这里作批，是因为故事中的人物在这里是讲家族败落时的安排，讲到了家族的后事。在时间对应上我们一定要清楚这点。正是秦可卿托梦给王熙凤的内容和"树倒猢狲散"之语，引起了批者的伤感，想起了曹家在三十年之前的情况。"余不禁失声大哭，三十年前作书人在何处耶?"批者伤感发问，三十年前在家族内外交困的时候作者你到哪里去了？这一疑问正揭示了作者曾逃避出家的事实！发问的对象不正好是逃避出家的曹颙吗？

康熙五十八年是曹家艰难时期的开始阶段，这时候曹颙已经离开，曹家在曹頫的支撑下继续着江南织造的生活。到康熙六十一年康熙皇帝去世，曹家失去了这一保护伞，生活从此江河日下。雍正初年是曹家稳定生活的最后时期，到雍正五年就被雍正皇帝抄家治罪。看到书中提起这个时期，想到曹家的这个阶段，难怪批者伤心痛苦！"三十年前作书人在何处耶？"既然作者提到这些家族问题，批者自然就要问作者：那时你到哪里去了？

至于脂批提到的一些其他时间概念针对的是一些故事外的事情，这些从一个侧面说明了作者与批者的关系。像第三十八回中，宝玉便令将那合欢花浸的酒烫一壶来。【庚辰双行夹批：伤哉！作者犹记矮𬮱幽窗前以合欢花酿酒乎？屈指二十年矣。】第四十一回，栊翠庵妙玉送茶与贾母。这里也有批语：【靖本眉批：尚记丁巳春日谢园送茶乎？展眼二十年矣。丁丑仲春。畸笏。】这两条批语涉及的时间是二十年，前一条是庚辰年写的，按乾隆二十五年往前推，二十年前是乾隆五年。第二条是丁丑年写的，按乾隆二十二年向前推，二十年正是乾隆二年丁巳年。如果将这些时间点与故事情节相对应的话，那整个故事又向后推了近十多年，此时的曹家已经被抄多年,这与前面的说法又出现矛盾,究竟哪个说得对呢?其实只要稍加分析就能明白。后面的两处,批者讲的是与作者共同经历的另外两件事,是故事之外的。看到了书中提到送"合欢花浸的酒",就想起了他们共同经历的"合欢花酿酒";看到了书中的"送茶",就想起了他们共同经历的"谢园送茶",仅此而已。这说明作者与批者经常在一起,不仅共同经历了书中的故事,也一同经历了故事之外的生活,证明批者畸笏与作者应该是一种亲属关系。

曹雪芹是否就是曹颙？

袁枚在他的《随园诗话》里说："康熙间，曹练（楝）亭为江宁织造……其子雪芹撰《红楼梦》一部，备记风月繁华之盛。"又说："雪芹者，曹练（楝）亭织造之嗣君也。""曹练亭织造之嗣君"就是指曹颙。曹寅晚年只有一个亲生儿子曹颙，是他首先继任了曹寅的织造之职。袁枚的话印证了曹颙就是曹雪芹。前面我们说过袁枚的话我们并不首先采信，因为这是一个间接的证明，但因为他拥有曹家的花园，对曹家前面的情况应该有所了解，不首先采信不等于不信。

首先采信的应该是与曹雪芹在西山直接交往的敦诚、敦敏兄弟俩说的话。虽然他们诗中的"雪芹曾随其先祖寅织造之任"与"四十年华"表面上看有矛盾，但曹颙是随曹寅在任的最合适的人选，其中关于"四十年华"的问题我们后面再讨论。另外，在康熙五十四年康熙的批文中有："曹（颙）……看起来生长的也魁梧，拿起笔来也能写作，是个文武全才之人。他在织造上很谨慎。朕对他曾寄予很大的希望。"这段透露出曹颙长得比较魁梧。裕瑞在《枣窗闲笔》中就曾记载："闻前辈姻戚有与之交好者。（雪芹）其人身胖头广而色黑,善谈吐,风雅游戏,触境生春。"裕瑞虽然没有见过曹雪芹,但从上一辈的人那里听到关于曹雪芹的长相应该不会失真。雪芹身胖头广而色黑,他不光魁梧,头还很大。曹頫应该就是头大的样子,单从名字上讲"頫"字就是"大头"的意思。曹雪芹和曹頫在长相上是相似的。

曹雪芹前半生的经历模糊确实让人费解。在西山著书的曹雪芹也曾交往了一些落魄文人,按理说他的人生经历应该被这些人记得清清楚楚才是,像他的父亲是谁,曾干过什么事情等。后半生清楚、前半生模糊也有违常理,从他的好朋友敦诚、敦敏等留下的资料来看,一方面"随寅在任",一方面"四十年华"同时又"年未五旬而卒",表述得含糊不清,也可能说明了他的前半生经历是不便于透露的。曹雪芹著书都采用了"真事隐"的手法,他自己都不直接讲出真实情况,他的朋友自然也就不便讲明他的情况了。

曹雪芹的朋友在诗中提到"扬州旧梦久已觉(雪芹曾随其先祖寅织造之任)",说明曹雪芹曾生活于江南织造时期的曹家。曹家任江南织造有三个阶段,一个是曹玺时期,一个是曹寅时期,一个是曹頫时期。曹雪芹生活于曹家的哪个时期呢?《红楼梦》中提到:"欲将已往所赖,上赖天恩、下承祖德,锦衣纨绔之时、饫甘餍美之日,背父母教育之恩、负师兄规训之德,以致今日一事无成、半生潦倒之罪,编述一集,以告普天下人。""上赖天恩"是上托皇帝洪福的意思。对曹家来说,沐皇恩、承祖业的大好阶段是在康熙年间。曹雪芹不可能是曹玺时代的人,因为他是在乾隆二十八年去世的,他的年龄再大也不可能推到那个年代,曹頫时代在康熙年间只有短短的几年,在这几年中曹家没有这样一个锦衣纨绔的少年。这说明曹雪芹曾生活于曹寅时期的说法是正确的。

我们回过头来再看一下"雪芹曾随其先祖寅织造之任"这句

话。前面我们说过这句话可能存在歧义,也可能语法上有点问题,我们不能苛求古人,因而不能拘泥于一种固定的理解。按照以往的理解,这话好像是说曹雪芹曾随他的祖父曹寅在江宁任织造这段时期一起生活过,这样一来,曹頫就是曹雪芹的观点在辈分上讲不通。我们应该认识到这种理解与事实上的矛盾其实远比语法上的问题严重得多!我们看看这句话还有没有其他的解释。这里"任"字实际有两种含义,一种是"担任某项职务",一种是"在任时"。既然曹寅的孙子没有与曹寅在任时一起生活的经历,最早的孙子也在襁褓之中,这话就不能理解为"在任时共同生活"而应该理解为"曾担任这职务"。"先祖"从字面上来讲应该是泛指,"先祖"和"曹寅"应该是并列的多人的意思。如果我们抛开曹雪芹为曹寅孙的前提,这句话就好理解了,它可以理解为:曹雪芹曾经紧随他的先祖以及曹寅担任过织造这一职务。这句话应做"雪芹随先祖、寅织造之任",重点落在"担任"的"任"上。如果雪芹就是曹頫,这种理解也恰恰符合了曹家的实际情况,曹頫正是随祖曹玺、父曹寅担任过织造一职。

还有,张宜泉在《题芹溪居士》中有两句:"羹调未羡青莲宠,苑召难忘立本羞。"好像隐晦地表达了对曹雪芹经历的认识。诗句用了两个人物典故,一个是唐朝的御用文人李白,另一个是宫廷画师阎立本。用这两个人物去形容曹雪芹,我们开始有些不解,一个落魄文人怎能与皇帝身边的宫廷人物相提并论呢?可转念一想,如果雪芹有曹頫的经历,那这个比喻就是十分恰当的!李白,号青莲居士,曾受诏为御用文人,玄宗曾经"以七宝床上,御手调羹以饭之",后不堪上层的争斗辞职而去;阎立本,唐代宫廷画师,绘有《历代帝王图卷》、《步辇图》等著名画卷,参与设计建造了大明宫,后官升工部尚书和右丞相。他与战功起家的左丞相姜恪相比，仅以丹青见长。在那个工匠不被重视的年代，宫廷画师的命运也是一样的，上层官员都耻笑他。他得不到应有的尊重，心理压抑，人格受到严重践踏。这两个典故说明了一种不愿在上层受屈，宁愿离职而去的情绪。张宜泉用这两句诗形容曹雪芹，说明他了解前半生的曹雪芹，曹雪芹有过类似的高层生活经历，这种经历与曹頫的情况是高度吻合的。再有，敦诚的《寄怀曹雪芹沾》也有几句描述："劝君莫弹食客铗，劝君莫扣富儿门。残杯冷炙有德色，不如著书黄叶村"。同样表达了曹雪芹甘居清贫，藐视权贵的性情。"劝君莫弹食客铗"，出自《史记》中的一个故事：齐国有个叫冯谖的，贫穷寄食于孟尝君门下，来后嫌食无鱼、出无车、家无养资，一个人总对着长剑念念有词："长剑呀，我们回去吧。"主人知道后，满足了他的这些要求，后来在其他食客纷纷离去的时候，他一直追随孟尝君并帮他恢复了大业。诗句不仅表达了曹雪芹不愿身居高位而寄人篱下，也不愿攀附门路，更表达了他甘居清贫，一门心思在乡下著书的清高品质。这种表述说明什么？说明他先前有机会身居高位，也有富家门路，但他甘居清贫，是彰显了自己的一种德行。如果像人们先前认识的那样，曹雪芹是曹寅的孙辈，他应该既无机会也无门路，这样形容他就不恰当了。

从曹雪芹身边朋友描述他的诗句可以看出，这些朋友对曹雪芹的家世背景是了解的。按照以往人们对曹雪芹的认识，他曾参加过科考，录取为贡生，后直做到内务府主事。北大学生奉宽著《兰墅文存与石头记》页九十一注十三引英浩《长白艺文志初稿》云："《红楼梦》，曹霑，曹字雪亭，内务府汉军正白旗人，官掌主事"；页八十六亦云："或云曹雪芹官内务府堂主事。"内务府是皇帝的内部服务机关，人选应该是严格的，不可能将一个犯过事的人或其后代再录用进来。任内务府主事应该是曹家人在抄家之前的任职。一个被抄家的后代再到内务府任职是不可能的,不是说他的能力不行,用现在的话说就是政审不合格。曹雪芹的任职实际可能是曹頫之前的任职。史料记得很清楚。在康熙五十二年正月初五日内务府奏中有:"其子连生,虽补父缺,但可否即任父职,抑给主事之职?……请放连生为主事,掌织造关防。"曹頫继任父职后被任命为内务府主事头衔。

其实对曹雪芹所有模模糊糊的认识都符合曹頫的情况,只是人们以往没有将两者联系到一起。

曹頫假死出家后,他的后半生应是在悔恨痛苦中度过的。排遣心中的痛苦和郁闷是他著书的最大动力。隐藏的秘密对谁讲?只有对书讲,只有将"无才补天"的悔恨、对繁华生活的追忆以及对人生的感悟都融入书中。

《红楼梦》开篇有一首诗:"无材可去补苍天,【甲戌侧批:书之本旨。】枉入红尘若许年。【甲戌侧批:惭愧之言,呜咽如闻。】此系身前身后事,倩谁记去作奇传?"前两句我们在前面说了,这是曹頫对自己无力承担父职、填补亏空的自我写照。"此系身前身后事"是怎么回事呢?对于其他人来讲,从写小说的时候起,只有"身前事","身后事"怎样讲?可对曹頫来说是再恰当不过了,曹頫是一个"死而复生"之人,当然可以这样讲了。"身前事"是指曹頫在任江宁织造内务府主事以前的经历,"身后事"是指曹頫在"去世"后曹家被抄等一系列事情。

人们今天仍然对曹雪芹为何到北京的西山著书存有疑问,为何离开曹家别居他处呢?其实如果确定了以上的判断,就很好理解。曹頫的遭遇注定了曹雪芹(曹頫)要隐居他处。曹家被抄之后迁往北京,曹頫应该是随曹家一同来到北京,当然他不能与曹家住在一起,只能到偏僻的北京西郊开始他的隐居生活。曹頫出家了,但并没有彻底断绝与曹家的联系，曹家的知情者仍然会去看望他，并接济他的生活。试想一个大家族的公子，如果没人照顾是很难生活下去的。《红楼梦》中有暗示这方面的内容，比如"狱神庙茜雪慰宝玉"等。曹頫可能早就不叫曹頫了，所以在北京人们只知道他是曹雪芹。久而久之，圈内的人也知道他的一些往事，知道他与江南曹家的关系，因而就有了各种各样的说法。真正知道底细的应该只有少数人，从批者及朋友的只言片语中也能看得出来，他们在有意无意透露的同时，也尽量保守着这一秘密。

曹雪芹晚年的清苦生活也证明了这样一个事实，只有曹頫这样的人才会有他晚年这样的结局——著书，靠写书生活。"满径蓬蒿老不华，举家食粥酒常赊。""寻诗人去留僧舍，卖画钱来付酒家。"就是这种生活的写照。

对"四十年华"的重新解读

关于曹雪芹生年四十多岁的认知主要来源于敦诚两首挽曹雪芹的诗。其实有这种认知实在是对诗的误解,这里有一个曹雪芹是曹寅孙的预设前提。你不妨转换一下思路,如果曹雪芹就是假死出家的曹頫,你再看诗中表达的是什么意思?实际上,这两首诗是一首诗的改前和改后。

其一:"四十萧然太瘦生,晓风昨日拂铭旌。肠回故垄孤儿泣(前数月,伊子殇,因感伤成疾),泪迸荒天寡妇声。牛鬼遗文悲李贺,鹿车荷锸葬刘伶。故人欲有生刍吊,何处招魂赋楚蘅?"

其二:"四十年华付杳冥,哀旌一片阿谁铭?孤儿渺漠魂应逐(前数月,伊子殇,因感伤成疾),新妇飘零目岂瞑?牛鬼遗文悲李贺,鹿车荷锸葬刘伶。故人惟有青山泪,絮酒生刍上旧坰。"

对于诗里的两处"四十"以往人们大都认为是他的年龄,其实稍加分析就能知道不应该是这个意思。在第一首诗中第一句说"四十萧然太瘦生","太瘦生"原指杜甫,语出李白《戏赠杜甫》诗:"借问别来太瘦生,总为从前作诗苦。"这里"四十萧然太瘦生"的"四十"有两种理解,第一种理解是"四十"可以看作是曹雪芹的年龄,第二种理解是"四十"可以看作是一段时间。如果四十是指四十岁的年龄,这句话的意思就是:曹雪芹四十多岁的样子就像瘦弱的杜甫一样,曹雪芹是"身胖头广而色黑",怎么像杜甫呢?有人借敦敏《题芹圃画石》中"傲骨如君世已奇,嶙峋更见此支离"的诗句推断曹雪芹瘦骨嶙峋也是不对的,其实瘦骨指的是画中的石头。如果将"四十"理解为"四十年的时间",这句话的意思就是:雪芹过了"四十多年"像杜甫一样飘零凄惨的生活。雪芹小时候的生活是安逸的,他的生活怎能与杜甫飘零一生的生活相提并论?如果做第二种理解,雪芹的年龄就远大于四十多岁。可见无论怎样理解,认为曹雪芹四十多岁都是不对的。

敦诚第一首诗的意思有些含糊不清,第二首诗说得明白一些。实际上第二首诗正是更改了第一首表达不太恰当的地方。第二首的第一句是"四十年华付杳冥",这里的"四十"同第一首的"四十"应该有相同的含义。第二首的"四十"更倾向于表示一个时间段,特别是"四十"后面再加上"年华"更能说明这一点,是指"四十年的大好时光"。如果是指人四十岁,应该说"四十之年"而不是"四十年华"。后面的一个"付"字,也就是"付与"的意思,更能说明这个问题,否则这个"付"字就要改为"赴"字了。"四十年华付杳冥"而不是"四十之年赴杳冥",正确的理解应该是:曹雪芹四十多年的大好年华都付给冥冥之中了。这是说曹雪芹已经默默地隐居生活了四十多年!曹雪芹死于乾隆二十八年,向前推到曹颙"去世"的康熙五十四年,整整是四十多年。

关于曹雪芹的年龄,张宜泉在他的一首诗《伤芹溪居士》中还提到:"其人素性放达,好饮,又善诗画,年未五旬而卒。"对于曹雪芹的身世张宜泉可能知道,也可能不知道。"年未五旬而卒"应该是指他的"在生"之年,与四十多岁是一致的。说到"年未五旬而卒"表示年龄就不得不考虑它与"四十年华"表示年龄的矛盾,四十多岁应该讲"五十年华"而不是"四十年华",因为古人是忌讳减阳寿的。从这里分析一样得出"四十年华"表示的应该是时间段而不是他的岁数。

结合上述,第一首的第一句就好理解了,"四十萧然太瘦生"是说曹雪芹后来过了四十年像杜甫一样飘零的生活。

"晓风昨日拂铭旌"是讲昨日丧事的情形。"铭旌"是指旧时竖在灵柩前标志死者官衔和姓名的长幡。这句意思是:曹雪芹与世长辞,昨天在凄凉中办了他的丧事。

"哀旌一片阿谁铭?"结合第一首中"铭旌"的意思,这明明是在问,幡上写的是哪个名字?这无形中表明雪芹还有另外的身份。前后两句是相互呼应的,正因为四十多年没有名份,所以才问"哀旌一片阿谁铭?"

"牛鬼遗文悲李贺,鹿车荷锸葬刘伶。"是拿这两个人的形象来比喻曹雪芹的一生。李贺是唐朝的诗人,他很有才华,可惜在二十几岁时就去世了。刘伶是晋时的隐士,他嗜好喝酒放荡不羁,死后随地即葬。这两个人的情况从某些侧面反映了曹雪芹的生活情况。第一个阶段是年轻有才的曹颙,就像李贺,二十多岁时"死"了,第二个阶段是西山隐居的曹雪芹,就像嗜好喝酒的刘伶。

"孤儿渺漠魂应逐(前数月,伊子殇,因感伤成疾),新妇飘零日岂瞑?""孤儿"应是指他"唯一的儿子",不应该做"没有父亲的儿子"。因为他死在曹雪芹的前面,就不能是"没有父亲的儿子"的意思。"殇",指未成年而死的意思,也有为国战死或者死在外地的意思,在一些非正常死亡的情况下,引用为死在父亲之前也不为过。"新妇"应指他儿子的媳妇。这句话的意思是:前几个月,曹雪芹唯一的儿子死了,他因悲痛过度也病重去世。这样,儿子的灵魂在渺漠中与他相会,儿子的媳妇在人间孤苦无依。

"故人惟有青山泪,絮酒生刍上旧坰。"这里有一个典故,李白死后葬在安徽当涂县的龙山,后来他的好友依据李白的生前遗愿,将他改葬在对面的青山。敦诚这话的意思是:朋友有心到雪芹的葬墓进行凭吊,就像凭吊葬在青山的李白一样,但却只能拿着祭奠的东西到他的旧坟,就像到龙山李白的旧墓一样。拿雪芹的葬墓与李白的两处葬墓相比,好像是说曹雪芹还有一个旧坟,因为朋友们不知他死后葬在何处,只能上旧坟去凭吊。如果雪芹不是曹頫这样的"假死"之人,哪里来的旧坟?有人依据李白隔年改葬的情况推测雪芹后来也改葬在另一个地方,所以才有旧坟。这种牵强附会的说法在时间上完全说不通!即使以后雪芹真的改葬那也是以后的事情,也就是敦诚写完这首诗以后的事,是不能反过来解释这首诗的。

敦诚的诗隐含了本来就神秘的曹雪芹是一个"死而复生"的出家人,他就是曹頫。

曹雪芹的年龄问题

分析到这里，人们可能有一个疑问：如果曹颙就是曹雪芹，那曹雪芹岂不是太老了。这主要是因为人们以前对曹雪芹留有错误印象。试想一下，仅改写半部《红楼梦》就花去了作者十年的时间，加上写书的时间，还有前面书中的经历时间，全部加起来应该远超四十多年。另外，从《红楼梦》中体现出的作者对人生的感悟来看，作者要有一番很长的人生阅历，所以如果曹雪芹只活了四十多岁是有问题的。

曹雪芹的年龄应该是多少呢？我们按曹颙的年龄推算一下，在康熙五十一年九月初四日"曹寅之子连生奏曹寅故后情形摺"中有一句："奴才年当弱冠，正犬马效力之秋。"说明此时的曹颙不过二十岁而已。在康熙五十一年七月十八日的李煦奏文中也有一句涉及曹颙的大致年龄："闻其染病，臣随于十五日亲至扬州看视。曹寅向臣言：我病时来时去，医生用药不能见效，必得主子圣药救我。但我儿子年小，今若打发他求主子去，目下我身边又无看视之人。"说明曹寅死时曹颙确实还小。奏文中"年当弱冠"而不是"年已弱冠"，说明康熙五十一年时他还不满二十岁，这样到乾隆二十八年曹雪芹（曹頫）去世，他也就六十多岁，是一个相当正常的年龄，何况一些资料记载表明他是一个健壮的人。

对"四十年华"的理解不应做孤立的理解，对曹雪芹的认识也不能片面地分析敦诚等人的资料，既然将曹雪芹与《红楼梦》的作者联系在一起，就应该以《红楼梦》作者的角度去判断曹雪芹其人，否则，西山的曹雪芹永远是西山的曹雪芹而不是《红楼梦》的作者。

《红楼梦》前面写到作者"半生潦倒之罪"、"身前身后事"、"曾历过一番梦幻"、"我之罪固不能免"，都印证作者有一番奇特经历，暗合曹頫的复杂人生，前半生锦衣纨绔，饫甘餍美，后半生隐居西山，茅椽蓬牖、瓦灶绳床。从他的经历结合他的见识，他的年龄绝不会很小。脂批中还有一句话体现了作者和批者的年龄，该批说道："玉兄若见此批，必云：老货，他处处不放松我，可恨可恨！回思将余比作钗、颦等，乃一知己，余何幸也！一笑。"脂砚斋自称老货，说自己已经是老年人了，他比作者要小，可见作者此时也是老年人了。

如果不是这样，而是人们以前认可的四十多岁的年龄，问题有：

1. 如前所说，作者既要经历这样的一段生活，又需要一定的知识积累，又要写出这样的一部书，还要再改它近十年，几乎是不可能的。

2. 四十多岁的人不可能经历曹家在江南的繁华生活。

3. 在书中还有一段批语说：【甲戌眉批：雪芹旧有《风月宝鉴》之书，乃其弟棠村序也。今棠村已逝，余睹新怀旧，故仍因之】。还有一段说：【靖眉批：前批"知者寥寥"，不数年芹溪、脂砚、杏斋诸子皆相继别去，今丁亥夏只剩朽物一枚，宁不痛杀！】

其弟棠村，可能是堂弟。既是其弟，肯定比雪芹小。脂砚应该也比雪芹小。如果雪芹四十多岁早死，其子早死且不说，其弟棠村、脂砚、杏斋也都是早死，怎么都这么短命呢？的确是问题！事实上畸笏叟可能也在几年后去世。如果像我们前面分析的一样，曹雪芹就是曹頫的话，他们兄弟几个正值老年之际，也就没有什么大惊小怪的了。事实上，脂砚斋和畸笏叟分明就是老人。

西山的曹雪芹究竟是不是处于老年的状况呢？与曹雪芹相交的张宜泉有一首诗描写他的情况，诗的名字是《和曹雪芹西郊信步憩废寺原韵》："君诗曾未等闲吟，破刹今游寄兴深。碑暗定知含雨色，墙塌可见补云阴。蝉鸣荒径遥相唤，蛩唱空厨近自寻。寂寞西郊人到罕，有谁拽杖过烟林。"这首诗形象地写出了曹雪芹的样子，既然是有了"杖"，就不应该是四十多岁的人。

还有曹雪芹与敦诚、敦敏等人的交往可能是忘年交。曹雪芹的学识吸引了这些天赋较高的年轻人。敦诚大约生于雍正十二年（1734），乾隆五十六年去世（1791）。敦敏大约生于雍正七年（1729），卒年不详。在曹雪芹去世的前几年，他们也就三十岁左右的年龄。从他们写的诗中，我们也能体会出一些时间概念，像"扬州旧梦久已觉（雪芹曾随其先祖寅织造之任），且着临邛犊鼻裈"；"秦淮旧梦人犹在"；"燕市哭歌悲遇合，秦淮风月忆繁华"。这其中的"旧梦"、"久"、"忆繁华"都表明曹雪芹的经历是很久以前的事情，与这些三十多岁的年轻人相比，曹雪芹肯定比他们要大不少。

敦敏在诗中讲："可知野鹤在鸡群，隔院惊呼意倍殷。雅识我惭褚太傅，高谈君是孟参军。"说明了曹雪芹在这些人中的形象和地位。褚太傅即褚季野（生于公元302年），是陶渊明的外祖父。孟参军即孟嘉（生于公元296年）是晋时桓温的参军。"雅识我惭褚太傅"讲到一个典故,褚季野有次与朋友聚会,朋友让他猜谁是未见面的孟嘉(孟参军),季野从出类拔萃的形象和气质上一下就猜中了孟嘉。"高谈君是孟参军"是讲孟嘉随晋大司马桓温重阳节登龙山,孟嘉酒后风吹落帽不知,有人作文戏弄他,孟嘉随即作文以对,其文甚美,众人皆服,龙山落帽成为诗词中常用的典故。在这里借用这两个人物是为了突出曹雪芹"野鹤在鸡群"的形象。正是因为曹雪芹这种"野鹤在鸡群"的形象,让他与这些年轻人成为忘年交。

至此,我们找到了《红楼梦》的真正作者,揭开了一个隐藏在《红楼梦》故事背后的秘密,一些疑惑也就解开了。比如:

1. 《红楼梦》的作者是曹寅的哪个孙子?实际上哪个孙子也不是,而是曹寅的儿子。

2. 曹寅死后哪来一个像《红楼梦》中的贾宝玉一般养优处尊的后代呢?其实是没有的,在曹家如贾宝玉一般生活的人不可能是曹寅的孙子,最合适的也只有曹寅的儿子曹頫了。

3. 《红楼梦》中人物角色与现实人物对比辈分错位的问题。如果认为作者是曹寅的孙子,那曹寅的女儿纳尔苏王妃就是作者的姑姑,而书中贾宝玉与元妃却是兄妹关系。实际上作者正是王妃的弟弟曹頫。这样,书中人物与现实人物的辈分对应一致。

4. 贾宝玉的"撒手悬崖"到底是什么行为呢?实际上就是曹頫的逃避官差、假死出家。

5. 曹雪芹为何前半生经历模糊、后半生穷困潦并且没有名分呢?他实际上就是"撒手悬崖"、逃避出家后的曹頫。

6. 曹雪芹为何负罪自责呢?因为他就是曹頫,他继任父职后"无力补天","撒手悬崖"、离职出走给家族造成了危机。

7. 四十多岁的曹雪芹怎么能写出《红楼梦》这样思想内容深邃的书呢？这是不可能的！曹雪芹就是栽过跟头、经历过从大富大贵到贫贱无依、失去名分隐姓埋名四十多年的曹頫，他因为离职出走，有罪于家族，因而著书时内心充满了自责的思想情结，他曲折复杂的经历使他更能认清封建社会的世态炎凉和官场腐败，同时对人生也有了大彻大悟的认识。

第四章 《红楼梦》的背景故事和后半部贾府故事的发展

尽管《红楼梦》只有半部,但从前半部故事发展的预示以及脂批的一些提示,我们仍能了解《红楼梦》后面的大致结局,有些脂批明确提到了后半部的一些故事情节,至于这些情节在后半部是如何穿插安排的却无从知晓,可能每个人对《红楼梦》后半部故事都有自己的认识。正像一些续书一样,虽然对预示的情节把握得比较全面,但续书的内容与前半部相比根本就不是一回事。我们认为在研究《红楼梦》后半部中,仍然要将虚幻的贾府形象和作者梦幻般的真实经历结合在一起,从真假两个方面去体会故事情节。

下面,我们进一步挖掘一下作者的人生背景和思想认识,并推测概述一下《红楼梦》的后半部分故事。

曹頫的人生轨迹与《红楼梦》

《红楼梦》是曹頫写的。可对这一说法,许多人在不了解我们分析判断的基础上,总会一口否认,以为死了的曹頫是不能写《红楼梦》的。的确,死了的曹頫是不能写《红楼梦》的,可这里我们讲的是曹頫实际上没死,他逃避出家后隐居西山著写《红楼梦》。我们请反对者先看明白我们前面说的是怎么回事,再继续看后面的问题。下面我们先一起回顾一下曹頫的实际情况。

在康熙五十四年正月内务府奏文中康熙批曰:"曹頫系朕眼看自幼长成,此子甚可惜。朕所使用之包衣子嗣中,尚无一人如他者。看起来生长的也魁梧,拿起笔来也能写作,是个文武全才之人。他在织造上很谨慎。朕对他曾寄予很大的希望。他的祖、父,先前也很勤劳。"这说明曹頫长得魁梧,身体应该很棒,不是体弱多病的人。"拿起笔来也能写作"是肯定他的写作能力。他的"奏曹寅故后情形摺"写得相当好,是一段长篇,内容也比较详实,用词非常讲究,充分展示了他的写作水平。他后来的奏文都是寥寥数语,时间越后文字越少,甚至有重复应付之嫌,这种情况说明曹頫实际是不愿当差也不会当差。康熙说"他的祖、父,先前也很勤劳",而他"很谨慎",康熙前面的整句话实际有一个潜台词:我本来以为他是很有能力的人,长得魁梧,也能写作,祖上也很勤劳,没想到却是这般干不了事!康熙表达了为何原先看上曹𫖯让他担任织造的原因和后来对他失望的情绪。

曹𫖯在任职期间的行为就像《红楼梦》中的贾宝玉一样,有点才华,但不愿干正事,在三年的时间里他的奏文很少,甚至后来连续几个月都没有奏文。最令人疑惑的是即使他病了也应该有个病情奏文,可却没有一点音讯,直到康熙五十四年初在内务府的奏文里提到曹𫖯去世了。曹𫖯在康熙五十四年神秘地消失了,可神奇的是他的身影却在若干年后的《红楼梦》小说中出现了,而且是作者的自我描述!

下面,我们看一下曹𫖯与《红楼梦》的种种关联。

一、关于曹𫖯生长的家庭情况与《红楼梦》中的生活描写

资料显示曹𫖯大约出生于康熙三十二年。他正赶上曹家最好的时光。他的父亲曹寅在继承曹玺家业和织造职务的基础上,把曹家在江南的事业经营得如日中天。虽然织造只是一个内务府的差事,算不上什么官职,但曹寅作为康熙皇帝的伴读、侍卫,在江南一带自然有显赫的地位。皇帝的伴读不仅仅是类似今天的同学关系,因为皇帝儿时的伴读不会有很多,他们的关系就像小时的玩伴一样。作为皇帝的侍卫也不一般,侍卫通常是由皇帝比较信任的王子和亲近的人担任。除了伴读与侍卫的关系,曹寅与康熙皇帝还有一层关系,就是曹寅的母亲孙氏是康熙皇帝的乳母。从这几层关系可以看出曹寅与康熙皇帝的关系是多么不一般!简直就是兄弟般的关系。还有,以后他们还成了儿女亲家!曹家虽然身份是皇家的家奴,却是不一般的家奴。实际上,曹家已经是皇家大家族的一部分。

织造府在表面上是内务府的采办部门，实际上还是皇帝派出的眼线，从一些清宫档案资料看，曹寅对江南的社会状况和官员情况都暗中留意并及时通报给皇上。对于这种情况地方官员不可能不知，即便不知，单凭曹寅的出身，他们对他也应该另眼看待。凭这种特殊的地位，曹家在江南很容易成为一个令人仰慕的大家族。

曹寅的文学修养很高，也算得上是清朝的一位文学家，他与当时的知识分子多有交往，家中时常高朋满座。这就是为何《红楼梦》中贾政的周围经常有一些清客相公的身影。还有《红楼梦》中的人物经常作诗、猜谜、联对，这是曹家文学氛围的再现。

《红楼梦》中有脂批："作者实因鹡鸰之悲、棠棣之威，故撰此闺阁庭帏之传。""鹡鸰"、"棠棣"皆喻兄弟，以前人们不明白这句话的意思，为何兄弟之间一威一悲呢？周汝昌解释："威"疑为"戚"之误，这是他的曲解。如果你明白了曹寅与康熙那种兄弟般的关系，也就明白了这层含义。曹寅与康熙是这种关系，他的后辈自然也认为是这种关系。

二、关于曹颙的童年与书中的宝玉

根据年龄推断，曹颙是曹寅中年才有的孩子，在曹家自然受到宠爱，有条件享受一种无忧无虑、众星捧月般的生活。曹颙在少年时期，上有祖母也就是曹寅的母亲、孙文成的姑母、康熙的乳母孙氏，有能支撑家业的父亲，还有关心自己的兄嫂。他就如同贾宝玉一样，无忧无虑，什么苦事、难事也不会轮到自己头上。他接受很好的教育，正像《红楼梦》中的大家族有私塾一样，他极可能就是在这样的私塾上学。曹颙的上学经历应该是《红楼梦》第九回中"恋风流情友入家塾，起嫌疑顽童闹学堂"的那种情形，当时他正八九岁，大约是康熙四十一年左右。曹寅是一个修养很高的人，他对孩子的期望肯定是高的，管教子女肯定也是严格的，就像《红楼梦》中的贾政一样。曹颙作为曹寅的小儿子，年龄已高的祖母对他自然非常溺爱，就像《红楼梦》中贾母对宝玉一样。

三、关于曹颙的外围亲戚与《红楼梦》中的四大家族

曹颙的舅舅是任苏州织造的李煦，凭他与曹寅的亲戚关系以及同为织造的联系，他与曹家的交往比较多。这点从档案资料中就能看得出。从《红楼梦》中也可以看到，贾家和王家的交往就比较多，王子腾同样也是贾政的内弟。李煦就是《红楼梦》中描写的王子腾的原型，李家是《红楼梦》四大家族中王家的原型。

曹家还有一门亲戚同为织造，就是曹寅母亲孙氏的孙家侄子孙文成。《红楼梦》中也有这么一门亲戚，是贾母史老太君的本家侄子史鼎。孙文成的孙家是《红楼梦》四大家族中史家的原型。

还有后来曹颙娶妻马氏，我们查到曾经有一个短暂任江宁织造的马桑格，也是包衣之家。在清朝时包衣之间通婚是比较普遍的，说明马氏与马桑格家可能有联系。马家就是《红楼梦》中薛家的原型。

我们看《红楼梦》中的人物关系正是这样，贾母来自史家，王夫人来自王家，贾宝玉后来娶了薛宝钗。从人物对应上看，曹颙也正是贾宝玉的原型。

四、关于曹颙认知的官场以及《红楼梦》中贾雨村的形象

曹寅在江南与地方官员的交往也应该是比较多的，作为织造，一个皇帝的采办，他自然少不了与地方官员打交道，作为皇家的派出机构，他需要打探当地的一些情况，更少不了与地方官员的交往。曹寅的儿子曹颙从小耳闻目睹，肯定受到一些影响，知道一些

官场的负面东西。这也就导致了他讨厌官场、讨厌仕途的情绪。《红楼梦》中的贾宝玉就有这样的情绪。

当然也有例外,比如,曹颙对地方官陈鹏年的认识就比较好。史料记载,康熙皇帝南巡时,驻跸于织造府,见庭前嬉戏的曹颙就问:"知道江南有好官吗?"曹颙回答:"知道,有一个叫陈鹏年的就是好官!"史料还记载,陈鹏年初任江宁知府时遭人诬陷,皇上震怒,曹寅跪地求情,直至额头出血。在曹寅的竭力辩解下,才保陈鹏年无罪。事实证明,陈鹏年确实是一个好官,他后来为朝廷出过不少力,康熙称他为"天下第一能臣"。他死后,雍正皇帝下诏厚葬,并让人专门建了陈鹏年墓。

陈鹏年为官清廉、刚直不阿,但他的仕途比较坎坷。他先任淮安府山阳县令,后升江苏海州知州,又任江宁知府,几次遭两江总督的陷害,多亏曹寅陈情,免去死罪。后来又遭陷害,康熙皇帝无奈只好罢他官职,命他进京修书。后来他出任苏州知府,因不跪见新督,又被罗织罪名,革官囚禁。民众为他呼号奔走。康熙知他不合官场,再次调他进京修书。以后他出任河道总督,以身殉职,死在工地现场。

曹颙对陈鹏年的认知,自然在《红楼梦》中有所反映。《红楼梦》中的贾雨村就是这样一个形象。他先被人诬陷罢官,在贾政的竭力帮助下,补授了金陵应天府,也就是现实的江宁知府。陈鹏年可能就是作者眼中贾雨村的早期原型。在《红楼梦》后来的改写中这个原型的形象发生了变化,成了一个奸雄的形象。

五、曹颙经历康熙南巡的场面与《红楼梦》中的省亲

康熙皇帝一共进行了六次南巡,分别是康熙二十三年、二十八年、三十八年、四十一年、四十四年和康熙四十六年,其中四次驻

跸于江宁织造府。因为织造府隶属于内务府,是皇家的派出机构,所以一切开销理所当然由织造府承担。资料记载,南巡时地方官员也曾准备一些游船等,康熙大都不用,劳役全给恩赏。沿途百姓也曾进贡一些物品,康熙都心领拒绝。这样,留给曹寅接驾的负担相对比较重一些。曹寅作为皇家的包衣,世受皇恩,又委以重任,如今皇帝来江南,他怎么能不尽心尽力,所以曹寅的接驾既隆重又讲排场,尽自己一切能力操办。难怪皇上在康熙四十一年的奏文中批曰:"朕九月二十五日自陆路看河工,去尔等三处,千万不可如前岁伺候。若有违旨者,必从重治罪。"可见皇帝也是感到太过奢侈了。

《红楼梦》中提到江南甄家接驾的情况,"独他家接驾四次","若不是我们亲眼所见,告诉谁谁也是不信的,别讲银子堆成了土泥,凭是世上所有的,没有不是堆山塞海的","不过是拿着皇帝家的银子往皇帝身上使罢了"。这正是反映了曹家接驾的情况。

康熙三十八年的那次南巡是曹寅的首次接驾,也就是以后康熙所说"万不可如前岁伺候"的那次南巡。这次南巡康熙接见了曹寅的母亲孙氏,并说"此吾家老人",御书"萱瑞堂"三个大字以赐。这时的曹颙还是一个小孩子。康熙四十六年最后一次南巡时曹寅曾说:"今年銮舆巡幸,复蒙圣恩有加无已,举家妻孥老幼,尽沾雨露。"表明这次南巡康熙接见了曹家的所有人。康熙皇帝以后还说"曹颙系朕眼看自幼长成",也说明在曹寅的多次接驾中曹颙也多次见到过皇上。以上说明,曹颙是亲身经历过康熙南巡大场面的人。

《红楼梦》中在省亲一回就明确提到南巡,实际上元春省亲的场面就是模仿了康熙南巡的大场面。作为亲身经历者,作者将省亲的场面描写得非常生动。

六、曹颙任职京中时曹寅督建西花园与《红楼梦》中对建造大观园的描写

根据康熙五十一年"内务府总管赫奕奏请查对曹寅修建西花园工程摺"可知,在康熙五十一年之前,曹寅曾奉命在京督建皇家园林西花园。康熙五十一年西花园已经建成,根据皇家园林的建设周期,大约需要三四年的时间,曹寅可能从康熙四十七年就已经着手筹备了。在这段时间内,他需要往返于南京和北京之间。曹颙在这段时间实际上已经在京候差,这样,他就目睹过皇家园林的建设过程。

根据资料我们可以看到西花园的部分建筑情况。

内务府奏曹寅家人呈报修建西花园工程用银摺:康熙五十一年十一月十四日,据曹寅家人陈佐呈称:康熙五十一年五月间,奏大人谕,除原任郎中、现放分司乌罗图奏报者外,尚有查算为尽,遗漏之处著尔明白,写出呈报等语。查我主人修建房屋、挖河等项工程所用银两,除原任郎中、现放分司乌罗图奏报者外,尚有未经奏报之修造房屋四十四房、亭子一座,船九只,及各处所用之雨搭、帘子、铺毡、陈设古董、栽种松竹玉兰、悬幡、八宝佛龛等物,用银四万零一百九十七两九钱三分九厘。又补修就有房屋、河泊岸闸等项,用银一万四千八百四十四两一钱八分。又各处修房之木石砖瓦、青白石灰、柏木钉桩等物,系按时价购买,今依销算定价核算,计少算银二万二千八百四十二两九钱三分。以上共银七万七千八百八十五两零四分九厘。修建所用物品细数,开列于后:修建亭子一座,用银三千九百八十四两零二分二厘,六郎庄真武庙、配殿六间,和尚住房八间,用银一千四百三十五两二钱;在六郎庄修造园户住房三十间,用银一千两;圣化寺造船九只,连同船桅、蓬

子、纤绳，用银三千零四十一两一钱，（中略）拆颉芳殿用匠及将拆下物品运至西花园，共用银一千八百八十二两三钱，买春夏悬挂之雨搭、帘子，用银八千八百二十四两六钱八分，（中略）圣化寺悬挂绣花大扬幡一对，（中略）永宁观悬挂七星旗一个，共用银八百三十四两六钱；（中略）花园内之圣化寺等处修缮增用之木石砖瓦，（中略）及补修闸门、泊岸所用物料、工匠银共一万四千八百四十四两一钱八分，（中略）买羊角灯及修补旧灯，用银一千零九十五两，圣化寺用八宝六份，（中略）修房木价少算银三千七百二十五两八钱，山石、汉白玉、青白石、虎皮石之价钱，少算银一千八百三十五两二钱；（中略）多用的柏木桩子，价银五千六百五十二两七钱九分。为此谨呈。

上面提到的几处地名像六郎庄、圣化寺、永宁观等，位于现在的北京海淀区，这里曾经是皇家的园林区。清朝在这里相继建有畅春园、静明园、圆明园、西花园等多座规模巨大的皇家御园，以及圣化寺、泉宗庙等寺院行宫。

由于清代皇帝大力提倡农业，在这一片还开辟了大面积的稻田，形成了园林与江南水乡景色融为一体的景观。乾隆皇帝曾有诗句形容这里的景色："十里稻畦秋早熟，分明画里小江南。"从这里我们也就不难理解，为何让身为江南织造的曹寅去修西花园了。另外根据记载，康熙五十三年，在青龙桥、六郎庄各设官场一处，周围是官种稻田。每年皇帝都要在这里举行亲耕仪式。

曹颙在北京内务府候任期间，正是曹寅修建西花园的这段时期。在《红楼梦》中就有一回"大观园试才题封额，荣国府归省庆元宵"，讲述贾宝玉随父参观建造大观园的情况，应该是现实中曹寅父子在北京建西花园时的情景再现。《红楼梦》中的一些寺庵可能就是以圣化寺、皇宗庙、永宁观为原型描写的。曹寅修建西花园的工作经历增长了曹頫的见识,而这些见识是描写大观园的基础。

七、曹頫在内务府的经历见识与《红楼梦》中繁华生活的描写

曹頫在继任其父曹寅织造职务之前,一直在北京内务府当差,因而对宫廷的饮食起居比较了解。看到的加上听到的自然能积累不少生活素材,所以他有能力将富贵之极的贾府生活描写得具体生动。还有,曹頫作为织造后人,自然对一些织造布匹、衣物的款型样式了如指掌,况且他在宫中能亲眼见到活生生的宫中人物,所以才把《红楼梦》中人物的穿着打扮描写得具体生动。

《红楼梦》在前面就说,贾宝玉的前身是一位赤瑕宫的神瑛侍者,侍者就是赤瑕宫的服务人员,而林黛玉原本是宫边灵河岸上的一株绛珠草。曹頫在宫中内务府供职与赤瑕宫的神瑛侍者在身份上是相似的。结合神瑛侍者的这段故事,曹頫是否在宫内任职时有一段爱情故事?不能否认有这种可能性。因为曹頫当时正值青春期,凭他少时在曹家优越的条件下养成的性格,难免做一些出格的事,比如结交、接济周围的少女等。林黛玉是否就是他依照接济过的人塑造出来的呢?

还有,在宫中自然也会听到一些秘事传闻,宫中女人多,肯定少不了这方面的故事。这些故事自然也会成为《红楼梦》故事的绝好素材,《红楼梦》中就描写了许多风流故事,像王熙凤戏贾瑞、尤氏姊妹的故事、贾琏与多姑娘、贾珍与秦可卿等。

八、曹頫所处的时代背景与《红楼梦》中的末世情节

曹頫继任织造后,虽然家族生活依旧,可曹寅在世时因为接驾

留下了巨大的亏空，曹頫是顶着巨大的亏空任职的。曹家在曹寅时代达到鼎盛，也是在曹寅时代开始走下坡路。曹頫不能像他的前辈一样，安于职守，他的任职压力相对来说是非常大的，所以他才会感到是"生于末世运偏消"，最终体会到自己是"无才补天"。

《红楼梦》中有一个"末世"情节，就是作者感到家族正处在繁华的最后阶段。实际上，曹頫接任父职的时候曹家正处于"末世"时期。"末世"本身是一个过程，就是曹家走下坡路的时期。有人认为末世是曹家被抄的时期，那是曹家危机的最后结局，是"终了"而不是"末世"。

曹寅在世时经常讲到一句话，"树倒猢狲散"，就是表示靠山倒了，一切就都没有了。《红楼梦》中有一句脂批说："树倒猢狲散之语，今犹在耳，屈指三十五年矣。"作为能亲自聆听到曹寅这句话的作者和批者，对这一教导应该存有清醒的认识。曹頫任职所处的时代是在康熙晚年，俗话说，一朝天子一朝臣，作为曹家靠山的康熙眼看就要老去，曹家的亏空还没有补上，在这样的情况下，曹頫难免产生末世的想法。实际情况也是这样，康熙在私下也是一再嘱咐，变着法儿地让曹家补上亏空，先是让李煦任盐差代补，后来换其他人代补。这时的曹家表面繁荣，实际已经危机重重。

康熙去世后，整个社会普遍存在着亏空问题，康熙盛世的表面繁华实在维持不下去了。雍正皇帝就不得不采取有别于康熙皇帝的做法，在全国倡导节俭之风，对亏空者严厉追讨法办，制定紧缩节俭的政策。这样一来，康熙时代与雍正时代就呈现出完全不同的两种社会景象。雍正朝时，官员纷纷穿上旧官服，有时为置办一件旧官服可能要花比新官服还要多的钱，这就是当时的社会现象。作者在创作《红楼梦》的时候，回过头来看康熙晚年时期，分明就是繁华的末世。

还原曹颙假死出家和创作 《红楼梦》的过程

曹颙在不到二十岁的时候,父亲曹寅就因病去世了,他不得不接任了父亲的职务——内务府江宁织造。江宁织造相当于正五品职位,职位虽说不高,可对一个涉世未深的孩子来说,担当确实有些困难。织造这个职位还很特殊,除了作为采办以外,还是皇上派出的情报机关,既为皇家采办物资,督办织造,还要时时留意当地的社会情况,随时报告皇上。曹颙一下子承担这么个职位,肯定是力不从心。上任之初,他还遇到一个非常大的问题,就是父亲因康熙南巡接驾太卖力,留下了巨大的亏空。对于如何弥补亏空,曹颙不知如何是好,于是皇上让他的舅舅李煦代为弥补。

为了替曹家弥补上亏空,李煦上报康熙皇帝申请了特殊的政策,代理盐差一年,用盐差的收入补上曹寅的亏空。一年后,李煦根据曹颙的统计补上了银两,辞了盐差,并上报了康熙皇帝。康熙皇帝很高兴,总算是解决了曹寅的遗留问题。可是后来经过一番核算,发现出问题了,原来曹颙把账目搞错了,依然还存有很大的亏空。这让李煦如何向康熙皇帝交代？曹颙自然少不了受舅舅的埋怨。无奈之下，李煦只能再奏皇上，申请再加一年盐差继续弥补亏空。皇上对李煦很不满意，没有同意李煦的申请，而是让李陈常代为弥补。这期间，曹颙将账目搞得很混乱是显而易见的，因为直到康熙五十四年曹頫继任织造后，李煦还说："奴才回南时，当亲至江宁，与曹頫将织造衙门账目，彻底查清，补完亏空。"

账目混乱，自己又理不清，另一方面，当地的社会状况也需要他去了解，这对他来说难度不小，日子肯定不好过。他是多么想卸下这副担子。应付不了就会灰心，灰心了肯定就干不好工作。此后他索性很少给皇上写奏文了，反倒是康熙皇帝一再索要。到了这种局面，工作也就实在干不下去了。本来皇上和李煦舅舅都是他的靠山，如今搞得都不满意。另外他还处在当地的官场环境中，肯定能感受到官场的险恶。当时官场的情况到底是怎样的？以前康熙皇帝曾经对曹寅说过："两淮情弊多端，亏空甚多，必要设法补完，任内无事方好，不可疏忽，千万小心，小心，小心，小心！"曹寅也曾对康熙说"两淮事务重大，日夜悚惧，恐成病废，急欲将钱粮清楚，脱离此地"。连曹寅都曾想脱离此地，何况曹颙这么一个孩子，他更想早日脱离。

一日，曹颙在不堪忍受的情况下，离家出走了，就像《红楼梦》中后来的贾宝玉一样"悬崖撒手"了，如甄士隐走时所说"一转眼登彼岸，烦恼皆无"。曹颙一出走，任内的许多事情都办不了，曹家人很是着急。怎么向皇帝交代呢，逃避皇差比补不上亏空可严重多了。曹家找到李煦来商量对策。如果照实上报，那肯定就是治罪法办，曹家就此家破人亡，作为曹家监护人的李煦也难逃罪责。如果明文上报，就是皇帝想保也保不住了。办法只有一个，就是报个暴病身亡，这样即使皇帝心知肚明也乐见其结果，顺水推舟也就过去了。于是就有了曹颙死亡的奏文。

康熙皇帝本来就对曹颙怠于职守很不高兴,不知如何处置。一来是自己定的让曹颙继任织造,也是难为了孩子;二来这时换人恐怕也会影响曹家的生活。正在不知如何处理的时候,李煦的奏文到了,说曹颙死了!康熙猜到其中肯定有问题,但康熙是什么人?他不会办那种让自己尴尬的傻事,正好顺水推舟。他没有让其他人接替曹家的职务,那样会让曹家的事情败露,他让曹荃的儿子过继给曹寅妻继续接任织造。这种超乎寻常的安排实际是掩饰他心中的不安,还能安抚曹李两家人,淡化人们对曹颙之死的猜忌。

曹寅之妻在接到这个消息后,大喜过望,一个妇道人家亲自坐上马车,要到康熙皇帝那里去谢恩。李煦怕事情败露赶紧制止了她,把她从赶往京城的路上劝回。

曹颙出家后,经过一段时间的冷静,对自己的行为后悔不已,认识到自己的冒失举动险些造成家族的毁灭。经过这番经历,他产生了很深的负罪感。他感到自己无才无德,正像《红楼梦》中描述的那块"无才补天"的石头一样。此时,曹頫已经继任织造,自己被判"死亡",他有家不能回,只能隐姓埋名地过着隐居的生活。

时间已久,曹颙想想自己小时那段富贵繁华的经历,再想想如今茅椽蓬牖、瓦灶绳床,感慨良多,就产生了写书追忆自己往事的冲动。他很想对别人说我就是原来的织造曹颙,可这又是万万不能的,所以他只能把自己的经历隐写在故事中。在书的开始,他说得明白:"自欲将已往所赖,上赖天恩、下承祖德,锦衣纨绔之时、饫甘餍美之日,背父母教育之恩、负师兄规训之德,以致今日一事无成、半生潦倒之罪,编述一集,以告普天下人。"曹颙回忆了自己少时不知上进、终日沉湎于闺中的纨绔子弟的生活,最后写他逃避出家的负罪经历,就是书中的"悬崖撒手"。他写《红楼梦》的初衷应该是通过展现繁华与贫穷两种生活的强烈对比来感悟人生。曹頫虽然没有干好织造之职，但他却是一个写作的能手，又因为他见识过那些繁华生活，所以写起来得心应手。

后来，康熙皇帝去世了，一个时代结束了，曹家的好日子也就结束了。到了雍正年间，雍正皇帝大力追缴亏空，特别是对三处织造的看法非常不好。到了雍正五年将他们分别罢官或抄家。在外隐居的曹頫也知道了家中发生的一切。实际上，隐居的曹頫仍然在曹家的暗暗关照下生活。曹家调京治罪后，曹家人迁居北京生活，曹頫也来到北京的西郊继续他的隐居生活。这时候他更不能说出自己原先的经历，曹家的保护者康熙皇帝早已去世，一旦追究起来，曹家的生活就会雪上加霜，所以西山的曹頫就成了一位经历模糊的人。人们只知道他是曹寅的后人，但不清楚具体是谁，他另有一个名字叫曹雪芹。

这期间，他接触到皇室子弟敦诚、敦敏兄弟俩。敦诚、敦敏的家族同样是雍正皇帝的迫害对象。通过交往沟通，曹頫对上层统治有了新的认识。在曹頫的心中雍正肯定是一个恶形象。此刻，他多么想让雍正皇帝认识到自身的问题，再这么闹下去，大清就要败亡了。

他感到自己家族的败落不正代表了社会的败落趋势吗？用这个故事正好可以隐喻社会！于是，他把自己的故事改作了"贾府"的故事，并把故事中反映自身生活的部分，落脚于"甄家"。这样，在"甄家"之上，有一个"贾家"，"贾家"之上还有故事中的皇家。表面上看，"贾家"避开了与皇家的是非关系，但实际上，这个"贾家"却体现了一些皇宫的形象，起到了影射的作用。

他在内务府任过职，对皇宫的生活有一定的认识，具备这样的改写基础。他把故事搬到了京中，家族成了宁荣两府，两处府邸的建筑规模把大半条街都占了。东面是宁府,进入有九重大门,后面有后花园,西面是荣府,以后又在两府的西面建了大观园。这种布局就是皇宫和皇家园林的缩影。改写后的这个家族作者名曰"贾府",就是表示这是一个"虚假"的影像,并不是真正的皇宫生活。这样,曹家的家族败落史就变成了预示皇家败落的警示书,《红楼梦》成了一书两面。

故事的改写是一个不断夸大规模的过程,增添了许多人物形象。

改写中作者把贾赦搬到贾府,这样就出现了老大住偏房的现象。把贾敬、贾珍、贾蓉放在宁府,故事的原始家族就变成了宁荣二府,这样规模就大了。一些原本外层的人物成了家族的主要人物,贾珍成了有象征意义的族长。贾珍是珍大爷,贾琏就变成了琏二爷,王熙凤也就成了琏二奶奶。宝玉作为小说的主人公,称呼不好改,依然保留着原来宝二爷的称呼。

根据曹頫对皇宫生活的了解,他把大量的人物形象加到故事中,像苍头、账房、戏班、众多的嬷嬷奶妈、各类的杂役等。薛家后来又来了薛宝琴,邢家来了邢岫烟,李纨家来了李纹、李琦,尤家来了尤二姐、尤三姐,形成一个千红万艳的阵势。

在对人物形象的扩充描写上,主要人物也在不断地进行分身。《红楼梦》中脂批说:"钗玉名虽两个,人却一身,此幻笔也。今书至三十八回时已过三分之一有余,故写是回使二人合而为一。请看黛玉逝后宝钗之文字便知余言不谬矣。"可知林黛玉和薛宝钗是由一个现实人物分化出来的。书中林黛玉进荣国府,紧跟着薛宝钗也住进了贾家,说明她们是由现实中一个人物原型分化出来的。从《红楼梦》中我们还能看到,在人物的性格特征上,晴雯就是如黛玉一类的人物,袭人就是如宝钗一类的人物,晴雯和袭人就是模仿黛玉和宝钗的形象分化塑造出来的。

还有，曹頫生活中是有兄嫂的，只是在他没长大时兄长就去世了。《红楼梦》中的王熙凤和李纨就是他嫂子的不同阶段的形象。小时候嫂子对他亲近关爱，也像书中的王熙凤一样主持家务。后来嫂子寡居，受到失去丈夫的打击，就成了书中李纨的样子。李纨的形象应该就是王熙凤后来的结局，是心如死灰万事"休"。王熙凤太虚幻境中的判词是：一从二令三人木。判词中的三个字从、令、休是她人生的三个阶段，一是出嫁到贾府；二是当家施号令；三是心灰意冷。

经过这番改写，原来的故事就变成了虚幻的贾府故事。我们读《红楼梦》时一直有这样一个感觉，就是看具体人物故事感到是曹家的江南生活，而看到家族规模、场景描写才感到这是一个有别于曹家而类似于皇室的故事。这其实就是改写的结果。

另外，在故事中还加上了一些附属人物形象，像刘姥姥、焦大、奶妈等，他们从一个侧面反映了曹家现实中各个时期的情况。《红楼梦》里还加进一些故事中的故事，并借用书中人物的对话和诗词等揭示一些社会现象和人生哲理。《红楼梦》成为一部复杂的政治小说。

红楼梦后面故事的线索分析

《红楼梦》后半部到底是什么样子?这是许多人关心的问题。从故事前面的一些暗示和脂批的提示,我们隐约能知道故事的发展趋势,就是家族消亡、人员散尽,结局悲惨。

现在流行的一百二十回的高鹗版本却不是这样,家族不仅没有彻底消亡,以后又家道复兴、兰桂齐芳,人物的命运安排与前面的预示明显不符。高鹗续书是有意识地把贾(假)化成甄(真)去描写,把前半部规模宏大的带有针砭意味的贾家故事,变成了类似于作者生平的爱情故事,把书中含有的幽愤不平的情结转换成了安分忠孝的思想。

现在一些红学家在谈论《红楼梦》后面的内容时,依然是依故事讲故事,甚至把《红楼梦》前面的贾(假)家故事认作是作者的真故事,自然认识不清后面的故事。比如周汝昌因为看到脂砚斋的批语有女性的味道,就认定脂砚是书中的史湘云,进而考证曹雪芹最终与类似史湘云的女子结了婚。可见,他把《红楼梦》完全看作作者的生活日记了。既然说到这里,我们就先从史湘云开始分析一下她后面的故事。

一、关于史湘云后面的故事线索

在书的前面史湘云是一个直率娇憨的女子形象,《红楼梦》中形容她"蜂腰猿臂、鹤势螂形",她做事不大瞻前顾后,也不太注重形象。她曾经喝醉酒躺在青石板上睡大觉,又曾女扮男装,打扮成小子模样,还要生吃鹿肉。她有自己鲜明的特色,但不是唯美的女人形象。这与贾宝玉认为的"女儿是水做的骨肉"是有差别的。贾宝玉与史湘云可以是儿时的玩伴,双方之间不可能有爱情。《红楼梦》中无论是金玉良缘还是木石前盟都与史湘云扯不上边。

依照周汝昌所说,因为史湘云身上一直佩戴有一个金麒麟,宝玉也曾获得过一个金麒麟,《红楼梦》中有"因麒麟伏白首双星"之说,所以最后宝玉娶了湘云。周老推断史湘云先嫁于卫若兰,婚后史湘云将那个金麒麟给了卫若兰,所以后来射圃时卫若兰佩有金麒麟。宝玉与宝钗结婚后,宝钗早卒,湘云再嫁于宝玉,正好是一对金麒麟,这是周汝昌的观点。

其实,周老是没有看明白,卫若兰所佩金麒麟正是原来宝玉手上的那个。在第三十一回"撕扇子作千金一笑,因麒麟伏白首双星"中有一段描写,说湘云与翠缕正在玩耍,捡到一个比自己佩戴的还大的金麒麟,原来是宝玉丢的那个。后有脂批:后数十回若兰在射圃所佩之麒麟正此麒麟也。提纲伏于此回中,所谓草蛇灰线在千里之外。脂批说明卫若兰的那个金麒麟正是宝玉的那个,不是史湘云的。宝玉手中的这个金麒麟后来到了卫若兰那里,真正各自佩戴金麒麟的是卫若兰和史湘云两人,"伏白首双星"明确是指他们两位。关于宝玉这只麒麟的来历,书中讲得不清楚,只是说张道士献给贾府一些器物,宝玉从中挑出一个金麒麟。至于又是如何到了卫若兰的手里,前半部没有写出,反正在后面射圃时到了卫若兰的手上。这与蒋玉菡的汗巾赠给宝玉后,宝玉又转给袭人是一样的。一条汗巾把袭人与蒋玉菡联系到一起,两人最后结合了。宝玉只是一个中间人,或者是牵线人,汗巾如此,金麒麟也是如此。

周老说的宝钗早卒,湘云后来又嫁给宝玉,同样也是不成立的。因为宝玉出家以后,宝钗仍在。第二十回有脂批:"若他人得宝钗之妻、麝月之婢,岂能弃而为僧哉?"可见宝钗未死,是守了活寡。宝玉连宝钗都不要了,他还能再娶湘云?可知周老之说甚谬!

我们看一下史湘云的判词:

富贵又何为?襁褓之间父母违。

展眼吊斜晖,湘江水逝楚云飞。

判词的意思比较笼统,就是说她出身富贵,从小失去父母,命比较苦,经过一段不长的时光,富贵就如同水逝云飞,一切化为乌有了。太虚幻境的《红楼梦曲》中还有一段"乐中悲",对湘云以后的情况表述得稍微多一点。

襁褓中,父母叹双亡。纵居那绮罗丛,谁知娇养?幸生来,英豪阔大宽宏量,从未将儿女私情,略萦心上。好一似,霁月光风耀玉堂。厮配得才貌仙郎,博得个地久天长,准折得幼年时坎坷形状。终久是云散高唐,水涸湘江。这是尘寰中消长数应当,何必枉悲伤!

这里提到她的婚姻状况,她嫁了一个才貌仙郎,本以为有了终生的依靠,没想到劳燕分飞,一切不再。"云散高唐"就是表达婚姻结束的意思,这才是史湘云的结局。在第一回的《好了歌》中还有一句话夹有脂批涉及史湘云:说什么脂正浓,粉正香,如何两鬓又成霜?侧批:宝钗、湘云一干人。说明湘云和宝钗都是老死以终,没有宝钗死后湘云再嫁给宝玉的情况。"云散高唐"和"伏白首双星"这两句看似矛盾的表述,实际是说卫若兰和史湘云虽白头到老却劳燕分飞、身居两地。宝玉与宝钗也应是这样的情况,都是两边独守,老死以终。

二、关于林黛玉和薛宝钗后面的故事线索

高鹗续书是把林黛玉之死与薛宝钗出嫁放在一起进行的,高鹗把宝玉结婚设计成一个调包计。宝玉原来想娶的是林妹妹,因为贾母看黛玉身子弱,不看好她,众人出计,把薛宝钗打扮成黛玉与宝玉拜堂成亲,为宝玉冲喜治病,结果,贾宝玉的病不仅没治好,反而更加严重,被抛弃后的林黛玉也因伤感而去世。这样的结局显然不符合前面的情节设置,即便贾母不看好林黛玉,也不至于这么狠心地抛弃打击她,黛玉是她唯一的外孙女,也是她的心肝宝贝。

在书的前面,钗黛二人在与宝玉的感情上没有大的冲突和对立矛盾,况且宝玉对她们二人都是深爱的,并没有只爱黛玉排斥宝钗的情况,只是存在一个优先的问题,所以调包计是违背故事中人物感情发展的。

在第十八回中有一段具体的描写:宝玉要看宝钗腕上笼着的红麝串子,因宝钗生得肌肤丰泽,宝玉看见雪白的酥臂,暗恨不能摸,不免看得忘情。这里脂批就说:"宝玉忘情露于宝钗,是后回累累忘情之引。"在第二十五回中还有批语:"妙极!凡宝玉、宝钗正闲相遇时,非黛玉来,即湘云来,是恐泄漏文章之精华也。若不如此,则宝玉久坐忘情,必被宝卿见弃,杜绝后文成其夫妇时无可谈旧之情,有何趣味哉?"此批说明宝钗宝玉二人婚后感情还算美满,后文还有情意融融谈情说旧的情节。其实,宝钗同黛玉一样都非常关爱宝玉,只是方式不同,这点宝玉应该是明白的。整部书并没有像一些人说的,宝玉与宝钗有思想冲突,所以存在爱情冲突,

宝玉最后抛弃了宝钗，起码从前面的脂批来看应该不是这样。至于最后为何宝玉弃宝钗而去，是有其他原因的，正像我们前面分析曹頫的情况一样，是个人承受不了巨大压力的被动结果。说到宝玉与宝钗的结局，有脂批说："若他人得宝钗之妻、麝月之婢，岂能弃而为僧哉？此宝玉一生偏僻处。"这句话从另一个侧面说明两人的婚后生活还是让人羡慕的。

在第五回中警幻仙子就对宝玉说："再将吾妹一人乳名兼美，许配与你。"脂批："妙，盖指薛林而言。"兼美就是兼薛林二人之美。在第四十二回中还有批语："钗玉名虽两个，人却一身，此幻笔也。今书至三十八回时已过三分之一有余，故写是回使二人合而为一。请看黛玉逝后宝钗之文字便知余言不谬矣。"

从这里看出黛玉和宝钗是一种顺应关系，黛玉去世、宝钗结婚这两件事是故事的自然发展，应该不相矛盾。应该林黛玉病逝在前，薛宝钗结婚在后。黛玉逝后，宝钗在一定程度上填补了宝玉情感上的空缺。宝玉虽然不能与林黛玉结合，但也不能说他与薛宝钗的结合就是勉强。"都道是金玉良缘，俺只念木石前盟"，这貌似是一种取舍，实际是一种比较。这句话更多的是暗示了贾宝玉不爱富贵、一心出家的心愿。

关于林黛玉的死，其实在晴雯死时就埋下了伏笔。第七十九回中有脂批："观此知虽诔晴雯，而又实诔黛玉也。"可见晴雯去后不久黛玉就要病逝了，书中描写晴雯的病死，就是黛玉之死的预演。晴雯是被迫离开大观园后去世的，她无依无靠，最终病死。黛玉之死是《红楼梦》中重要的故事情节，前面晴雯之死和黛玉葬花的情节就是为黛玉之死进行的铺垫。

黛玉去世的主要原因是生病，她死的形式是怎样的呢？有人根据"玉带林中挂"推测黛玉是上吊而死。有人根据"寒塘渡鹤影"

推测她是沉塘而死。这些都是片面的、牵强附会的望文生义，如果这样塑造林黛玉的结局，是极大地玷污了这个人物的纯洁形象。她的结局应该是什么样子才符合她的艺术形象呢？从书中对这个人物的整体描写来看，林黛玉的逝去应该像历史传说中的貂蝉、西施一样，悄无声息地消失了，给人留下美好的想象。

这样，黛玉逝去，宝玉再娶宝钗，故事才顺理成章。

事实上，林黛玉死前与贾宝玉的情感没有大的波澜，林黛玉的结局应该是主动舍弃，成全宝玉和宝钗！因为病体缠身的林黛玉对贾宝玉来说是一个负担，这是明摆在整个贾府面前的一个现实难题，贾母不好解决，王熙凤也不好解决，贾宝玉自己更加不好解决，只有林黛玉自己去解决。林黛玉主动离开了，她的形象才更加完美！

林黛玉和薛宝钗在太虚幻境的判词是"可怜停机德，堪叹咏絮才"，"停机德"是一个关于乐羊子妻的典故，因为乐羊子学业无成回家，其妻割断自己织的布，以此来规劝乐羊子。原来人们认为"停机德"是指薛宝钗，说明她的贤惠，我们看"停机德"不仅展示的是贤惠，更有一种牺牲自己的精神。结合上面的判断，我们认为这种精神体现在黛玉身上更合适。判词将钗黛两人结合在一起，是说明她们有共同的东西，她们是"两位一体"的，都比较贤惠聪明。

《红楼梦》中经常提到《西厢记》和《牡丹亭》的一些内容，不可否认《红楼梦》的创作也会受到这两部著作的影响。《西厢记》描写了张生和崔莺莺的爱情故事，而《牡丹亭》描写了杜丽娘因思念柳梦梅抑郁而死，后来还魂与柳梦梅结合的故事。书中写有《离魂》这出戏，其故事就出自《牡丹亭》。脂批在这里提示，《离魂》"伏黛玉之死"，就是说黛玉的死就像杜丽娘一样。她虽然死了，但是她与宝玉的那份感情却一直留在宝玉的心中。我们认为林黛玉在书的后面一定还有一个还魂的情节。

三、关于贾宝玉后面的故事线索

贾宝玉的出家结局是比较清楚的，不仅故事中有预示，脂批同样说得比较清楚。在第二十回中有一段批语：

茜雪至"狱神庙"方呈正文。袭人正文标目曰"花袭人有始有终"，余只见有一次誊清时，与"狱神庙慰宝玉"等五六稿，被借阅者迷失，叹叹！丁亥夏。畸笏叟。

此意却好，但袭卿辈不应如此弃也。宝玉之情，今古无人可比，固矣。然宝玉有情极之毒，亦世人莫忍为者，看至后半部则洞明矣。此是宝玉三大病也。宝玉有此世人莫忍为之毒，故后文方有"悬崖撒手"一回。若他人得宝钗之妻、麝月之婢，岂能弃而为僧哉？此宝玉一生偏僻处。

宝玉出家后，他的故事并没有结束。第十九回中有脂批：补明宝玉自幼何等娇贵，以此一句留与下部后数十回"寒冬噎酸齑，雪夜围破毡"等处对看，可为后生过分之戒。叹叹！第二十六回中还有脂批："狱神庙"红玉、茜雪一大回文字惜迷失无稿。叹叹！丁亥夏。畸笏叟。从这两处脂批看，宝玉出家后过了一段艰难清苦的生活。结合第一回中《好了歌》中的批语：展眼乞丐人皆谤【甄玉、贾玉一干人】，说明宝玉这段清苦的生活是乞讨生活。

在第十八回中还有脂批涉及《红楼梦》最后章回：是处引十二钗总未的确，皆系漫拟也。至回末警幻情榜方知正、副、再副及三四副芳讳。壬午季春。畸笏。十九回也有脂批提到最后章回：余阅此书，亦爱其文字耳，实亦不能评出此二人终是何等人物。后观《情榜》评曰宝玉情不情，黛玉情情，此二评自在评痴之上，亦属囫囵不解，妙甚！说明在《红楼梦》的后面有"情榜"归结《红楼梦》中人物命运的情况。在情榜中宝玉就是"情不情"，黛玉是"情情"。

四、关于迎春后面的故事线索

迎春出嫁是前半部就有的内容，但迎春的结局却不像续书中的样子。贾府在败落之前，孙家摧残迎春是不合理的。贾府败落后，她的情况才会急转直下，她的惨状是烘托贾府结局的。

迎春的判词："子系中山狼，得志便猖狂。金闺花柳质，一载赴黄粱。"

《红楼梦曲》中唱道："中山狼，无情兽，全不念当日根由。一味的骄奢淫荡贪欢媾。觑着那，侯门艳质同蒲柳；作践的，公府千金似下流。叹芳魂艳魄，一载荡悠悠。"

迎春受孙家的折磨摧残，这点是比较清楚的，她的结局极可能是被孙家卖掉为娼，迎春因不堪忍受屈辱最后自尽。因为《好了歌》中有一句："择膏粱，谁承望流落在烟花巷！"以往人们认为是指巧姐，可仔细想一下，败落前巧姐还是个小孩子，如何为她择膏粱。还有巧姐是"偶因济刘氏，巧得遇恩人"，是一个幸运的形象，如果流落到烟花巷还怎么称得上幸运。

择膏粱，实际还是指迎春。《红楼梦》中说："原来贾赦已将迎春许与孙家了。这孙家乃是大同府人氏，祖上系军官出身，乃当日宁荣府中之门生，算来亦系世交。如今孙家只有一人在京，现袭指挥之职，此人名唤孙绍祖，生得相貌魁梧，体格健壮，弓马娴熟，应酬权变，年纪未满三十，且又家资饶富，现在兵部候缺题升。因未有室，贾赦见是世交之孙，且人品家当都相称合，遂青目择为东床娇婿。"贾赦原以为给迎春找到一位一表人才的如意郎君，哪想到他却是中山狼般的人物。孙绍祖待迎春"如蒲柳"、"似下流",最终把她卖到烟花巷。书中迎春曾哭诉说:"又说老爷曾收着他五千银子,不该使了他的。如今他来要了两三次不得,他便指着我的脸说道:'你别和我充夫人娘子,你老子使了我五千银子,把你准折卖给我的。'"这就是伏笔。孙家认为娶迎春是抵贾赦的账,所以日后才把迎春卖了。

五、关于探春后面的故事线索

探春在太虚幻境中的描写是:"画着两人放风筝,一片大海,一只大船,船中有一女子掩面泣涕之状。也有四句写云:才自精明志自高,生于末世运偏消。清明涕送江边望,千里东风一梦遥。"这里看不出具体的意思,结合书中的其他描写我们就明白是怎么回事了。在第六十三回中有占花儿名一段:

探春笑道:"我还不知得个什么呢。"伸手擎了一根出来,自己一瞧,便掷在地下,红了脸,……众人看上面是一枝杏花,那红字写着"瑶池仙品"四字,诗云:日边红杏倚云栽。注云:得此签者,必得贵婿,大家恭贺一杯,共同饮一杯。众人道:"我们家已有了个王妃,难道你也是王妃不成。大喜,大喜。"

这段描写预示探春也是一位王妃。还有元春的判词涉及探春,元春的判词有"三春争及初春景,虎兕相逢大梦归"。这里"三春"就是指三小姐探春,初春是指大小姐元春,是说三小姐探春像元春一样风光地成为王妃的时候,元春的生命就快结束了。

"画着两人放风筝,一片大海,一只大船"预示探春远去之意,既然有海又坐船出去,那就表明是远走海外。远去就像是放飞的风筝一样,断了线就再回不来了。在第七十回还有一段探春放风筝的情节,与画上的放风筝是有相互联系的:

探春正要剪自己的凤凰，见天上也有一个凤凰，因道："这也不知是谁家的。"众人皆笑说："且别剪你的，看他倒像要来绞的样儿。"说着，只见那凤凰渐逼近来，遂与这凤凰绞在一处。众人方要往下收线，那一家也要收线，正不开交，又见一个门扇大的玲珑喜字带响鞭，在半天如钟鸣一般，也逼近来。众人笑道："这一个也来绞了。且别收，让他三个绞在一处倒有趣呢。"说着，那喜字果然与这两个凤凰绞在一处。三下齐收乱顿，谁知线都断了，那三个风筝飘飘摇摇都去了。

探春自己的凤凰风筝与不知从哪来的风筝绞在一起，预示了探春的姻缘，结合前面的暗示说明探春就是远嫁。

六、关于贾宝玉丢玉的线索

书中有一个贾宝玉丢玉、甄宝玉送玉、凤姐拾玉的故事情节。到底贾宝玉的玉是如何丢的呢？我们看第八回有一段：袭人伸手从他项下摘下那通灵玉来，用自己的手帕包好，塞在褥下，次日戴时便冰不着脖子。这里有脂批提示：交待清楚，塞玉一段，又为误窃一回伏线。说明后面贾宝玉的玉是被人拿走了，拿玉的人可能不知道拿走的是宝玉的命根子，所以是误窃。

在宝玉屋里拿东西的人可能是宝玉的丫头们，但宝玉的丫头像袭人、麝月等都不可能偷东西。

最有可能的是王夫人的丫环彩云。彩云与贾环比较要好，这两人都是不太光彩的形象。贾环曾为她从芳官那里讨要些蔷薇硝来，哪想彩云打开一看是一些茉莉粉，气得赵姨娘找芳官算账。后来，彩云禁不住赵姨娘的再三央求，从王夫人那里偷拿了玫瑰露给贾环。因为王夫人不在家，是玉钏儿和彩云管事，玉钏儿发现少了东西，去问彩云，彩云死活不承认，闹得合府尽知，成了一段玫瑰露公案。后来为平息事件，也是为顾及探春的面子，不至于把赵姨娘扯出来，宝玉出来承担了责任。正因为宝玉替彩云担责，所以引起了贾环对彩云的怀疑和误解，气得彩云大哭，把东西全扔到河里去了。从彩云与贾环的这段感情纠葛来看，彩云还是喜欢贾环的。可能的情况是王夫人打发彩云到宝玉那里看望宝玉，彩云偷拿宝玉的东西想给贾环，后来才知是宝玉的玉石，慌得不知如何处理，赵姨娘一心想害宝玉，便把玉扔到人们找不到的地方。

七、关于贾环后面的结局

在第七十五回"赏中秋新词得佳谶"中已经预示贾环后来袭世职。后半部中贾环很可能与彩云结合在一起。我们推测，在宝玉出家以后，王夫人把彩云许配给贾环。贾环最终讨得王夫人的欢心，顺利接替了宝玉的位置，赵姨娘的阴谋终于得逞。

八、关于巧姐和板儿后面的故事线索

巧姐在太虚幻境中的判词是"势败休云贵，家亡莫论亲。偶因济刘氏，巧得遇恩人"，画面是一座荒村野店，有一美人在那里纺绩。从这里判断，巧姐在家族败落后被刘姥姥所救，最后做了一名村妇。《红楼梦曲》还有一段《留余庆》："留余庆，留余庆，忽遇恩人；幸娘亲，幸娘亲，积得阴功。劝人生，济困扶穷，休似俺那爱银钱忘骨肉的狠舅奸兄！正是乘除加减，上有苍穹。"从这里可以看出巧姐即便是做了一名村妇也还是幸运的，其他人的命运应该更惨！巧姐的这种命运展示了一种因果关系，突出了刘姥姥知恩善报的正面形象。这个结局的用意是奉劝人们行善积德，广积善缘。《红楼梦曲》里说到巧姐时提到"狠舅奸兄"，说明是"狠舅奸兄"将巧姐卖了。"狠舅奸兄"到底是指谁呢？狠舅是指王熙凤的哥哥

王仁，这点无疑。奸兄很多人猜是贾环，其实，贾环是巧姐的叔辈，奸兄不应该是贾环。巧姐的兄辈有贾蓉、贾芸、贾芹、贾蔷等。贾蓉肯定不是奸兄，凭他与王熙凤的关系贾蓉不至于害巧姐。贾芸在后面有仗义探庵的行为，是个仗义之人，也不应该是奸兄。最可能的是贾芹，故事在前面就描写他是一个贪小便宜的人。

很多人认为巧姐被刘姥姥救到庄上后嫁给了板儿，实际这也是一个误解。第四十一回有一段描写：

那大姐儿因抱着一个大柚子玩的，忽见板儿抱着一个佛手，便也要佛手。【庚辰双行夹批：小儿常情遂成千里伏线。】丫鬟哄他取去，大姐儿等不得，便哭了。众人忙把柚子与了板儿，【蒙侧批：伏线千里。】将板儿的佛手哄过来与他才罢。那板儿因玩了半日佛手，此刻又两手抓着些果子吃，又忽见这柚子又香又圆，更觉好玩，且当球踢着玩去，也就不要佛手了。【庚辰双行夹批：柚子即今香橼之属也，应与缘通。佛手者，正指迷津者也。以小儿之戏暗透前回通部脉络，隐隐约约，毫无一丝漏泄，岂独为刘姥姥之俚言博笑而有此一大回文字哉？】

这里提到香橼，预示一种缘分，所以大家以为是巧姐与板儿有缘，后来结为夫妇，但这两人不是因一个物件结缘，而是两个物件做了互换，是代表两种命运的物件做了互换。柚子即香橼，好吃又可踢着玩，代表被人争抢和被抛弃摧残的东西。这如同太虚幻境中暗示元春结局的图画上画着弓上挂香橼一样。而佛手脂批就提示：指点迷津者，代表了幸运。这段描写暗示他们两人有命运互换的际遇，就是在危机中用板儿的性命换回了巧姐的性命。试想，如果板儿娶了巧姐，那不是乘人之危吗？

九、关于王熙凤后面的故事线索

王熙凤的判词:"凡鸟偏从末世来,都知爱慕此生才。一从二令三人木,哭向金陵事更哀。"人们大都对"一从二令三人木"产生疑惑。根据拆字法,人木是由休字拆的,这样一二三就分别是"从"、"令"、"休"三个字。从书中对王熙凤的描写来看,"从"和"令"字好理解,"从"就是嫁给贾家,"令"就是在贾家发号施令,那"休"字就表示她后面的情况了。很多人猜测"休"字就是被休弃,也就是被贾琏休了。这种猜测似乎不妥,因为贾家后来很悲惨,连她的女儿被刘姥姥解救收留在庄上做个村妇都称得上是幸运的结局,她如果被休回家岂不是更好?从故事的发展来说,在贾家败落时她的女儿还未成年,假使她真的离开了贾府,那她的女儿也不应在贾府,也就不存在巧姐的危难了,从这里分析休妻之说是不成立的。贾府遭难时,巧姐侥幸被救,王熙凤应是死于非命。

那"休"字代表的是什么意思呢?我们看在第二十一回中有一段比较长的批语。这回的题目是"贤袭人娇嗔箴宝玉,俏平儿软语救贾琏",故事讲宝玉和贾琏两处房中的情况。宝玉到别的房里胡闹,回来后袭人假装不理他,有意借机数落教育宝玉;贾琏与多姑娘胡搞,被平儿发现一把头发,凤姐回来检查房屋时,平儿替他掩饰过去。针对这两处脂批说:

按此回之文固妙,然未见后三十回犹不见此之妙。此回"娇嗔箴宝玉"、"软语救贾琏",后文"薛宝钗借词含讽谏,王熙凤知命强英雄"。今只从二婢说起,后则直指其主。然今日之袭人、之宝玉,亦他日之袭人、他日之宝玉也。今日之平儿、之贾琏,亦他日之平儿、他日之贾琏也。何今日之玉犹可箴,他日之玉已不可箴耶？今日之琏犹可救，他日之琏已不能救耶？箴与谏无异也，而袭人安在哉？宁不悲乎！救与强无别也，甚矣！但此日阿凤英气何如是也，他日之身微运蹇，亦何如是也？人世之变迁，倏忽如此！

从脂批中知道后面有"王熙凤知命强英雄"的章节，也预示她此后身微运蹇。从弄权管家到"身微运蹇"中间有一个转折的过程，其中贾琏是关键的因素，脂批中"今日之琏犹可救，他日之琏已不能救耶"，是说现在贾琏的事情被平儿掩饰过去，救了贾琏，以后贾琏再出这种情况，就没法解救过去了。可知日后贾琏的老毛病不改，最倒霉的自然是他自己，而不是王熙凤。贾琏倒霉后，王熙凤自然也就"身微运蹇"了。"但此日阿凤英气何如是也，他日之身微运蹇，亦何如是也？人世之变迁，倏忽如此！"说明王熙凤前后两种截然相反的处境。"知命强英雄"是她最后一次逞强，以前太过强势，后面肯定是心灰意冷。故事中曾预示她移权薛宝钗，也是预示她不再逞强，万念皆休。"休"应该是"万念皆休"的意思。

十、关于袭人后面的故事线索

袭人的结局相对好些。太虚幻境中她的判词是：枉自温柔和顺，空云似桂如兰。堪叹优伶有福，谁知公子无缘。【甲戌双行夹批：骂死宝玉，却是自悔。】说明宝玉结婚后没有把她留在房中。可能是贾府人对她看法很好，让她赎身嫁人了。书中曾经有一段故事说蒋玉菡与宝玉相会，把一条茜香罗汗巾赠予宝玉，后来宝玉又把它送给了袭人。在第二十八回有脂批"茜香罗暗系于袭人腰中，系伏线之文"，就是暗示了袭人和蒋玉菡两人的姻缘。判词中的"堪叹优伶有福"同样说明袭人许配给了蒋玉菡，优伶是指蒋玉菡。

在第二十回还有脂批茜雪至"狱神庙"方呈正文。袭人正文标目曰"花袭人有始有终",另外在第二十八回也有脂批"盖琪官(蒋玉菡)虽系优人,后回与袭人供奉玉兄宝卿得同终始者,非泛泛之文也",说明袭人和蒋玉菡结婚后一直生活在乡下,后来宝玉出家沦落为乞丐,在狱神庙被茜雪发现,袭人知道情况后,把宝玉接到庄上居住,所以有"花袭人有始有终"的说法。

十一、关于甄宝玉后面的故事线索

甄宝玉在书的前面提到的不多,只说他与贾宝玉有相似的性情、相似的长相、相似的家庭关系。现在许多人认为甄宝玉就是贾宝玉,是完全的对应关系,但只要你稍微考虑一下,就能认识到这其中的区别。相似不一定就是相同,完全相同就失去了两个人物同时存在的必要性。关于贾宝玉和甄宝玉的关系有几处脂批曾经提到。

第二回中有脂批:"甄家之宝玉乃上半部不写者,故此处极力表明,以遥照贾家之宝玉,凡写贾家之宝玉,则正为真宝玉传影。"在第七十一回中脂批提到:"好,一提甄家。盖真事将显,假事将尽。"从这里知道上半部没写甄宝玉,下半部他肯定是要出场的。

书中甄家在前面就已经被抄了,此时贾家还没有败落,两家的故事并不完全重合,甄家人物一出现,这两个形象就分开了。因为提到甄家接驾四次,后来又被抄家了,就是定位于曹家的形象,那同时出现在甄家之外的贾家分明是一个虚拟的形象。真的出来了,假的也就彰显出来了,这就是脂批所说的"真事将显,假事将尽"。

关于甄宝玉后面的情况,书中交代的也不多。前面提到甄家抄家后调京治罪,还有书中在第十八回元春点戏时有一句脂批"《邯郸梦》中伏甄宝玉送玉",说明甄宝玉后面有一个送玉的行为,就是送还贾宝玉丢了的玉石。还有在第一回中也有一脂批"展眼乞丐人皆谤:甄玉、贾玉一干人",说明贾宝玉同甄宝玉一样都在家族败落后沦为乞丐。

我们知道《红楼梦》又称《石头记》,就是让伴随贾宝玉出生的石头来记述整个故事。甄宝玉送玉的故事同样是作者的刻意安排。甄宝玉送玉,送去的是记录自己经历的那块石头。甄宝玉将自己的经历送与贾宝玉,就如同作者将一部《红楼梦》呈现给读者是一样的。

十二、关于妙玉后面的故事线索

妙玉在太虚幻境中的判词是:"欲洁何曾洁,云空未必空。可怜金玉质,终陷淖泥中。"可见后来她的尼姑生涯是结束了,书中暗示她嫁给了什么坏人或者是遭强暴玷污了。在书中的四十一回还有一段模糊的脂批涉及她后面的情况:"妙玉偏辟处此所谓过洁世同嫌也他日瓜州渡口劝惩不哀哉屈从红颜固能不枯骨各示□"大意好像是她被掳走后,到了瓜州渡口这个地方,在诱劝加惩罚之下屈从了。

十三、关于柳湘莲、贾芹、贾芸、贾雨村后面的故事线索

从《红楼梦》前面"好了歌"的脂批中可以看出一些人物的后来命运。

训有方,保不定日后作强梁。【甲戌侧批:柳湘莲一干人。】

因嫌纱帽小,致使锁枷杠。【甲戌侧批:贾赦、雨村一干人。】

从中看出,后来柳湘莲是做了强盗,贾赦和雨村被捕入狱。柳湘莲做了强盗并不是最终的结果,做了强盗还要有些作为,如果做强盗是最终的结果,与他中间出家从此消失没有多大的区别。根据前面他"痛打薛蟠"以及"尤三姐之死"的情况看,他对贾府肯

定是一个不利的人物。这里说的柳湘莲做了强盗,并不是指他一个人,是指一干人,其他人物是谁呢?"训有方,保不定日后作强梁",这"训有方"好像是对贾府而说的,贾府中是谁做了强盗?我们感到贾芹的可能性较大。他管理贾府的家庵、寺庙,喜欢贪图小便宜。贾府后来就是在他管理的庵里发生了点情况。

说到贾府庵里出现情况,还需要提到另一个人物贾芸,在第二十四回中有两处脂批:"醉金刚一回文字,伏芸哥仗义探庵","孝子可敬。此人后来荣府事败,必有一番作为"。从这里看出贾芸是一个正面人物,而且好似庵里发生了什么事情需要贾芸挺身而出。《红楼梦》中说到的庵有两处,一是栊翠庵,住着妙玉,再是馒头庵,住着智能的师傅。从重要程度来讲应该是栊翠庵,或者是妙玉遭遇强贼,或者是巧姐绑架在这里。贾芸可能就是在这危急关头,仗义探视,设法解救她们。

关于贾雨村这个人物在书的前面脂批就说他有"莽曹"的形象。"莽曹"就是王莽和曹操,他们都是历史上篡权乱政的人物,是反面奸臣的典型。贾雨村在后面官拜大司马,参赞朝政,有权有势,就有点向"莽曹"形象发展的趋势。书中说他有"暗结虎狼之属"的劣迹,日后肯定有一些"莽曹"一样的行为,他后来可能事发入狱。贾雨村本来是赖贾府之力才得到提升,先是靠贾政从中协助他才得以官复原职,后来雨村又替贾赦夺了石呆子的扇子,不久就升为大司马,可见也是贾府出的力,雨村对贾家应该感恩才是,可书中贾府人对雨村并无好感,骂雨村是野杂种,可能贾府人后来已经看穿了这个人的本质,他压根就不是一个知恩图报的人。贾家的获罪和贾赦的入狱可能是雨村陷害的结果。

十四、关于元春以及忠顺王爷和水溶小王爷的结局推测

前面说过,元春是依据纳尔苏王妃的形象塑造出来的,元春的预示结局是"三春争及初春景,虎兕相逢大梦归"。"虎兕相逢大梦归"说明了元春的死因,是两股势力争斗的结果。现实中,纳尔苏王妃可能死于曹家被抄之后,而故事中元妃是死在家族败落之前。元春之死更多可能象征了康熙皇帝的去世,因为故事中元妃是一种靠山的形象,就如同康熙是曹家的靠山一样。虎和兕是否代表了宫廷内部忠顺王爷和北静王水溶小王爷呢?

前面分析到,忠顺王爷和水溶小王爷是康熙时期四阿哥胤禛和十四阿哥胤禵的原型。提到这两位阿哥,大家都知道,两人曾是皇位的最后争夺者。胤禛老练守成,对康熙皇帝表面忠心孝顺,从不拉帮结派,显得没有一点野心,他常年跟随在康熙皇帝左右,康熙皇帝非常信任他。胤禵常年在西北带兵打仗,年轻有为,但很露锋芒。康熙皇帝也很喜欢胤禵,以前每逢出巡打猎都带上他,好像有意锻炼培养他,因而大家普遍认为他继位的可能性较大。出乎意料的是康熙皇帝去世后,胤禛也就是雍正继承了皇位。关于他是如何继位的有许多说法,有的说康熙本来是传位于十四阿哥胤禵,是胤禛联合其舅舅隆科多偷改遗诏,将"传位十四皇子"改为"传位于四皇子"才继任大位的。有的说,康熙本来是等十四阿哥西北战事结束回来准备传其位的,没想到提前驾崩,让雍正篡了位。有的说康熙本来就是想传位于雍正。不管这些说法怎样,实际情况是康熙去世后,胤禵从西北赶回,雍正密令在路上收缴他与康熙皇帝的所有奏折密信,等胤禵到了北京见到雍正,他就是不服,不肯下跪。从此两人的矛盾进一步升级。以后胤禵被雍正派往帝陵守孝,后被革去王爵。两人如何争夺皇位成为一个千古之谜,民间流传的

雍正篡改遗诏只是一个传说，无从验证，因为现存的康熙遗诏是康熙身故后由雍正和隆科多拟出，再由翰林院修改而成，并非康熙真迹，说明不了什么问题。《红楼梦》中忠顺王爷和水溶小王爷是否就是现实中这两位王爷呢？

我们看《红楼梦》中对忠顺王爷和北静王水溶小王爷的描写是一种截然相反的态度，宝玉和北静王水溶小王爷比较要好，还获得了水溶小王爷赠送的鹡鸰香珠。而宝玉对忠顺王爷就非常反感。这实际是作者对雍正和十四王爷胤禵的一种情感认知。书中后面的结局应该是忠顺王爷继任大位，北静王守孝而出家，围绕在北静王身边的青年将领如冯紫英、卫若兰等也因受到牵连被发配边疆。元春的判词"虎兕相逢大梦归"是否隐含了这两位王爷的争斗呢？结合现实的情况看应该存在这样的成分。

十五、关于贾府结局的线索

人们大多认为贾府的结局是抄家，因为现实中曹家遭遇了抄家，《红楼梦》中甄家也是被抄家治罪，所以贾家最后也应该是被抄家治罪。纵观整个《红楼梦》故事，我们看不出贾家有被抄家的明确线索。我们知道贾家是一个不同于甄家的大家族，是独立于甄家之外的一个书中形象，甄家被抄家了，贾家不一定被抄家。书中提到的贾家结局是"树倒猢狲散"、"飞鸟各投林"。

《红楼梦》中预示贾府结局的是太虚幻境《红楼梦曲》的"飞鸟各投林"一段：

为官的，家业凋零；富贵的，金银散尽。有恩的，死里逃生；无情的，分明报应。欠命的，命已还；欠泪的，泪已尽。冤冤相报实非轻，分离聚合皆前定。欲知命短问前生，老来富贵也真侥幸。看破的，遁入空门；痴迷的，枉送了性命。好一似食尽鸟投林，落了片白茫茫大地真干净!

　　这里描写的情景远不是抄家那么简单,这既有一个逐渐败落消亡的过程,又存在一场一切化为乌有的大灾难,这个大灾难究竟是什么呢?我们从第一回甄士隐这个代表人物在贾雨村出现后所经历的情况就能看出一些眉目。

　　于是接二连三,牵五挂四,将一条街烧得如火焰山一般。彼时虽有军民来救,那火已成了势,如何救得下?直烧了一夜,方渐渐的熄去,也不知烧了几家。只可怜甄家在隔壁,早已烧成一片瓦砾场了。只有他夫妇并几个家人的性命不曾伤了。急得士隐惟跌足长叹而已。只得与妻子商议,且到田庄上去安身。偏值近年水旱不收,鼠盗蜂起,无非抢田夺地,鼠窃狗偷,民不安生,因此官兵剿捕,难以安身。士隐只得将田庄都折变了,便携了妻子与两个丫鬟投他岳丈家去。

　　贾家最后的灾难就是遭遇一场大火,所以是"落了片白茫茫大地真干净"。

十六、关于后半部中"十独吟"的推断

　　在《红楼梦》第六十四回"幽淑女悲题五美吟"中林黛玉写了五首诗,分别咏西施、虞姬、明妃、绿珠、红拂这五个历史上有名的美女,故曰"五美吟"。在"五美吟"旁有脂批:"五美吟"与后"十独吟"对照。因高鹗续书中也没有"十独吟","十独吟"这十首诗到底是吟什么?因为"五美吟"描写的美女是衬托《红楼梦》中的人物形象,"十独吟"的内容自然让人关注。

　　许多续书涉及"十独吟"的情节都描述为十首诗是林黛玉写的,诗的内容是表现林黛玉独处的悲情。因为林黛玉忧郁寡欢,多愁善感,才思敏捷,写出这十首诗合情合理,但总感到有点问题,

这是将"十独吟"看作十首独处诗的意思了。

细细思量，林黛玉独处写出"十独吟"好像与作者的原意和脂批的提示有很大的出入。首先从内容形式上讲，"五美吟"是写五个美人的诗，"五美"两字应该与"十独"相对应。"独"除了有"单一"、"岂"等基本字义外，还有词语"独霸"、"独夫民贼"的复合含义。从这个意义上理解，"十独"应该是十位历史上的独霸人物。这样，"五美"与"十独"才对应起来。一边是五位美女的形象，一边是十位独霸的形象。五位历史美女形象衬托了书中女人的形象，而十位独霸人物则暗示了贾府以及社会发展的后来结局。

我们看到，《红楼梦》中夹杂着许多借古论今的话题。在"薛小妹新编怀古诗"一回，薛宝琴一个小妹妹突然对历史事件伤感起来，写了十首怀古诗。这实际是作者借宝琴写诗表达一些借古喻今的思想。比如在第五十二回宝琴忆起一个外国女子写的诗来。诗写道："昨夜朱楼梦，今宵水国吟。岛云蒸大海，岚气接丛林。月本无古今，情缘自浅深。汉南春历历，焉得不关心。"这首诗隐隐约约反映汉家海疆岛屿的情况，具体什么含义先不论，反正有点政治味道。还有在第四十四回行牙牌令时湘云道"双悬日月照乾坤"，这也是反映政治典故的句子。在第七十八回贾政还讲了一个姽婳将军的悲惨故事，让大家写诗凭吊。同前面这些一样，"十独吟"涉及十位独霸历史人物，是作者借古喻今的意思。

明白了这个道理，就应该明白"十独吟"是指什么内容了。《红楼梦》在前面就写："天地生人，除大仁大恶两种，余者皆无大异。若大仁者，则应运而生，大恶者，则应劫而生。运生世治，劫生世危。尧，舜，禹，汤，文，武，周，召，孔，孟，董，韩，周，程，张，朱，皆应运而生者。蚩尤，共工，桀，纣，始皇，王芥，曹操，桓温，安禄山，秦桧等，皆应劫而生者。大仁者，修治天下；大恶者，挠乱天下。"这里就提到十位大恶人。"十独吟"可能就是指类似的十位人物。

"十独吟"既然不是十首独处诗，应该就不是黛玉的作品，写十位独霸恶人的诗，应该还是宝琴写合理一些。

《红楼梦》后半部故事梗概

81. 林黛玉受风累沉疴　贾公子敞心表痴情

却说迎春嫁于孙家之后，在孙家一直受气，开始时忍不住回娘家诉苦，可看到父母亲为自己担忧难受又心中不安，后来回家也就很少再提此事。贾赦和邢夫人看到迎春情况变好，以为原先不过是新婚的原因，与孙家人生疏，现在混熟了也就好了。邢夫人也渐渐淡化了为迎春担忧的心思，贾赦又为自己定的这门亲事自得起来。

一日，林黛玉偶感风寒，继而发烧不退。看到这种情况，宝玉回明贾母，请来一位太医给她治病。太医先是把了脉，说病无大碍，吃几副药就好了。太医去后，大家以为不过是着凉一类的小病，也都没有在意。过了一段，黛玉服药后病情一直不见好转，而且日重一日。原来黛玉的病虽由风寒引起，可病根却是心急而起，实火在心，服了治疗虚寒的药，自然不对症，越吃病情越重。对黛玉的病情宝玉很是着急，三天两头地来看望黛玉。见黛玉心事重重，宝玉自然能猜出七八分。为安慰黛玉，宝玉说："你要赶快好起来，凤姐还说要把你娶进我们家，也不知是为谁做成这段好事。"

黛玉听到宝玉的话，既喜悦又担心害怕，心里更加着急，病情加重。贾母和王夫人看到这种情况忧心忡忡，如今宝玉的心思都在黛玉身上，而黛玉又病成这个样子，不知如何是好。

黛玉的病情稍微好转，宝玉就带她四处闲走散心。一日，宝玉带她到贾母屋里请安时，正巧王夫人、王熙凤都在，恰好谈到宝玉将来的事情，说贾家后辈子嗣本来就少，实指望宝玉成家立业，延续香火。王夫人看到黛玉的样子一直唉声叹气。贾母看看宝玉，再看看黛玉，想到孩子苦命，不免掉下眼泪。

黛玉回房后反复回想大家说的话，更加饮食不思，日渐消瘦。心越急，病越重，直病到浑身无力，卧床难起。想想宝玉的一片痴心，想想自己的情况不知如何是好。如今自己病成这样，是再没有好的希望了，进一步想自己这个样子岂不是连累了宝玉？自己先前希望的一切，现在却反而担忧起来。进而想如果希望破灭，自己又怎么去面对呢？一日，宝钗来看望她。黛玉看到宝钗胸佩金项圈，突然想起圈上的文字与宝玉石头上的文字，猛然感到这金玉的巧合自己先前咋没想到，是太在意自己而忽视宝玉了！想到这里，想到大家肯定会在意这金玉的巧合，自己一下又成了多余的人。转念一想，自己如今这个病样，自然比不了宝钗，他们结合可能也是大家想要的结果。如果大家都这么想，自己与宝玉在一起的可能性就越小，越这么想，越感到自己是一个多余的人。更难堪的是宝玉的心思目前全在自己身上，自己又舍不得宝玉，两人的情况满园皆知，这岂不是为难了大家。与其这样拖累宝玉，为难大家，还不如为难自己，忍痛离开让他们结合，也避免了自己和大家的难堪。黛玉逐渐产生了离开的念头。

一日，门外来了一位道人，声称能治百病。贾母急忙打发凤姐带了宝玉去请。道人看了黛玉的病情，见脉象衰弱、呼吸无力，也不像邪祟之症，判断是胎里带来的毛病。他见黛玉天生体质就弱，好似急火攻心，又流泪过多，自然失去平衡，就嘱咐众人好生饮食调理。宝玉送道人出来后，急切地问："黛玉还能不能治好？"道人手指院内一株即将干枯的芙蓉树说："内津尽失，也是命数合终，只宜调理，延长时日。"又对宝玉说："小姐的饮食一定切忌夹生，食物是植物的精华，也是人精气神的来源，既可生食也可熟食，但万不可夹生，夹生对病人伤害最大。"宝玉回来后，对黛玉讲："道人出了个饮食方子，你会一天天好起来的。"并嘱咐众人，面食、肉类一定熟之又熟，并多备些青果。

谁知黛玉对所有的食物都嫌夹生，终日以青果为食。宝玉见黛玉一天天憔悴，对黛玉格外关照。黛玉有一天对宝玉说："我终究是要离开的，回到我原来的地方。"宝玉说："你离开了我就出家做和尚去。"

82. 苦绛珠泪尽证前缘　病神瑛心碎害相思

自林黛玉有了离开贾府成全宝玉的心思，就一直盘算着尽早脱离这里。眼见自己一天天憔悴，也生怕留给大家一副不好的形象。一日，临近清明时节，黛玉谎称到栊翠庵为父母亲上香，就带了紫鹃一人出了大院。在上香后，黛玉趁人不备，拖着病躯独自走向山中。她一直走到山里一条清净的溪流边，实在走不动了，就靠在一块大石旁休息，谁知这一坐下，就再也起不来了，只觉眼前一片恍惚，模糊中一些芳草在向她招手。紫鹃找不到黛玉很是着急，慌乱中看到黛玉脚踩的痕迹，就沿着追寻而去。等到紫鹃找到黛玉，她已经没有了呼吸。紫鹃一个人不知如何是好，伏在黛玉身上哭了好大一会，哪知这一哭竟然悲痛过度，一连吐了几口鲜血。等紫鹃静下神来，才感到自己没有别的办法，只得弄来一些竹枝盖在黛玉身上，赶紧返回通报家人。等大家赶来的时候，已经找不到黛玉的任何踪迹，只发现紫鹃那块带血的手帕。一年后这里长出一株美丽的绛珠草，此是后话。

黛玉去世以后，大家都为黛玉的苦命而感伤，后悔没有安慰照顾好黛玉，也都明白黛玉的心思，只是表面埋怨黛玉糊涂。宝玉更是痛苦万分，人也变得痴呆起来，他不甘心黛玉已经去世，几次派人到山中寻找。每次众人回来他都在山下大哭一场。就这样，宝玉日日幻想着黛玉有一天还能够活着回来。从此，他茶饭不思，日渐消瘦。

83. 王熙凤献策断痴情　薛宝钗出闺成大礼

看到宝玉整天思念黛玉失魂落魄的样子，大家都很着急。一日，王熙凤对贾母和王夫人说："还是让宝玉跟宝钗尽快成亲吧，一则黛玉已经不在了，二则为宝兄弟冲冲喜，转移一下感情，说不定宝玉的情况就会好起来了。"大家听后，觉得言之有理。听到这个消息，宝玉坚决不同意。王熙凤对宝玉说："黛玉说不定没死，是出远门了。她离开就是让你和宝钗结婚，她的心思你难道不知，她的心愿完成了，说不定就回来了。到时候她的病好了，我们再把她嫁给你。黛玉和宝钗都是你的。"宝玉当然不相信黛玉能够回来，知道这只是自己的一种期盼。听了凤姐的一番苦劝，宝玉开始细想黛玉的那片苦心，想来想去，只得应承与宝钗结婚。

于是乎，贾府上下又都忙碌起来。薛姨妈也急着张罗宝钗出嫁的事。贾府洋溢着一片喜庆的气氛。迎亲那天，宁荣街张灯结彩，各路王爷、至亲好友纷纷前来贺喜。贾府在大观园摆下了好几百桌宴席，宴席两侧唱起了对台戏，好不热闹。宝玉和宝钗婚后倒也恩爱，宝钗对宝玉格外关心体贴，大事小事都嘱咐丫头明白。宝玉看宝钗对自己真心实意，亦觉心中温暖。两人婚后更无禁忌，卿卿我我，十分融洽。过了一段时间，宝玉想起黛玉，不免心中酸楚。就这样，宝玉一会儿见到宝钗心中欢喜，一会儿想起黛玉心中悲泣，两种情绪交织在一起。有时，宝玉一觉醒来，迷糊中错把宝钗认作黛玉，直呼林妹妹。宝钗很是无奈，也就假意应承。在宝玉思念黛玉的日子里，宝钗自己一会儿当黛玉，一会儿做宝钗，也真是苦了她自己，换做别人是断断不能的。宝玉的这种状况过了许久才渐渐好起来。

一日，宝玉在看医学的书，突然对宝钗说："什么狗屁神医，不过当面是人背后是鬼，糊弄人罢了。更有以前故事记载，曾有妖道夜间施法散播病源，白天给人医治，表面是手到病除的神医，实则是害人的魔鬼。"宝钗知道他又说浑话，连忙跟他说："这样的理论还是少考虑为好。你若愿意动脑筋，我想了一道题目，看你能不能破解。"接着说："在一次二十人参加的宴会上，主持召集大家做了一个游戏。黑暗中给所有人戴上帽子，帽子只有白色和黑色两种，并且肯定有人戴了黑色的帽子。开灯后主持让大家判断自己戴的帽子是什么颜色，判断自己带黑帽子就击掌。第一次开灯无人击掌，第二次开灯仍然无人击掌，直到第四次才有数人击掌起来。你知道宴会上几个人戴黑帽子？"宝玉想了许久，一点头绪也没有，便一顶十顶地胡猜，宝钗说都不是。宝玉佯装不去理会，可心里一直在思索这个问题。

84. 北静王聚才邀英俊　卫若兰射圃获麒麟

一日，北静王邀请一帮青年才俊到北校场射圃，宝玉带着李贵也前去赴约。冯紫英、卫若兰同样也被约来。比赛中北静王骑马弯弓，大展身手。最后，北静王第一，冯紫英第二，卫若兰第三，宝玉幸好没列最后。北静王嘱咐宝玉以后经常来练练。卫若兰看宝玉身上带有北静王送的鹡鸰香珠，另外还有一个金光闪闪的麒麟，好生羡慕。他要过金麒麟来观赏一番，看罢爱不释手。卫若兰心生一计，就对宝玉和北静王说："我有一门绝技，站在飞奔的马背上百步射圃，如果射中可否将此物相赠与我。"宝玉心想：此物不过是从道士那里得来，虽说自己喜欢，也并非不可舍之物，见识一下卫若兰的功夫也好，就满口答应。这样，北静王作证，金麒麟最终佩到了卫若兰的腰间。

宝玉见冯紫英一个人躲在旁边，便走过去同他说话。突然想起以前紫英讲过的不幸之大幸的事，就偷偷相问。紫英见无别人，就说："前番令表亲在场不便多讲，那次铁网山打围真是好凶险。我同北静王在一起，突然忠顺王爷的一只猎鹰不知为何直奔过来，险些将北静王爷扑落马下，亏我一把抓住它一侧翅膀，王爷才躲了过去，只是被那家伙的翅膀撞了一下。以后回想起来甚是害怕。当时北静王爷就说，只是一次意外事件，没事就好，以后逢人就不要再提起了。这事只你我知道就行了，若不是你几次相问，我是不会说的。"宝玉连忙说："明白，看来也只是一场意外。"

85. 薛呆子偶遇冷二郎　史湘云喜嫁如意君

第二天，为答谢宝玉的相赠之物，卫若兰携了一块祖传的砚台到贾府拜访宝玉。在拜见贾母时，贾母看到卫公子英俊潇洒，非常喜欢，一眼看到若兰腰上所佩的麒麟，不禁联想到湘云好像也有一个，心想他们两人倒是很好的一对。再想湘云自小命苦，性格像个男孩子一样，婚姻大事未必自己留意，不如趁我还在，把她许配若兰，使她终身有靠。于是，贾母故意把湘云喊来相见。卫若兰见湘云活泼可爱也有了爱慕之心。若兰回去以后，专门派人到贾府求婚。

一日，薛蟠在采办回来的路上，看到一伙人围着一位卖艺的道士吵吵嚷嚷，自己感到蹊跷，就上前观看。不看则已，一看吓了一跳。原来那位道士却是柳湘莲，在那里卖艺招徒。才要大喊，突想也不知柳湘莲葫芦里卖的什么药，还是别再招惹是非为好，就乖乖地溜走了。

宝玉和宝钗在家闲坐无事，宝玉突然想起前几天白帽子黑帽子的事，便向宝钗讨教。宝钗起初不说，看宝玉实在解不了就说："假说宴会只有一人戴黑帽子会怎样？前提是所有人都不傻，有人傻这个题就不成立了"宝玉想后说："戴黑帽子的人看到所有人都戴白帽子，肯定知道自己戴了黑帽子，所以第一次开灯就会击掌"。想一会恍然大悟，接着说："假设二个人戴黑帽子，这两个人都看到现场只有一顶黑帽子，他就会想我戴的是白的还是黑的？如果自己戴的是白帽子，现场就只有另一人戴黑帽子，那第一次开灯这个人就会击掌，所以第一次没击掌说明现场有两人戴黑帽子，这两人第二次就会击掌。而其他人现场看到的是两顶黑帽子，第二次没法判断，他要等第三次开灯。以此类推。第四次开灯有几人击起掌来，说明宴会上有四人戴了黑帽子"。宝玉觉得这个问题非常有趣。

宝钗看宝玉兴致很高，接着说："还有一个问题你接着想。说是在一座岛上住着一群人，这群人中有黑眼镜和红眼睛两种，岛上有种说法：红眼睛的人会带来灾祸，他自己必须在知道的当天自行死去才能拯救岛上的人。每个人都不知道自己是什么眼睛，也不能说破别人是什么眼睛。这群人相安无事的生活了许多年。一日来了一个外面的人，说这个岛上有红眼睛的人。你猜接下来会发生什么？"宝玉心想：岛上的人自己不知自己是什么眼睛，又不能告诉他人对方的眼睛，会发生什么呢？宝玉回想起前面的问题突然明白了，忙说："那结果就是红眼睛的人早晚有一天都会集中自尽，太可怕了！"宝钗接着说："外乡人知道自己说错了话，他急中生智补充了另一句话，最大程度地避免了悲剧的发生。你知道他说了什么吗？"宝玉心想：补充说的话不能否定说有的事实，只能少说或者说只有一个，好像都不行。说一个如果大家看到多个，等于没说，少说大家一样判断下去。宝玉怎么也想不出。

贾府这边，因卫家定好了娶亲的日子，就一直准备着湘云出嫁的事。到了出嫁的时候，贾府人和众姊妹依依不舍，送别了湘云。宝玉对史湘云的离开很是伤感，心想，将来众姊妹都离开了，就算宝钗再好，自己守着宝钗，还有什么意思呢？将来自己迟早也是要出去做事的。想到出去做事，宝玉就更加心灰意冷。

86. 薛姨妈心喜忙做东　史太君病重旋归西

却说薛蟠从外地回来，正好宝玉、宝钗二人也在薛姨妈这边。大家见面分外高兴。寒暄过后，薛蟠突然想起柳湘莲的事情，就告知了宝玉。宝玉说："原来听人说，他自尤三姐死后就斩断尘缘，随一个道士走了。听说那位道士的道行很深，专门感化罪孽之人，所有随他之人都身居山中，不再过问人间之事。难道湘莲又出来了？他招徒难道是尘缘未了？还是想干点啥事？"

看到一家人凑在一起，薛姨妈心中欢喜，又连忙派人把宝琴、薛蝌叫来，让一家人好好聚聚。中午时分，金桂、香菱等也到薛姨妈这边，大家吃了一顿团圆饭。席间，薛姨妈看到宝琴，想起梅翰林家正在催办宝琴的婚事，让大家挑选一个良辰吉日，然后答应梅家。

吃饭期间，宝玉借机又问起前面宝钗的问题。宝钗提醒到："其实第二个问题的答案就在第一个问题的前提里，你想想看外乡人说什么话这个前提就不存在了"。宝玉恍然大悟。

贾母近来因思念黛玉，暗自伤心，身体也变得越来越不好。她思虑过度，加上年事已高，时常犯迷糊，时不时看见自己女儿贾敏和外孙女黛玉的身影。有时想唤湘云到跟前来，这才意识到她已经出嫁了。为此，贾政四处求医问药，无奈贾母终因年事已高，过不了多久就不治身亡了。贾母病逝，贾府少不了办一场隆重的丧事。合府穿素吃斋，大办水陆道场，各路王爷、诰命纷纷前来拜祭，元春也派内相戴权代替烧香磕头。

87. 薛宝钗借词含讽谏 王熙凤知命强英雄

办过贾母的丧事后，贾府又恢复了平静。一日，宝钗与宝玉在家中闲聊，宝钗拿出宝琴新作的十首诗让宝玉看。宝玉拿过来看，见写的是历史人物，或贬或褒，不落古人之意，字韵也不苟求古制，新奇可诵。上面写道：

蚩尤：
神话中人传到今，庐山面目难区分。
成王败寇千年事，论古谈今哪是真？
共工：
争帝难成触不周，天倾地陷水横流。
若非女娲灵勤处，相柳浮游祸九州。
夏桀：
倾宫酒池肉堆山，炮烙龙逢摄百官。
万里关山君不爱，国亡何必怨红颜。
商纣：
殷鉴消亡九鼎谙，荒淫无道剖比干。
武王牧野三军聚，纵火高台赴九泉。

始皇：
孝公基业再相传，大略雄才孰比肩。
矢掠韩燕穿赵楚，东行魏陌唬齐莺。
未循周制开新政，还铸铜人锁尘烟。
倘若秦廷遵遗示，陈吴依旧乐耕田。

王莽：
草率行周制，乾坤势便倾。
政迁黎庶忿，朝乱赤眉生。
莽逆终无道，汉兴正有名。
巷街新谶语，帝业再创成。

曹操：
碣石观沧海，大江横櫜翩。
神州再建业，宇内任挥鞭。
铜雀惊回首，山河化水烟。
本应周旦比，奸相骂千年。

桓温：
少年勇武报家仇，收复洛阳镇六州。
揽政废立图社稷，未成九锡自生愁。

李煜：
不爱江山爱雅章，金陵歌舞几时荒。
国殇犹诵留佳作，千古词波逐水长。

炀帝：
风流勇武隋炀帝，役重轻民惹祸殃。
旧事难评功与过，运河长在大隋殇。

宝玉看写的是十位历史上的帝王人物，就起名"十独吟"。宝玉说："古来帝王将相开始莫不励精图治，等到了大业有成，有的就放纵了自己。这十位或凶残阴险,或荒淫无度,都是在成就大业后把天下看作一己之私,不顾百姓死活,因而留下千古骂名。"最后,宝钗趁机对宝玉说:"凡大恶者,皆因私起。古来帝王为争天下莫不拼个你死我活,义旗一举,为的是自己,哪里是为百姓的生死。说到私心,每人都有,但万不可因私而伤及他人,更不能只顾自己连家人也不顾,无担当是私,任性也是私。"宝玉听了,开始还觉尽兴,后来默默无语。

却说贾琏在贾母守孝之际也不安分,偷偷约贾珍一起到后街与多姑娘等喝酒厮混。王熙凤有所察觉,但苦于抓不住把柄。一日心生一计,从外面买了一条小狗养在屋里,天天给它闻一种香料。这一天凤姐看贾琏又要外出,料他不干好事,就在为贾琏穿戴的时候,偷偷在贾琏的鞋底撒上香料。贾琏外出后,熙凤叫来心腹丫鬟,带了这只狗追踪而去,终于发现了贾琏鬼混的场所。丫头悄悄回来告知了凤姐。于是,熙凤自己扮作男身后生,将平儿扮作小厮。根据丫鬟的叙述,她们一起来到街后一处小院的门口。凤姐听里面浪声不断,其中就有贾琏的声音,恨得凤姐直想砸开大门,但转念一想,万一贾琏藏起来岂不是自讨没趣,只得忍气守在门口。大约过了两个时辰,多姑娘搂着贾琏的腰走出门外,还不停地抱怨:"说好不走的,就待这么一小会儿。"平儿一个劲地咳嗽,贾琏哪里听得见,依旧与多姑娘黏糊在一起。凤姐冲上去将多姑娘拉在跟前就要厮打。贾琏见状,先是一愣,又佯装不识,叫来外面的伙计把凤姐暴打一顿,自己扬长而去。

凤姐回家后,心中有火,对着平儿直发脾气。她才要去夫人那里声张,又怕居丧期间失了体面,况且贾母已经去世,闹大了恐怕没人收场。原先贾母对自己好不过是替王夫人袒护自己,自己也不过是仗着贾母的面子抖抖威风,一切事都有贾母罩着,如今贾母不在了，王夫人肯定不好明里袒护自己，说不定还派自己一通不是，自己反而更没趣，而且王夫人又是个息事宁人的人，多一事不如少一事，告诉她只能让她为难。想到这里，凤姐只得暂时忍气吞声，等贾琏回来再与他理论。谁成想，贾琏回来依旧怒气未消，冲着凤姐说："你今天干的好事，差点让我失尽体面！若不是假装不识，外面不一定传成什么样！"并拔出佩剑指着凤姐："你再敢声张我就用剑挑了你，说你不遵妇道，外出寻欢，你有一百个嘴也说不清！"一句话，把个凤姐的威风一下压了回去。平儿吓得躲到自己房中不敢出声。凤姐感到说也没用，发作又怕把事情惹大，只得奔到床上，扯过被子，埋头大哭。

　　事后，凤姐知道贾琏的这副德行是改不了的，只好认命，从此渐渐失去了与贾琏抗争的心气。这事虽然没有闹大，但王熙凤却更加担忧起来，心想：现在这个闹法还不知以后出什么差错，倘若以后家族败了，对贾琏更指望不上，还不知沦落到什么境地。凤姐又气又忧又窝囊，病根不觉又添了几分。过了几天，王夫人看到凤姐头上的伤疤，就问是怎么回事，凤姐答是自己不小心磕的。王熙凤从此心里发虚，但在众人面前依旧摆出二奶奶的那副架势。

　　一日，贾芸来领植树的工钱，王熙凤打发小厮协助办理。她自己知道账上早已亏空，这段时间用的都是自己积攒的银子，心想等以后有了进项要加倍拿回来。关于账上亏空的事情，贾政、贾赦、王夫人略知一二，其他人一概不知。紧急用度时，王熙凤故意把自己值钱的嫁妆让人偷偷拿到薛家的当铺换回些银子。薛姨妈获悉后偷偷告诉了王夫人。王夫人知道后，又告知贾政。他们既心疼自己的侄女，又感到王熙凤确实是个好管家，从此对她更加信任。

88. 呆霸王趁机纳小妾　夏金桂反口害香菱

　　夏金桂有了身孕以后，薛蟠终日在外面拈花惹草。一日，他看上了一位戏子，便立意纳为小妾。这位戏子名唤彩蝶，生得聪明伶俐，着实让他喜欢。过不了多久薛蟠就把她收到房中。夏金桂看在眼里气在心上，心想一个香菱从小就跟随薛蟠，深得薛家的宠爱。如今这个彩蝶又年轻又漂亮，日后哪还有自己的位置。于是，她心生一计，叫来香菱，私下约好一起对付彩蝶。只要薛蟠不在家金桂就对她百般刁难。金桂私下里又偷偷跟彩蝶说是香菱的主意，搞得彩蝶深恨香菱。薛蟠知道些风声后，对香菱逐渐有了不满。一日饭前，金桂叫来香菱，把从家里新拿来的桂花分些与她，并让她回去顺路捎些给彩蝶。香菱走后彩蝶吃过饭就觉肚里绞痛，差点死去。事后薛蟠在香菱的房内发现了巴豆粉，逐怀疑起香菱来。盛怒之下，把个香菱打了个死去活来。香菱心内委屈，有口难辩，跳楼身亡。

89. 虚冢遥祭宝玉怀故　壮心远嫁探春受封

在黛玉的周年祭日，宝玉与大观园的众姊妹一起祭拜黛玉。在大观园的一处山丘上，做了三处虚冢分别代表黛玉、晴雯和香菱。每个人写诗缅怀，撒花祭拜。

宝钗写的是：

依依过石径，拂柳下弯身。
为问泉中月，能留山里春？
去年常泣客，今日久眠人。
薄暮愁烟起，随风散远津。

宝玉写的是：

清明时节梨花开，山野今番载酒来。
暮雨有情堪润土，春风无计使衔杯。
仪容宛在悲坟垒，雅韵空知哭夜台。

从此相逢俱是梦，人间苦旅自生哀。
邢岫烟是集古人诗句凑成一首：
清明时节雨纷纷，三处相思一梦魂。
望断遥天垂地处，无情芳草上孤坟。
探春写的是：
三月青丘忆故人，阴阳两隔相为邻。
此时山水初然绿，昔日音容难见春。
另外，惜春、李纹、李绮也各作一首不提。

一日，元妃下懿旨让探春进见。原来宛球岛国新任国君前来求婚，愿永为附属，岁岁来朝。皇上念元妃贤孝才德，欲择元妃之妹许配与他。元妃便推荐了探春。在这种情况下，探春心里很明白，就横下心满口答应。探春回家后一家人且喜且悲。翌日，探春入朝被拜为御妹，晋封永平公主。

贾家在败落之际，峰回路转，又遇到这么一桩盛事，自然不惜钱财，尽心竭力置办。此时王熙凤心里清楚，贾府确实经不起这番折腾了，可这是元妃旨意，又是万岁御妹的婚事，那是万万马虎不得。虽说出嫁大礼不用贾家费力，可陪送等娘家之事也是自然不能少的。王熙凤在筹办中，感到心力交瘁，体力难支。她再没有先前铁槛寺的那股威风了。

贾府众人喜气洋洋地将探春送出了宁荣街，贾政和家人先回，贾琏等人一直陪送到江边，大家一直等到探春坐上船，看着她渐渐远去。

90. 大观园风袭成破败　众姐妹缘尽终散离

一日傍晚，天突然暗下来，一股疾风把大观园吹得七零八落。

除怡红院和稻香村外,蘅芜苑、潇湘馆、秋爽斋等处都是门破窗损,树倒墙倾。面对这种景象,贾政计议大范围重新修整。无奈贾府经过了探春出嫁,亏空愈发严重,大家这才意识到全面重修绝无可能。王熙凤找来银库总管核计了一下,出了一个方案,就是将怡红院和稻香村两处损毁不大的院落重新修整一下,其他的地方就不再破费了。一来家业大,日常开销多,生计需维持,二来大观园其他地方现在已不住人,暂时不修也影响不了生活,等将来有钱了再修也不迟。大家也只好认同这么做了。贾宝玉的怡红院距离大观园门口不远,稻香村也在相邻的同侧,所以收拾起来还算比较省事。不出几日,众人就安置好怡红院。李纨喜爱清净,稻香村收拾好后仍旧住在那里。两处院落距离不远,可以相互照应。

还有栊翠庵的损坏本来也不大,清理一下就可。惜春暂时搬到栊翠庵与妙玉同住。邢岫烟与妙玉从小相识,原本也想搬到栊翠庵去住,既然惜春去了,索性搬到邢夫人那里去了。因为邢岫烟早就与薛家订婚,不久就要嫁于薛蝌,邢夫人也就不太在意。李纹、李绮也是订了婚的人,见他人各自离去,就回李家居住了。这样,大观园变得人丁稀少,日渐荒芜了。宝玉与宝钗等好不容易熬过了一个寂寞冷落的冬天。

转眼又到来年初春时节,却说宝玉回家无事,坐在那里呆呆发愁,回忆当年众姊妹相聚的时光好生思念,一种幽思涌上心头,问宝钗:"最近可写诗没有?"宝钗说:"哪有心思,心里一些凌乱的句子凑不成篇了。"宝玉说:"我有两句。"宝钗说:"说来听听。"宝玉念道:"花残蝶无影,香消蜂远行。"

宝钗说:"我也有两句,不妨接上,暮色霞光逝,银霜冷月凝。"

宝玉接过来说:"白烛追哀思,香缕飘幽冥。"

宝钗知道宝玉又思念黛玉，就不再作声。宝玉随着思绪，胡乱写了两首。

其一：

春辞故园雨又风，枝头含泪暮烟中。
湿桥丝柳垂愁绿，野渡青潮逐落红。
哀怨鹃啼门寂寂，凄惶花落院空空。
西园蕉仁东窗下，窈窕正如人影同。

其二：

水上孤帆影，眉间万里秋。
依依垂岸柳，点点逝沙鸥。
一别谁知己，三更月解愁。
天涯若召唤，魂梦伴君游。

宝玉写完倒头就睡去了。

91. 柳湘莲怒入宁国府　王熙凤哭向石头城

却说柳湘莲当日见尤三姐殉情自刎，表面若无其事，内心却十分后悔，没想到尤三姐性情如此刚烈，对自己这么情深，内心充满了自责和悔恨，逐把尤三姐视如亡妻。他出走以后无心再娶，浪迹天涯。后来遇到一个道士，便随了他而去。无奈柳湘莲心性浮萍，哪里能在山中留得住。老道士看他尘缘未了，就放他去了。柳湘莲从此成了一位云游的道人。后来他在江湖上结交了一些朋友，聚啸山林、打家劫舍。一日，柳湘莲回想起尤三姐，忿忿不平，正当众人商议打劫哪家，他便提议夜入宁国府。夜晚，柳湘莲在贾府内外安排了许多接应，便与随从摸进贾珍房中。深夜，贾珍看到湘莲手拿鸳鸯雄剑，吓得魂飞天外，不住求饶。贾珍心知湘莲是为三姐之事一直怀恨在心，急忙拿出银子谎说："这原为你与三姐准备的，一直放着没用，你来了正好拿去。"又急忙解释说："尤三姐实不关我的事，都是贾琏安排的局，你想三姐是我的亲家妹子，我只有护她的分儿，哪有害她的心！你若念及三姐之好，就该放过我。三姐如果活着，也会向你求情的。"说完，呜呜大哭起来。湘莲心中疑惑，提到三姐又不免心软。回想当时就是贾琏将三姐托付与我，岂不是捉弄于我，他又私下约三姐吃酒，真真是他害了我俩。想到这里，湘莲信了贾珍的话，一把推开贾珍，拿了他的银子，径直离去了。

贾琏在回家的途中，突遇一伙强贼。强贼把随从打散，抢光了采办的全部东西。其中一人，对准贾琏就是一剑，可怜贾琏一命呜呼。贾家得到凶信后急忙赶去处理后事。王熙凤见到贾琏的遗体，抚尸大哭。她本来就有病根，痛苦过度，下身流血不止。贾家人慌忙将她送回家中治养。

92. 贤德妃获信禀圣主　贾雨村受命剿顽匪

根据返回家人的叙述，是一伙强人打劫，刺杀了琏二爷，其中有一人像是柳湘莲。薛蟠回忆起早些日子曾看到湘莲扮作道士在那里招人，这才意识到柳湘莲做了强盗。薛蟠先前从该地经过时也曾遭遇过强盗，是湘莲打散了他们救了自己，谁成想如今湘莲自己却做了强盗。

贾政知道情况后，认为这一带历来强贼出没，柳湘莲加入可见势力已经不小。贾政急忙修书告知宫中。

元春将家中遭遇不测的情况禀告皇上，同时禀明匪情重大，需立即派兵进剿。皇上下诏令贾雨村带一路人马前去剿匪。

93. 栊翠庵妙玉遭强虏　瓜州渡雨村逢相知

一日，宝玉与宝钗正在家中对弈，忽报官兵围住了栊翠庵，又听说惜春逃了出来，妙玉被强盗掳走。原来，面对官兵来剿，匪首宋逵、展雄与湘莲商量对策，定计由湘莲带领部分贼人诱惑官兵，大家趁势转移。柳湘莲再次潜入贾府，召集潜伏在大观园破败屋子里的几个贼兵，一起绑了栊翠庵的妙玉。他们故意放走惜春，让惜春告官。官兵得知贼讯，调兵返回贾府，其余贼人则趁势逃离南下。柳湘莲绑架妙玉后，也一路追随向南。

雨村在得知妙玉被绑后，急令官兵沿路南追。无奈贼兵逃跑在前，官兵一路打探，等赶到扬州一带，早没了贼兵的踪影。原来贼兵都已分散潜伏。柳湘莲与宋逵在瓜州渡一带会合。宋逵见妙玉生得冰清玉洁，一心想纳为夫人。他用尽各种办法，诱劝不成就加惩罚，妙玉都誓死不从。宋逵看妙玉心性清高，心生一计，故意让人把她抢去，百般凌辱，又佯装盛怒亲自解救回来。可怜妙玉一生好洁，却落到这样一个下场。妙玉想自己深陷污浊，别无退路，逐横下一条心答应成婚。在婚礼当晚趁宋逵昏睡之际，妙玉拿起蜡烛点燃了锦被。一场大火烧得妙玉只剩下一副白骨。宋逵因酒后劳累未能挣脱，一同被烧死。

却说雨村带人追到扬州一带，贼兵踪影皆无。一日，雨村正在发愁，突然来报说有故人相访，等请到帐前一看，认出是先前的故交展雄。

94. 纵虎狼诬主贾家奴　　丢性命抱屈元妃心

故交来访，雨村心中早已有数，知他先前曾经落草，自己也因此被人参过。雨村急忙屏退众人，延至后帐密谈。不几日，雨村抓了几个小喽啰就班师回朝。

皇上听说剿匪成功，非常高兴。一日，忽报西北一股势力借中原匪情挑起战事。皇上连忙调兵遣将御驾亲征。皇上封水溶为御前先锋,命元妃随驾护侍。贾府听到这个消息,十分担心元妃的安危。过了一段时间,听说西北战事顺利,元妃身体很好,又与水溶处得不错,已收水溶为义子,战事巩固后就班师回朝。

朝廷由忠顺王爷临时执政。雨村剿匪回京后,忠顺王下令嘉奖雨村。贾府听说雨村班师,很是高兴。可听说既未拿获湘莲,也没有俘获多少贼兵,很是诧异。随即忠顺王下令,说雨村进剿辛苦,论功犒赏;贾府管理不善,致使内盗外患,着令整治。事后才知道,是贾雨村奏明王爷,说此次事件是贾府内乱所致,湘莲本是贾府故交,贾府有通匪之实,湘莲勾引外盗,就是为夺回自己的鸳鸯剑。如今鸳鸯雌剑还在贾府之中,可派人前去搜查。忠顺王派人到贾府搜查,贾府人不知底细,连忙四下寻找,来人很容易便从贾府获得了鸳鸯剑。

贾政听说了这个情况,气得大骂贾雨村这个野杂种。贾政回禀王爷,表示对内严查不怠,但匪患终是大害,希望能除恶务尽。这样贾府与雨村结仇,与王爷之间的隔阂又多了一层。忠顺王爷想起以前自己喜欢的琪官就是因为宝玉才逃走的,气不打一处来。近来忠顺王爷因念及自己年过中年,与其他王子相比年龄偏大,恐失了继任皇位的优势,渐渐迷恋上了炼丹之事。听说宝玉有一块天生俱来的宝石,聚天地灵气,如果把它与炼丹的材料放在一起,会有事半功倍的效果。痴迷的王爷就让人到贾家请公子前来借用一试。听到这个消息,贾政非常为难,就对来人说:"一块肮脏之物,本不吝惜,只是宝玉不在家,等改天回来一定让他带了过去。"来人走后大家非常着急,最后宝钗说:"让宝玉带了过去横竖都是不行的,如果真心借用,能够原物归还,会不会损坏也难说,如果王爷喜欢,借口霸占了可如何是好,不如做一块假的让宝玉带了过去,一来这东西外人都没见过,谁也不知真假;二来假的东西他看了自然不喜欢。"过了两天，一切准备妥当，无奈贾宝玉坚决不到忠顺王府，贾家只得找人将假的玉石送了过去。忠顺王收到后将信将疑。贾政这段时间心中不安，只盼望皇上和元妃能早日班师回朝。

一日，王夫人做了一个怪梦，梦见元春从天上飞下，来到家中不住地向她磕头，到底说了什么，自己一句也没听清。第二天宝玉接到水溶王爷暗中派人送来的急件。

原来，皇上在西北接到忠顺王密报，说贾府勾结叛匪，查获鸳鸯剑一把。又说元妃与水溶交往过密，密谋篡位。当晚，元妃在侍寝时发现了信件，偷看了内容，大惊失色。第二天，元妃陪皇上在行辕外山坡上走动，元妃趁机在皇上面前说了忠顺王的一些坏话。皇上听后，不以为然，心想，两位皇子不过是内斗而已，两边都不能袒护。同时，皇上猜到元妃可能是偷看了信件，就面露怒色，说了元妃一通。元妃哪里知道皇上的心思，还以为皇上听信谗言，为她与水溶的交往而生气，因而更加着急。皇上一言九鼎，哪里肯改口。元妃急得站上高坡就要跳下去以证清白。正在这时，一位忠顺王爷派来的心腹侍从，赶上前去，假装去拉，却暗中推了一把，元春身子一斜，跌落下去，可怜元春就这样死在了遥远的异乡。元妃去世后，忠顺王爷总算去掉了心头大患。以后皇上日渐看重忠顺王爷，远离水溶王爷。

95. 求药未到贾政丧命 讨薪俱来宝钗理家

一日，贾政从外地赶回，突觉身体不适，狂泻不止，继而高烧不退，人也渐渐地迷糊起来。宝玉慌忙找来太医。太医也感到无计可施，退烧治不了泻，止泻治不了烧。太医想起皇宫曾用过一种药，是从波斯国进贡的治疗多种急症的药物，于是急忙修书向宫中讨药。无奈元春已死，书信转来转去，自然耽误了不少时日。等药拿回家时，贾政早已命丧黄泉。

贾政的死搞得整个贾府人心惶惶，一些原来跟随贾政的清客门生也打算离开，干活的伙计也赶着来要工钱，分明是要离开的意思。王熙凤自从贾琏死后，身体每况愈下，加之寡居在家，虽有平儿等陪着，终日忧郁寡欢，早已没了理家的心思。王熙凤与王夫人商量后把理家的一切事物全部交给了薛宝钗。宝钗接过来后，发现是一个亏空的家底，只得竭力支撑。为稳住众人，她把众人的工钱算好，写成银票发给大家，只是眼下不能支取，承诺会一文不少地给大家，如需急用可以凭银票到库房借用一些生活物品。宝钗勉强维持住局面。

贾政去世后，根据大明宫掌门内相戴权的安排，宝玉接续父亲的部分事务，将省亲时的账目清算明白，可先把探春出嫁时的一些花销整清楚，宫内酌情返还部分。

96. 宗祠显灵贾府惊心　赦老逞威婉儿毁容

一日，宁国府贾珍邀请家人到会芳园赏菊散心，一来大家好久不聚，二来贾珍心里始终有愧，算是借机安慰一下大家。吃饭期间，贾赦突然看到尤氏的丫鬟婉儿颇有些姿色，不免起了歹意，就要讨要婉儿，搞得贾珍很没有面子。就在大家散去的时候，突然从祠堂处传出一声巨响，吓得众人毛骨悚然。贾珍等人壮着胆子前去观看，起先没有发现异样之处，最后看到是房顶的一块遮顶木板平落在地面上。第二天，招来工匠重新装好。傍晚时分，又一声更大的动静从祠堂传来，还是那块板子平落在那里。大家非常疑惑。于是贾赦、贾珍带领家人把祠堂重新收拾一番，再祭宗祠，这才无事。

贾赦回府后，一直忘不了婉儿，决意娶婉儿为妾。想起以前讨要鸳鸯时的尴尬，这时必须使出一些威风来。贾赦先把鸳鸯的哥嫂找来派一通不是，尔后远远地发落，大家都心知肚明。贾赦的作为无人敢说，无人敢劝。贾赦又指派邢夫人到尤氏那里提婉儿的事，搞得贾珍无可奈何。婉儿自小就跟随尤夫人，不忍离去，就拿把刀子自己毁了容。贾珍只得另找一女名唤蕙香的送过去，给贾赦做了大丫头，这才平息了事。

97. 宁国府贾蓉娶美姜　栊翠庵惜春换缁衣

却说秦可卿死后贾蓉一直没有正室。这日，大明宫掌宫内相戴权派人来贾府，说为贾蓉续弦保媒。原来正议大夫姜齐有一女，生得风流婀娜，人又知书达理，京城远近闻名。贾珍此前曾托内相从中牵线，没想姜大夫一听即应承下来。得到喜信，贾珍父子俩非常高兴，当即包了两千两银子送给戴权相谢。

为筹备贾蓉婚事，贾珍即刻联系黑山村乌庄头、南塘佃户夏总管，还有青山坡牧户头人满首领等一干人来计议。贾珍的意思是照前摊派，弄得他们很是为难，只能自己回去想办法。

等到宁府举行婚礼时，宁荣街装扮得锦绣一般。迎亲时队伍连绵数里。晚上排喜宴，一直欢闹到午夜方息。

家中如此热闹，惜春却不肯回去，独自一个人待在栊翠庵。贾珍派人去叫，谁知一进庵门，见惜春一身缁衣打扮，不肯相认。惜春从此出家，以后云游到莲心庵住了下来，再后来成了一名住持。

98. 花袭人微言辞贾府　贼彩云误窃藏通灵

却说宝玉这日在大观园走动，经过潇湘馆、蘅芜苑等处，见杂草丛生、蜘网满窗，想昔日的姊妹一个个不在了，身边的人终究也不能留太久，不禁凄然泪下。正巧迎面走来贾芸，他连忙跑到宝玉跟前，说要到宝奶奶那里问点事。原来前年的植树工程未完，又遇大观园遭灾，工程暂停没有时日，就想找宝奶奶问明情况，是退还剩余工程的银两，还是等一段时间再开工。两人才进怡红院，不想小红也正开门外出，与贾芸撞在一起。宝玉看贾芸并非重利忘义之人，有意把小红许配与他。

贾芸出门，见贾芹也从前面路过，原来，贾芹是到宁府领用物品回寺。两人一起顺路回去。

宝玉与宝钗说起小红和贾芸的事，宝钗也觉十分合适。自从宝玉成家以后，屋子里也用不了这么多人，宝钗也正想发落几个。袭人听到这些，内心感到十分忧虑。自己跟随宝玉这么多年也没个名份，想到自己如果离开还真舍不得。恰好，麝月请假想回家看看，袭人就乘机试探一下宝玉。袭人假意说自己的家人也快要来接自己了。宝玉听到这里心中发急，发了一通脾气。最后大家好不容易劝宝玉睡下。

这时王夫人打发彩云姑娘为宝玉送来御寒的被褥，说是新来的鹅绒被，王夫人一直没舍得用。在替换时彩云摸到了褥下的一个东西，用手帕包着，彩云不知是何物，心想不过是油膏一类擦脸的东西，或者是什么好吃的东西也未可知，肯定是袭人私藏下的，便顺手藏于袖中，心里想回去后把它送给贾环，他一定很高兴。这类小东西哪个丫头拿了或者吃了，都是常事，也不至于怀疑到自己头上。

99. 薛宝钗借机牵红线　林黛玉还魂诉真情

彩云走后，宝钗回想刚才袭人惹宝玉发急的事情，心中很不是滋味，既然自己嫁给了宝玉，就由不得袭人和宝玉这么胡闹下去。当晚跟宝玉讲了一大堆袭人的好处，说人家也不是一辈子侍奉人的命，不如就放她出去，袭人自己想出去，不同意岂不是害她一辈子？宝玉迷糊中也觉得是这个理。

却说彩云回去后才发现自己犯了大错，看手帕里包的是宝玉的那块出生时带来的石头，慌得不知如何是好，赶忙把玉石交给赵姨娘。赵姨娘心中狂喜，原来一心想害宝玉，今见宝玉的命根子就在这里，可算遂了心愿。她害怕彩云说出去，心生一计，先吓住彩云姑娘，不让她声张，自己偷偷地把玉石扔到污水桶中。

第二天，宝玉找不到玉，满屋子人慌作一团。宝玉也一下子变得痴痴呆呆，像掉了魂一般。宝钗在翻腾东西时，突然见袭人的箱子里藏着一条男人的腰巾，赶忙去问宝玉。宝玉迷迷糊糊地想起是昔日蒋玉菡送给自己的茜香罗，顺口便说："是几年前蒋玉菡托自己送给袭人的定情之物。"宝钗突然想到这几日戏班子正准备解散，需赶紧办成蒋玉菡与袭人的这件好事。

话说贾府人知道宝玉丢玉后，都非常紧张，到处查找，无果。

几日后，宝钗派人来到花家，送了些银两，并说袭人在贾府做得很好，准备放她回家，如果愿意也可以在贾府配人。花家得了银子，又因为袭人多年不在家，早已拿她如死去之人，回家反而是心事，所以十分乐意，满口答应。这样，在宝钗的安排下，花家同意将袭人配与贾家小厮。宝玉在神志不清的情况下，就任由宝钗安排打发走了袭人。袭人走时宝玉依依不舍，送了袭人一堆物件，其中就有一块脂砚，说小两口日后习字抄戏用得着。起先蒋玉菡与袭人临时住在戏班的空房子里，以后搬到乡下蒋玉菡的老家去住了。

一日，宝玉从外面回来，见宝钗变了一副模样，学着黛玉的样子冲到宝玉跟前说："终于见到哥哥，想煞妹妹了！"吓得众人一跳。接着宝钗用黛玉的嗓音对宝玉说："我前世本是一株绛珠草，多亏哥哥的甘露灌溉，修成女体。又与你一起到人间历经了一段生活，曾誓言一生与你在一起，将一生眼泪还你。无奈情深义重，感伤泪多，早早把眼泪抛洒完。如今我已在警幻仙子处做了芙蓉花神。警幻仙子感念我对你的思念，让我借宝姐姐之躯还魂与你相见。因尘缘已结，这是我们最后的直面相见。日后我还会来看你，只是不能面对面了，宝钗姐姐就是我们两人的化身，你要一心对宝姐姐好，待宝姐姐如我，我就放心了。"宝钗刚说完，就突然倒地人事不省，急得大家又是揉胸又是掐人中，总算缓过气了。宝钗对刚才的事一无所知。

100. 凶悍仆再发无赖飙　　落难人又遭众人欺

一日，焦大又喝醉许多酒，拄着拐棍在宁府门口闹事，引来许多人围观。焦大见人多，就更加发泼乱骂："一帮混蛋小子，把祖上的家底都挥霍完了，害得你大爷也遭殃。敢克扣大爷银子，还要打发大爷我走人，我老了，不中用了，就赶我走呀，没门！敢情贾府不养老呀，那趁早把你们的祖宗也扔了算了！我是你家什么人？没有我就没有你们这群王八羔子！"贾珍听说焦大又在闹事，找人把他弄回院内的小破屋里锁了起来。

却说王熙凤自不主事后，开始还算清静，可逐渐地她觉出一些异样来，自己跟前来的人少了，下人们见到她也不似先前那般毕恭毕敬了，她觉得孤单失落起来。还有，如今的赖大更是有恃无恐，仗着自己管家的身份，把荣府的仆人都当成自己的佣人一样，又仗着自己有个做官的儿子，在外面经营赚了不少钱，时常把贾府里的下人叫到他家的园子里喝酒玩耍，笼络人心，所以他在荣府日渐横行霸道，更不把凤姐放在眼里。周瑞家的也是一个见风使舵的主儿，见赖大威风，对赖大格外殷勤。贾府管事的人如今只有维持家计的心思，哪里顾得了这些。

天气冷了，凤姐见巧儿不耐寒，就央求周瑞家的去赖大那里多弄些煤火,周瑞家的懒洋洋地去了,回来说:"赖大说了,大老爷和夫人那边也多不到哪里去,还是不要破了这个例。"弄得凤姐无话可说。

一日,凤姐想起,原来还有一些从这里借过银两的人,如今日子拮据,就让彩明去讨要。彩明回来对熙凤说:"回奶奶,他们不仅没还银子,还要跟咱们算算,到底是他们欠咱们的,还是咱们欠他们的,他们讲哪年哪月曾孝敬了你多少多少银子。"气得王熙凤埋头痛哭。

101. 遣众人宝钗留麝月　　葬亲父小红嫁贾芸

贾府的吃穿用度日渐不足,这日宝钗与王夫人、邢夫人商议并转告贾赦,意欲将闲杂人等遣散回家,能赎则赎,能卖就卖,多少收点银子就算了。在这之前,宝钗也曾听说一些强仆欺主的事情,正好借此把他们遣散了。主意拿定后,宝钗召集众人说明意图,是少数人遣散,大部分留下,希望大家不要担心。此后,根据宝钗的安排今天遣散两个,明天遣散两个,等把大部分人都打发走了,也没引起什么慌乱。宝玉和宝钗那里小厮只留下焙茗,丫头只留下麝月,王夫人、邢夫人、赵姨娘、周姨娘、王熙凤、李纨等人都只留一名贴身的丫环,府上的库房、账房各留一名看守。赖大因家底较好,暂且回家养息,只留下林之孝代为管家。宁国府贾珍也照此办理,管家只留下周瑞,看门的家丁留下两班四个人,后面会芳园的杂役只留下种花清理几个人。两边的厨子也减了不少。随着众人的散去,昔日热闹的两府一下子失去了很多生气。

一日,林之孝突然口不能言,头患疾病,数日后身亡。贾芸到林家帮忙料理后事。小红在守孝七七之后,就嫁给了贾芸,以后带着她的母亲一同到贾芸家生活去了。

102. 通灵石惨遭肮脏罪　甄宝玉痛陈梦幻史

再说，赵姨娘自扔走了宝玉的玉石以后，心中总有些不安，心想，自己的目的是达到了，可怎么才能保住事情不败露呢？一日，赵姨娘到王夫人那里说："宝玉的玉找不见了我也很是着急，但宝玉不能没有玉，我那里有一块多年藏的玉石原料，跟宝玉的玉颜色差不多，不如让人加工一下，给宝玉戴上瞒过众人，以后再想办法。"王夫人也认为是个好办法。于是，宝玉的脖子上便出现了一块与原来相似的假玉。宝玉一直神情恍惚，经常时不时看到林黛玉的身影，吵着嚷着要随了黛玉而去。

却说宝玉的那块玉石落在污水桶中，受尽了肮脏之气。它更加后悔不迭，悔恨当初没听规劝，一心下凡经历富贵，哪想今天成这个样子。好不容易熬过了一段时日，石头被人挑到郊外的一处菜地里。经过许多天的日晒雨淋，石头总算脱了秽气，逐渐恢复了原来的样子。

一日，石头看到从茅屋中走出一人，其面容神态活像自己的主人，只是穿得破旧，身子有些消瘦。来人看到石头后，好奇地捡了起来，把石头带回了房中。原来这人正是甄宝玉。

石头在甄宝玉的茅屋之中，见甄宝玉终日以写书卖画为生，日子过得非常清苦。甄宝玉不会种地，只种些菜自己吃。他与村民相处得很好，村民也时常接济他。他的茅屋中也经常有一些友人与他谈书论画。原来甄宝玉著的书是回忆自己从小到大的成长过程，少时锦衣纨绔，不知愁为何物，长大后才知世道艰难、官场残酷。书中记述甄家在抄家之前，甄宝玉已经袭任父职，官场的险恶使他承受不了，情急之下，甩手出走，出家为僧了。家人找不到他，就报个暴病身亡，花钱买了个替身发丧完事。甄宝玉出家后带发修行，过着亦僧亦俗的日子。后来移出寺庙单独居住,开始沿街乞讨,再后来以绘画教书为生。甄宝玉出家后甄家遭遇了抄家,家人入狱,其他人被变卖遣散,他彻底无家可归。

在贾府,贾宝玉整理贾政留下的账目,找来吴新登、詹光、单聘仁等人一起校对,他们看宝玉还是一个孩子,哪里肯真心配合,处处给宝玉找茬。大明宫催要账目很急,还听说忠顺王爷一直怀疑元妃私挪内府银钱,要来查贾府的往来账目。宝玉有一种风雨欲来的感觉。

103. 似相识送玉到贾府　证同类托梦赴太虚

一日,甄宝玉听说贾家的一位公子丢了玉,这才意识到自己捡到的就是那位公子出生时带来的玉石。自己先前就曾听说过这位贾公子,与自己非常相仿,苦无机会相见。现在玉石在自己这里,正好可以借送玉的机会到贾府去会他一会。过了几日,甄宝玉携了玉石,一路打听,来到贾府门口。只见贾府两处宅院气势宏伟,大观园广阔一片,自己家的宅院和园子与之相比真是小巫见大巫了。虽说自己初次到这里,可这宏伟的建筑就像在哪里见过一样,一楼一阁都似曾相识,就像是做梦到过这里一样。甄宝玉在门外等了半天也无人开门,想继续等下去却又犹豫起来,看到自己穿得破衣烂衫,最终失去了进去的勇气。他转到一处小门外,见不远还有把守之人,就把玉放下。心想,这里来人少,贾家人一开门自然就能捡到,外人一般到不了这里,也断不敢从这里私自拿走玉招祸的。就这样,甄宝玉悄然离开了。

却说贾宝玉还在昏睡之际,迷糊中看到一个人走过来,跟自己长得一模一样。猛然想起这不是甄宝玉吗!忙相邀坐下,寒暄一番。两人越说越投机,好不尽兴,从生平际遇到释道思想,从古人忠贤丑恶到今人贪妒凶傲,无话不谈。谈了许久,甄宝玉起身告辞,贾宝玉急忙出门相送。刚一出门突然感觉又进了另一处门。从门口看仿佛是到了太虚幻境,但里面却是另一番景象。只见里面山峦险峻,依稀可见山中有小道绵延曲折。贾宝玉刚随了甄宝玉一同进去,里面就飘来两位仙翁迎接。他们自称是桃李二仙,说警幻仙子安排他们在此迎接两位。仙翁先奉上桃露李浆,说喝了好有力气赶路。贾宝玉见前面俱是高山,问怎样才能过去。仙翁忙说翻过前面的山,后面就看清楚了。两位公子刚要一同前行,二仙连忙拦住贾宝玉,说:"警幻有嘱,你们务必分开前行,山里歧路很多,凶险无比,那位公子是为你探路的。"说话之际,甄宝玉已经在前面走开了,两位仙人也倏然不见。贾宝玉无奈,只得向前追赶。

远远看见甄宝玉在前面攀爬,仿佛没有了道路。两侧的山林间虎狼穿行,脚下也不时有山石滑落,好不凶险,吓得贾宝玉忙喊:"等等我!"再抬头看时,不见了甄宝玉的踪影。正在害怕欲往回返时,却见后面赤瑕宫的人追来,大喊:"你做事不周,耽误了许多事,还偷了甘露,赶快受绑拿回!"惊得他不顾一切地向上攀登。一会儿精疲力竭,手抓一处松枝,站在一块巨石悬崖边无路可去。这时一片浮云飘来,贾宝玉隐隐感到自己踩到了上面,两手一撒飘向了空中。吓得他一声大叫,猛然惊醒,才知是做了一梦。

原来,宝玉睡梦中手脚并用,已滚到床边,又用力一踩,却踩到宝钗的身上,自己滚落到床下。慌得宝钗和麝月赶紧把他抬到床上。

104. 天不测宝玉撒手去　人有情袭人执意还

第二天,天空飘起了大雪,宝玉在家闷得慌,因想起了昔日姊妹欢聚的情景,尤其是思念林妹妹,心情益发悲伤,就对宝钗说:

"林妹妹已走了两年多的时间了，也不知她在山中过得怎样？也不回来看看我们。"宝钗见状，知他又犯混了，就说："林妹妹在山中做了仙子，哪里顾得上我们。"宝玉一急之下眼前一黑，却见林妹妹就站在身边，上去扯住不松手。急得宝钗大声说："别闹了，你快去做你的正事吧，前两天大明宫内相已经催了好几遍了，你的账目还没有弄好！"宝玉这才回过神来。想起账目的事，他又心急如焚，只好一个人大雪天到外面走走，冷静一下。突然看到街上有一个癞头和尚，想起宝钗的冷香丸是一位癞头和尚出的药方，不禁上前询问。那和尚对着宝玉却说："你此刻不走，更待何时？一堆糊涂账你如何理清，留恋这短暂的富贵就要大祸临头了！一转念登彼岸，解脱一切苦难。你本与我佛有缘，日后还有一场大功德等着你去做，快快走吧！"听了这话，贾宝玉如变了另一个人一般，随了那和尚径直走了。宝钗和王夫人听说后，赶紧派人去追，哪里还有人影。

大雪停了，王熙凤起来扫雪，意外地发现了玉石，赶忙来到贾宝玉的住处，这才知道贾宝玉已经走了。听说宝玉出家的消息后，贾府人慌乱成一团。

消息传到袭人那里，急得袭人大哭，对蒋玉菡说："我要回去，我要是不出来，宝玉也不至于到今天的地步。"说着就往外走，蒋玉菡好歹拉住，总算让她平静下来。

105. 露马脚雨村怨报德　辞大位北静人归空

近来，忠顺王一直疑惑贾家送来的宝玉是真是假，后来听说宝玉因没了玉，人变得痴呆起来，也就半信半疑，假惺惺地说要把玉还回去。一日，雨村来访，忠顺王爷顺便提到贾家的玉石，因雨村是大略见过的，急忙拿来一看，见大小相仿，只是字迹草草，不似宝玉戴的那般晶莹剔透，就对王爷说："好像不是真的，只是先前看不分明，不敢肯定。"王爷也心中生疑，暗恨贾家。

南方盗贼又起，根据抓住的几个小喽啰交代，仍是盗袭贾府的柳湘莲一伙所为。皇上这才意识到雨村瞒上欺下，开始追责雨村清剿不力。众官也都上奏参劾雨村，参他暗通贼首私自放纵的实情。雨村因此被革职查办。查办中，雨村想扯上势力大的贾家，藉此减轻罪责，就供出与贾家的历来关系以及与贾赦合谋害人夺命的往事。事与愿违，雨村不仅自身未保，反而将贾赦送入了大狱。

贾赦入狱后，孙绍祖生怕沾上罪亲之名，将迎春以五千两银子卖于妓院。后来，迎春因受不了凌辱撞墙身亡。

当今皇上因劳累过度，加之年事已高，不幸驾崩。本来应由北静王继任大位，可他宁愿出家陪灵守孝。最后，忠顺王继任皇位。忠顺王继任皇位后，更加迷恋道术丹事，感觉贾家送来的宝玉十有八九是假的以后，便让人把宝石送了回去。以后他借故削减了贾家的俸禄，没收了贾家的一些庄园。贾家的生活越发艰难起来。

106. 家道艰贾环撑危局　　命运舛群英遭牵连

如今的荣国府尽是老幼孤弱。王夫人见宝玉已经离去，膝下无子，就把彩云姑娘许配给了贾环，视贾环为己出，又把宝玉弃在家中的那块真玉石也送给了贾环。在结婚之日，赵姨娘突染怪病一命呜呼了。贾环接替宝玉原来的差事，并告知宫中内相戴权，继续整理先前留下的账目。彩霞也已由王夫人作主嫁给来旺的儿子。以后，贾兰在秋闱考试中一试中举，不等会试就做了一个小官，带着母亲李纨上任去了。

宁府的贾珍因贾府一连串事情，弄得病体怏怏，日重一日。贾蓉也无心理事，新娶的姜氏白日多事，夜间啼哭，弄得好不心烦。

冯紫英、卫若兰等见北静王出家，十分着急，便相约到陵外请愿，请王爷回朝，不想却冲撞了守备，扰乱了灵堂。冯家和卫家等被抄家治罪，男丁收监，女眷流放。冯紫英和卫若兰后来被发配边疆，史湘云只得到刘姥姥的庄上生活。

107. 王娘舅贪心拐巧姐　刘姥姥怀恩回荣府

却说王仁近来手头短缺，贾府又指望不上，心中正在犯愁。一日，遇到一位来人，打听贾府的丫头还有没有卖的。原来前次贾府遣散人员时，他就想买位丫头回家，只因耽误了时间没能买上。听到这里，王仁就动起了歪主意，随后他找到寺院总管贾芹计议。王仁深知贾芹与盗贼相通，事情与贾芹商议好办。王仁与贾芹计议好后，贾芹找来几个盗贼伺机绑了一个尼姑卖掉，两人分了不少银子。尝到甜头以后，两人便一发不可收。贾芹让盗贼隐藏在水月庵，接连绑了几个丫环，又换了许多银子。后来索性绑了平儿卖掉。因为接连有人被盗抢，整个贾府人心惶惶。一日，有人要个年龄小的姑娘。王仁打起了巧姐的主意。

话分两头，刘姥姥听说贾府败了，王熙凤病得不轻，想起昔日他们对自己的关照，心想一定要去看望一下王熙凤。刘姥姥收拾了一篮子鸡蛋，又带了几只鸡鸭，和板儿一起来到贾府。她看到贾府人丁稀少，到处破烂不堪，无人收拾，心中很是诧异。刘姥姥见到王熙凤时，见她病体怏怏，大不如前，心里一阵辛酸。正与王熙凤唠家常时，突然家人来说巧姐不见了。

108. 水月庵贾芸拯弱女　狱神庙茜雪慰旧主

却说贾芹和王仁把巧姐掳到水月庵里，并留了多名盗贼看守，自己在外面装得像没事人一样。众人早就猜测庵内有强盗抢人。贾芸听说巧姐被偷抢，赶忙来与熙凤商议。大家认为派人强行去搜查恐巧姐有闪失，不如先让板儿假扮巧姐偷偷换回再借机行事。于是贾芸联系了倪二，让倪二找来一帮弟兄，偷偷伺候在庵的周围，贾芸同板儿晚上悄悄摸进庵内。找到巧姐后，解开绳索，板儿与巧姐换了衣服，贾芸带巧姐溜出庵外。倪二见巧姐已经出来，便不顾一切带人向里冲。原来设想板儿在倪二冲进后，趁着人员慌乱乘机逃走，可板儿哪见过这阵势，一听人喊，不等倪二进来，就往外跑去，不想正撞上盗匪，可怜板儿被砍身亡。倪二与贼寇打斗一番，不见胜负，只得带着巧姐赶回院内。刘姥姥不知板儿已死，众人劝刘姥姥赶紧带着巧姐离开，暂且躲避为好，王熙凤含泪拜托。于是巧姐扮作村姑的样子跟着刘姥姥走了。

一日，被撵出贾府的茜雪到北山拾柴，累了到附近的狱神庙旁休息，突然看到一人，感到很熟悉，仔细一看，原来是宝玉。宝玉也认出是茜雪。两人同时吃了一惊。茜雪说："当日我被撵出，今儿是谁把二爷撵出了？"搞得宝玉羞愧难当，无地自容，连忙说："当日年少无知，哪里知道下人的难处，都是我的错，至今后悔。"说完两人抱头痛哭。

原来宝玉随癞头和尚出家后，把一切烦恼全部放下，开始倒也清净。无奈宝玉身子骨弱，跟随癞头和尚云游，实在吃不消，就被带到一处寺庙带发修行。一日，方丈见宝玉身体恢复，就对他说："你情根未尽，还是需要吃点苦，历练一下，方成正果。何时你以苦为乐，心中弃小我而存大我，何时成正果。日后不管你是僧是俗，只要不失了出家人的心就行。你后面还会有一番作为，必要时你可以见一下你的家人，打听一下他们的情况。"出寺后，宝玉沿街化缘。饥肠辘辘时见到残羹剩饭都是美味，天寒地冻时围条破毡也感温暖。后来，宝玉听说贾家的人被牵连入狱，就来到京外的狱中打探，晚间就栖息在旁边的狱神庙里。

茜雪知道了宝玉的情况，就对宝玉说："人都有不如意的时候，只要不在意就少些痛苦。走到哪步说哪步话，既然如此，也要自己保重，好歹外面还有袭人姐姐、小红妹妹。在这里遇到也是大家缘分未尽，你暂且在此，我说与袭人来见。"说完，茜雪回去告诉了袭人。袭人到贾府偷偷告诉了宝钗。宝钗嘱咐先不要声张，同袭人一起来到狱神庙。

109. 贾府起火无形无影　袭人侍主有始有终

再说巧姐跟着刘姥姥走后，贾环到官府报案迟迟未回。盗贼欺负院中人少，看到贾府那些荒弃宅子的东西没人看管，就索性明抢起来。柳湘莲也派盗贼赶来马车直接拉运。王仁见状也偷偷派人搬运些东西，贾芹见状也派和尚争抢物品。开始大家都在观看，不知其中的缘故，还以为变卖物品。后来众人感到贾府这是要散伙不成，再不拿可就没了。于是那些昔日拖欠工钱的，原来觊觎贾家财物的，逐渐加入进来，一发不可收拾。慌得贾环、贾珍、贾蓉等人四处阻拦，势已形成，哪里挡得下。贾府一片混乱，众人强盗之间为抢东西大打出手。贾府的女眷和胆子小的躲在一角不敢动弹。贾蓉又慌忙跑出报官。许久，官兵到来。盗贼看官兵来了就四处点火趁势外逃。慌乱中，官兵救火抓人两不相顾，加之风起火大，救火用具又少，无奈两处宅院连成了一片火场。可怜王熙凤、尤氏等众人葬身火中。贾珍逃出后因病重又遭惊吓，一命呜呼。贾环逃出后因债务被送官羁押。贾蓉也幸得逃出，想想无至亲可以投靠，便到后山林中的一棵树上上吊自尽了。其他人下落不明。

却说茜雪在狱神庙见到宝玉后，告诉了袭人，袭人又偷偷告诉宝钗，宝钗与袭人一同来到狱神庙，知道宝玉暂时不肯回家，就先把宝玉接回袭人家中。袭人的家住的是茅草土房，房内昏暗简陋，院子内外坑洼不平，荒草一片。宝玉在此栖息，相比外面化缘的生活已感温暖了许多。

宝钗在暂且安顿好宝玉后，回到贾府，眼前只见一片大火余烬。宝玉获悉了贾府发生的一切，悲痛万分。一日，他来到贾府旧址，只见到处是断壁残垣，唯有大观园门口的牌坊还立在那里，感慨万千。宝玉和宝钗只能寄住在袭人的庄上。宝玉在袭人庄上生活一段时间后，逐渐认识到庄家人劳作的艰辛，想想昔日自己富足无忧时，不知惜物随意挥霍，真是罪过。看看庄家人衣食不足，却能节俭筹划，日子过得也算安稳。再看邻里之间你缺我帮，知恩有报，再难的事情都能克服过去。联想过去，如果贾府早也能筹划一二，做到进出平衡，或有结余也应不难，还有如果在富贵之时，体贴下人，周济穷人，不克扣盘剥，贾府也不至于墙倒众人推！

110. 北邙山怨痴魂聚首　太虚境情恨榜销空

不知又过了多少年，癞头和尚携了那块幻形入世的石头和跛足道人相继来到北邙山。只见北邙山上阴云弥漫，魂舍遍野，更听到阴风嗖嗖，冤魂悲号，厉鬼长鸣。在山间一些核心位置坐落着几十座数个朝代的帝陵，其间更是数不清的皇室成员的陵墓。还有刘禅、李煜、吕不韦、杜甫等人相对较小的墓穴，只是他们魂魄俱已散去，可能几世轮回了。和尚和道人相聚后，找到金陵人物的归处，尽管有的实冢，有的虚冢，查点不缺，癞头和尚就对跛足道人说："今三劫之数已满，这出风流冤孽的历世公案已经到尾，正该了结，现俱已到齐，我们同到警幻仙子那里进行销号，让他们重新结缘，各自轮回去吧。"

在太虚幻境，警幻仙子拿出薄命司金陵籍的簿册，对两位仙人说："如今司中已换新人，这些簿册销号后便要归档，还有一份这部公案的总纲也取出一并归档。"癞头和尚和跛足道人拿来看视，却是人物之间的恩怨纠葛。其中最后有一部情榜，上写着："贾宝玉，情不情；林黛玉，情情……"石头也记了下来。

别过太虚幻境，僧人又展幻术，将那块石头恢复原形，依旧放在青埂峰下。石头对二位仙人说："多谢大师的提携，让我经历见识了人间的许多。经过这番磨炼，从此再不旁慕，安心守命。这番经历让石头茅塞顿开，只是世上那些悲怨之人，却做如何？"僧人说："原来石头也有了悯世之心。莫急，你的经历日后自然有人抄去感化众人，还有一位经历同样奇特的曹雪芹先生会将它加工传世。"

却说当日空空道人抄录了《石头记》以后，改名情僧。他自从见识了《石头记》故事后一直有寻访故迹之心。这日，情僧来到天子脚下的金陵，四处寻找宁荣街，哪里找得见。四下打听，京中人莫不诧异，城中根本就没有宁荣街，也没有宁荣二府。只见都中皇城巍峨，园林蓊郁，看城中物阜民熙，一片安详景象。情僧无趣，累了走到一处茶馆坐下。在茶馆看到一位风流不俗、名唤冷不兴的说唱艺人，在那里戏说传奇故事。开口先是一段开场白："各位应该庆幸生在当今我朝。你想自古至今，哪如我朝当今这般励精图治，时时体察民情，关爱黎民。百姓安居乐业，江山太平无虞，这是我等之福。纵观历史暴政，残害百姓，莫不是自掘坟墓。秦隋专横，才及二世，是为他人做嫁衣，莽操无道，转瞬而终，自成历史过客人。更朝换代，遭殃的都是咱老百姓。试想，周朝以礼治天下，世世代代八百年。俗话说：忠厚传家远，诗书继世长。如果家人都能知书明理，忠厚持德，家门也才能长兴不衰。我在这里先说一段富贵子弟的忏悔史……"空空道人听后如梦方醒。

情僧回来后对石头说："你的故事虽则细致，确系空灵虚设。

你说经历一番,不过是仙人的幻术,是梦幻经历而已。不过故事因果分明,倒是可以问世传奇。"遂将《石头记》改为《情僧录》。一日,书传到甄宝玉那里,甄宝玉看后感到与自己写的《风月宝鉴》十分相似,书中人物故事基本相同,就把两部书合作一部。此后,甄宝玉化名曹雪芹,专心修书,历时十年,增删五次,分出章目,依自己的故事题曰《金陵十二钗》。后来吴玉峰题曰《红楼梦》。面世后,人们争相借阅传抄。雪芹先生受此激励,再加完善,愈传愈奇,大都将题目定为《红楼梦》和《石头记》。这期间作者再题诗一首:

红楼梦幻假中真,事隐虚存泪水辛。

费力抄来徒一笑,枉留作者字千钧。